Die Rechtsanwältin zuckte mit den Schultern. »Die Kinder leben aber nun mal jetzt bei ihrem Vater, man könnte sagen, das Kind ist bereits in den Brunnen gefallen. Niemand wird die kleinen Pflänzchen schon wieder umtopfen wollen.«

»Was ist mit dem Kreidekreis, von dem Sie uns erzählt haben?«, fragte Niklas. »Ich habe losgelassen, als die Möchtegern-Stiefmutter angefangen hat zu zerren.«

»Brecht hat große Literatur verfasst, Herr Tiedemann. Aber leider nicht das BGB.«

Niklas seufzte und musterte seine Anwältin. »Sind Sie auf meiner Seite?«

Patchwork ist kein Kinderspiel, und wer sich im Recht fühlt, bekommt das Gesetz zu spüren: ein unbequemer Roman über das ganz moderne Familienleben!

Kriss Rudolph, Jahrgang 1971, behauptet allen Ernstes, gute Unterhaltung muss nicht billig sein. Er hat vor einigen Jahren schon mal in L.A. als Promi-Reporter gearbeitet, lebt und schreibt jetzt meistens in Berlin, sitzt außerdem regelmäßig in Köln vorm WDR-Mikrophon. Bisher erschien bei Fischer seine Romantic Comedy ›Das Beste von heute‹ (Bd. 16736) sowie ›Unsterblich kopiert‹ (Bd. 17185), nominiert für den DELIA-Literaturpreis, und die böse Komödie ›Heute ziehst du aus‹ (Bd. 17180).

Mehr zum Autor unter www.kriss-rudolph.com.

Unsere Adresse im Internet: www.fischerverlage.de

Kriss Rudolph

Kindsköpfe

Roman

Fischer
Taschenbuch
Verlag

Originalausgabe
Veröffentlicht im Fischer Taschenbuch Verlag,
einem Unternehmen der S. Fischer Verlag GmbH,
Frankfurt am Main, Januar 2009

Satz: Pinkuin Satz und Datentechnik, Berlin
Druck und Bindung: CPI – Clausen & Bosse, Leck
Printed in Germany
ISBN 978-3-596-17187-3

Nehmt zur Kenntnis die Meinung der Alten:
Daß da gehören soll, was da ist, denen, die für es gut sind,
also
Die Kinder den Mütterlichen, damit sie gedeihen
Die Wagen den guten Fahrern, damit gut gefahren wird
Und das Tal den Bewässerern, damit es Frucht bringt.

Der kaukasische Kreidekreis,
Bertolt Brecht

1: *Casting*

»Noch können wir weglaufen, es ist nicht zu spät«, flehte Niklas und blieb zögerlich auf der letzten Stufe stehen.

Oliver, der vorgegangen war, legte ungerührt den Finger auf den Klingelknopf und drückte. »Das ist das letzte Paar, Nikki. Sei lieb!«

Niklas, der direkt von der Arbeit kam, löste mit einem geschickten Handgriff den Knoten seiner Krawatte, um sie in der Tasche seines Jacketts verschwinden zu lassen.

»Am besten, du überlässt das Reden ganz mir«, sagte Oliver.

Seufzend schloss Niklas zu seinem Freund auf. »Bitte sehr.«

Gespannt standen sie an jenem Januarabend im mäßig beleuchteten Flur einer Mietskaserne im Düsseldorfer Süden und warteten, dass man ihnen die Tür öffnete. Sie kannten die Frauen nur vom Telefon und hatten in einem ersten Gespräch den Eindruck gewonnen: Dieses Mal könnte es klappen.

»Wie sehe ich aus?« Oliver rückte seine gelbe Baseballkappe zurecht.

»Wie ein kleiner Junge vor seinem ersten Date.«

Niklas zog ihn an sich und küsste zärtlich seine knubbelige Nase. Da öffnete sich die Tür. Vor ihnen stand eine Frau in Jeans und einem schlichten hellblauen Männershirt. Das glanzlose strohgleiche Haar trug sie sportlich kurz geschnitten, und ihr Teint verlangte dringend etwas Farbe. Groß und drahtig war sie, schmal genug, um sich hinter einem Laternenpfahl umziehen zu können – selbst Niklas hatte ein breiteres

Becken als sie. Die Mutter seiner Kinder hatte er sich ganz anders vorgestellt.

»Seid ihr meine Väter?«, sagte die Frau mit einem Schmunzeln.

»Wenn du unsere Mutter bist«, entgegnete Oliver.

Sie reichte ihnen die Hand. »Ich bin Kordula. Schön, dass ihr da seid.«

Ihre Gastgeberin trat einen Schritt zurück, und Oliver zog seinen Freund in die Wohnung. Niklas sah sich um: Der Flur war in Hellgelb gestrichen oder vielmehr: gewischt, mit einem Schwamm. Er hatte nie verstanden, wie Menschen, die Farbe in ihr Leben bringen wollten, bei unentschlossenen Tönen wie Blasslila oder Himmelblau landeten. Aber noch schlimmer fand er die Wischtechnik. Solche Wände mochten in billige Pizzerien passen, wo man im Stehen aß und zwei fuffzich zahlte. Fehlten nur noch Tassen mit aufgedruckten Katzengesichtern.

»Ist schlechter Geschmack eigentlich erblich?«, flüsterte Niklas hinter vorgehaltener Hand. Oliver boxte ihn warnend in den Bauch und zerrte ihn weiter.

In der überheizten Küche trafen sie auf Andi. Kordulas Freundin saß am Tisch und war damit beschäftigt, eine Holzlokomotive zu leimen, deren Schornstein abgebrochen war. Sie nickte den Gästen aus einem grauen Jogginganzug zu. Vorne waren ihre Haare gestutzt, wie bei Kordula; hinten jedoch, im Nacken, wuchsen sie, und damit das niemandem entging, hatte sie ein paar der längeren Strähnen rot eingefärbt.

Kordula setzte Wasser auf und erkundigte sich nach den Getränkewünschen der Männer. Oliver wollte Kakao trinken, musste aber mangels Angebot auf Tee ausweichen, während Niklas mit einem Kopfschütteln signalisierte, dass er ganz verzichtete: Er wollte sich an sein Schweigegelübde halten. Außerdem war er schon jetzt von den Frauen enttäuscht, obwohl er nicht mal allzu viel von dem Treffen erwartet hatte.

»Und, wie viele Frauen habt ihr schon getroffen?«, fragte Kordula und nahm zwei Becher aus dem Schrank. Katzenfrei, wie Niklas erstaunt feststellte.

Oliver sagte den Spruch, mit dem er am letzten Wochenende bereits Angelika und Urte glücklich gemacht hatte: »Ihr seid die Ersten.«

Kordula goss kochendes Wasser über ein Teesieb mit wildem Kraut. Einen Becher behielt sie für sich, den anderen servierte sie Oliver, der neugierig daran roch und die Nase verzog.

Von nebenan ertönte Babygeschrei. Andi erhob sich, und es klang mehr nach einem Befehl denn nach einer Bitte, als sie Niklas aufforderte, den Daumen fest auf den geleimten Schornstein zu pressen. Dann verließ sie den Raum.

»Ihr habt also schon ein Kind!« Oliver setzte sich zu Niklas an den Tisch und rührte unentschlossen in seinem Getränk.

»Es ist Andis Tochter«, erklärte Kordula. »Martha ist vierzehn Monate alt. Ein gutes Alter, um ein Geschwisterchen hinterherzuschicken.«

Oliver erkundigte sich nach Zucker, und Kordula holte ein Glas Honig aus dem Schrank.

»Was ist denn mit Marthas Vater?« Niklas witterte plötzlich eine Chance, schnell und unkompliziert aus der Nummer herauszukommen, und vergaß darüber sein Gelübde.

»Ist im Herbst nach Griechenland gezogen, zu seinem neuen Lover. Deshalb haben wir uns geschworen: nie mehr mit Singles.«

Kordula setzte sich zu den Männern und trank ihren Tee. Dabei schmatzte sie zufrieden.

»Was trinken wir hier eigentlich Leckeres?«, fragte Oliver, der bereits den dritten Löffel Honig in seinen Becher rührte.

»Schafgarbe«, informierte ihn Kordula. »Mir zerreißt es immer fast den Unterleib, wenn ich meine Regel kriege. Schafgarbe beruhigt.«

Oliver hörte auf zu rühren und verschloss das Honigglas.

»Wie lange seid ihr beiden zusammen?«, fragte Kordula.

»Sechs Jahre, zwei Monate und elf Tage.« Oliver legte seinem Freund zärtlich die Hand in den Nacken und kraulte ihn. Niklas trug sein Haar recht kurz, obwohl sein Freund seit Jahren bettelte, er möge es wachsen lassen. Oliver litt an und vor allem unter Haarausfall, den er mit Tabletten aus einem Algenextrakt aufzuhalten und mit Baseballkappen in allen Farben des Regenbogens zu kaschieren versuchte, und forderte mehr Phantasie von Niklas – das sei er seinem starken Haarwuchs schuldig. Aber dem mangelte es nicht an Ideen: Ab einer Länge von zwei Zentimetern begann sein Haar sich zu kräuseln und war nicht zu bändigen. Und Niklas hasste Dinge, die sich nicht bändigen ließen.

»Dann habt ihr also das verflixte siebente Jahr noch vor euch.«

Kordula lächelte, als hätte das Paar den wichtigsten Test schon bestanden. Doch die Prüfung hatte gerade erst begonnen. Ob in ihren Familien Erbkrankheiten bekannt waren? Konnte einer von ihnen musische Begabungen vorweisen? Und wie verhielt es sich mit den monatlichen Einkünften?

Die Männer schienen alles zu Kordulas Zufriedenheit beantwortet zu haben, Niklas konnte vor allem bei der letzten Frage punkten. Doch dann schnitt Kordula ein scheinbar nebensächliches Thema an.

»Und wo wohnt ihr in Düsseldorf?«

»Niklas hat eine Wohnung in Oberkassel, und ich lebe in Köln.«

Kordulas Lächeln wurde rissig. »Ihr wohnt getrennt?«

»Sonst hätten wir es nicht auf sechs Jahre gebracht«, erklärte Niklas.

»Ganz zu schweigen von den zwei Monaten und den elf Tagen«, witzelte Oliver, aber diesmal lächelte Kordula nicht.

»Mein Mann braucht viel Zeit für sich«, erklärte er.

Niklas nahm Olivers Hand und biss hinein. Es war seine Art zu sagen: Und du hast ungern Zeit für dich, weil du dich nicht selbst beschäftigen kannst.

»Aua, Nikki!«, machte Oliver, ohne seine Hand wegzuziehen.

Dann biss Niklas nochmal, zärtlicher, um zu sagen: Und nenn mich nicht immer Nikki. Ich bin schließlich kein bayrisches Cowgirl.

»Und warum willst du dann Kinder haben?«, fragte Kordula, unbeeindruckt vom Zirkus der Männer. »Zeit für dich hast du dann keine mehr.«

Niklas war nicht gekommen, um sich belehren zu lassen, erst recht nicht von Menschen mit hellgelb gewischten Wänden. Ihm lag eine Bemerkung auf der Zunge, aber Oliver zuliebe hielt er sich zurück.

»Ich stelle mir unser Projekt jedenfalls nicht so vor, dass ihr die Kinder nur am Wochenende holt und sich darauf unser Kontakt beschränkt«, fuhr Kordula fort. »Dafür stelle ich meine Eierstöcke nicht zur Verfügung.«

Herausfordernd musterte sie Niklas, als spürte sie, wie sein Widerstand immer stärker anwuchs.

»Andi und ich wünschen uns eine große Familie. Wir wollen mit den Vätern gemeinsame Sachen unternehmen, Wandern in der Eifel oder mal eine schöne Radtour.«

»Warum nicht«, sagte Oliver.

Kordulas Vorschlag und vor allem die leichtfertige Reaktion seines Freundes schockierten Niklas so sehr, dass ihm der Schornstein umknickte. Er steckte ihn schnell wieder auf die Lok, um keinen Ärger mit Andi zu bekommen, die eben mit einem kleinen verschlafenen Bündel in die Küche zurückkehrte.

»Du hältst es schief!« Sie drückte dem verdutzten Oliver das Kind in die Hand und drapierte geschickt ein Spucktuch über seiner Schulter. Dann verscheuchte sie Niklas von seinem Platz. Offenbar vertraute sie ihr Kind ohne weiteres fremden Männern an; um die blöde Spielzeuglok aber kümmerte sie sich lieber selbst.

»Hallo, du kleine Maus!« Oliver wandte sich mit kindlichem Singsang an das Baby und schien plötzlich einen größeren Stimmumfang zu haben als Mariah Carey. »Haben wir dich geweckt?«

»Du kannst ganz normal mit ihr sprechen«, sagte Andi, ohne von ihrer Bastelarbeit aufzuschauen.

»Ich habe aber gelesen, dass man mit höheren Tönen am besten das Gehirn von Babys erreicht.« Oliver zog für Martha eine kleine Show mit seinen albernsten Grimassen ab, und die Kleine dankte es ihm mit einem strahlenden Lächeln.

»Marthas Gehirn sicher nicht.« Kordula nahm ihm das Kind ab, das nun wieder anfing zu weinen. »So was ist sie nicht gewohnt.«

Oliver zog eine letzte Grimasse, die nur Niklas sehen konnte. Den beschlich das dumpfe Gefühl, dass der Abend nicht ganz so reibungslos verlief, wie sein Freund es sich gewünscht hätte.

»Habt ihr schon über die Befruchtung gesprochen?«, schaltete sich Andi wieder ein und erklärte den verdutzten Männern, dass sie bei der kleinen Martha gute Erfahrung mit der Bechermethode gemacht hätten.

Oliver starrte angewidert auf seinen Teebecher.

»Hier legt wohl niemand gesteigerten Wert darauf, dass wir zusammen in die Kiste steigen«, erklärte Kordula, und Niklas war zum ersten Mal an diesem Abend ganz ihrer Meinung.

»Die Methode funktioniert in der Regel gleich beim ersten Versuch«, erklärte Andi, die weiter an der Lok herumfummelte. »Wir Lesben sind ja ziemlich fruchtbar.«

Und Kordula ergänzte: »Da wir nicht mit Männern pennen, sind wir weniger anfällig für Geschlechtskrankheiten, die uns die Fruchtbarkeit versauen.«

Niklas, der etwas unbeholfen neben dem Tisch stand, konnte sich nun nicht mehr beherrschen. Es ging ihm auf die Nerven, wie sich die Frauen selber als Mutterwunder anpriesen.

»Also, meine Bilanz an nicht gehabten Geschlechtskrankheiten kann sich durchaus auch sehen lassen.«

»Sie wohnen getrennt«, klärte Kordula ihre Freundin in einem Tonfall auf, als sei es für Paare schlimmer, zwei Haushalte zu haben, als die Syphilis.

»Also vögelt ihr rum wie alle anderen auch«, schloss Andi.

Niklas ignorierte die mahnenden Blicke seines Freundes. »Tun wir nicht.«

»Ihr wäret die Ersten«, sagte Andi, die sich nicht gern ihre vorgefassten Meinungen madig machen ließ.

Niklas hatte keine Lust, sich weitere Dreistigkeiten anzuhören, und beschloss, dem Abend ein Ende zu bereiten.

»Da fällt mir ein«, sagte er mit Blick auf die Küchenuhr, »in einer halben Stunde beginnt meine Monogamie-Selbsthilfegruppe. Ich fürchte, wir müssen los.«

Oliver, der sich sichtlich unwohl fühlte und beim Wortgefecht zwischen Andi und Niklas immer stiller geworden war, trank seinen Tee mit zwei großen Zügen leer und verabschiedete sich mit dem für Castings unerlässlichen Satz: »Wir melden uns dann.«

Schweigend verließen die Männer das Haus. Ihr Atem zeichnete sich in der kalten Luft ab, und Niklas schlug den Kragen seines Mantels hoch.

»Schafgarbe«, sagte Oliver düster. »Wie ekelhaft!«

»Hast du Unterleibsschmerzen?«, versuchte Niklas seinen Freund aufzuheitern.

»Nein!«

»Na bitte!«

Oliver war nicht nach Scherzen zumute, und so setzte er sich ins Auto. Die Scheiben waren zugefroren, und Niklas musste kratzen. Durch ein erstes kleines Guckloch beobachtete er, wie sein Freund einen Flunsch zog und Kordula und Andi von der Liste strich.

Nun war nur noch eine einzige Bewerberin übrig.

Es war kurz nach ihrem fünften Jahrestag, als Oliver plötzlich mit dem Thema Kinder anfing. Sie hatten ein befreundetes Pärchen in Berlin besucht, das im schicken Prenzlauer Berg wohnte. Dort hatten sich so viele Familien niedergelassen, dass Kinderdentisten und Kinderyogalehrer ihr Auskommen hatten. Uwe und seinem Freund Kareem ging der ständige Anblick schwangerer Frauen und das schrille Kindergeschrei, das der Wind von den umliegenden Spielplätzen auf ihre Dachterrasse trug, schon länger auf die Nerven, doch seit in ihrer Straße das dritte Geschäft für Babymoden eröffnet hatte, spielten sie ernsthaft mit dem Gedanken, den Kiez zu wechseln. Niklas äußerte ein gewisses Verständnis für ihre Umzugspläne, doch Oliver hatte sich infiziert. Auf dem Rückflug schmiegte er sich an seinen Freund und fragte: »Warum haben wir eigentlich keine Kinder, Nikki?«

Der hatte es zunächst für einen seiner Tricks gehalten. Denn wenn es nach Oliver gegangen wäre, würden sie schon längst zusammenwohnen, und da Niklas alle diesbezüglichen Vorschläge ablehnte, war Oliver erfinderisch geworden. Mal rechnete er seinem Freund vor, wie viel Geld sie sparen könnten, wenn sie endlich zusammenzögen, und um wie viel weniger sie die Umwelt belasteten, wenn das lästige Hin- und Herfahren wegfiele und dass sie häufiger in die Sonne fliegen konnten, wegen der wegfallenden zweiten Miete und des eingesparten CO_2 sowieso. Dann waren im vorvergangenen Winter die Rohre in seiner Wohnung zugefroren, und er musste ein paar Nächte in Düsseldorf verbringen. Niklas wunderte sich, warum der Platz in seinem Kleiderschrank jeden Tag knapper wurde, bis er feststellte, dass Oliver heimlich nach und nach Sachen aus seiner Wohnung herübergeholt hatte, und als dann plötzlich noch sein hässlicher Rattan-Schaukelstuhl mitten im Wohnzimmer stand und all die antiken Möbel beleidigte, musste Niklas seinen Freund daran erinnern, dass der Frühling begonnen hatte.

»Kinder?«, fragte Niklas und schob seine Rückenlehne in eine aufrechte Position.

»Hm.«

»Du und ich?«

»Ja.« Olivers blaue Augen nahmen den Ausdruck an, mit dem er seinen Freund sonst bat, ihm die Füße zu massieren oder mitten in der Nacht Schokoladenpudding zu kochen. Normalerweise war Niklas gegen den Blick wehrlos.

»Du willst wissen, warum du und ich keine Kinder haben?«

»Ja-ha.«

Niklas war in lautes Gelächter ausgebrochen, weil er sich Oliver partout nicht in der Vaterrolle vorstellen konnte – so sehr war sein Freund selber noch ein Kind, trotz seiner 38 Jahre.

Beleidigt hatte Oliver die Kopfhörer aufgezogen und dem Hörspielkanal gelauscht. Aber erledigt war die Sache für ihn noch lange nicht. Nach ihrer Rückkehr aus Berlin verging keine Woche, ohne dass er Ratgeber und Zeitschriften für junge Eltern kaufte, die er zwar nicht alle las, aber offenbar gab ihm der stetig wachsende Bücherstapel auf seinem Nachttisch das gute Gefühl, irgendwie schwanger zu sein.

»Gute Nacht, du Vater Morgana«, zog Niklas ihn eine Zeitlang auf, bevor er beim Zu-Bett-Gehen Olivers Nase küsste und das Licht löschte.

Doch Olivers biologische Uhr hatte zu ticken begonnen – so laut, dass er nachts oft nicht schlafen konnte. Der große Zeiger seiner Eieruhr, wie er sie gerne nannte, stand kurz vor der 4. Nicht dass er fürchtete, seine Zeugungsfähigkeit könne später nachlassen; vielmehr fand er, dass er bald schon eher als O- denn als Papa in Frage käme, schließlich war er ab 40 als Adoptivvater schwer vermittelbar. Dabei war ebendas Olivers ursprüngliche Idee gewesen: ein Baby aus Vietnam oder Afrika anzunehmen.

Niklas fand die Idee, Vater zu werden, nicht grundsätzlich unattraktiv: Es gab so viele schlecht oder gar nicht erzogene Kinder, und immer wenn er von Eltern las oder hörte, die ihre Sprösslinge misshandelten oder verhungern ließen, packte ihn die kalte Wut: Die bekamen Kinder wie andere Leute einen Schnupfen und hatten gar keine Ahnung, wie privilegiert sie waren! Doch mit 33 Jahren hatte er seine Prioritäten anders sortiert. Alois Wittenberg aus der Agentur kündigte schon lange seinen Abschied an, um ganz für seine Frau da zu sein, die an Alzheimer erkrankt war. Niklas gab sich berechtigten Hoffnungen hin, ihn dann als Creative Director zu beerben. Nur hätte er Oliver nichts davon erzählen sollen, der ihn schon gelegentlich als »Herrn Direktor« verspottete.

Wenn es also so etwas wie eine biologische Uhr gab, dann arbeitete sie in Niklas' Fall noch eher geräuscharm. Abgesehen davon, dass es bei ihm nicht richtig tickte, füllte ihn sein Job vollkommen aus. Zwölf-Stunden-Tage waren keine Seltenheit. Immerhin lagen die mageren Zeiten als maximal beschäftigter Junior-Texter mit minimaler Bezahlung hinter ihm. Und er wollte reisen – gerne auch nach Afrika, aber von dort Kinder importieren? Solche, die womöglich schon ein paar Jahre lang die Hölle eines Waisenheims durchlitten hatten? Nicht dass es keine grundsätzlich schöne Idee wäre, so einen armen Wurm zu retten, aber Niklas fand: Wenn er irgendwann Kinder haben sollte, dann wollte er für ihre Neurosen auch selber zuständig sein.

Er war anfangs davon ausgegangen, dass sich Olivers Vaterschaftseuphorie wieder legen würde, wie zwei Jahre zuvor, als er seine eigene Bar aufmachen wollte, und so versuchte er es mit einem Ablenkungsmanöver: Warum nicht mehr Zeit mit den Kindern seiner stets übellaunigen Schwester Inken verbringen, die ihren Nachwuchs ohnehin am liebsten vor dem Fernseher parkte? Immerhin war Oliver der Patenonkel des Jungen.

Doch davon wollte er nichts wissen. Der gelernte Tischler, der – nach einer Reihe von Gastspielen als Barmann in verschiedenen Kölner Kneipen – inzwischen als Fitnesstrainer arbeitete, hatte resümiert, was er bislang erreicht hatte. Er war unzufrieden und so gut wie 40 – ein Dilemma, das offenbar nur ein eigenes Kind lösen konnte.

Ratsuchend wandte sich Niklas an seine Freundin Nadja, die wie er als Senior Texter in der Agentur arbeitete. Eine Frau in seinem Alter, so dachte er, hätte sicher eine Meinung zum Thema Kinderkriegen. Doch als er sich ihr beim Altbiergelage in einer Studentenkneipe anvertraute, tat sie so, als wollte sich Niklas lebendig begraben lassen.

»Wenn ich du wäre, würde ich jeden Tag mein Glück feiern, dass ich mir ums Schwangerwerden keine Sorgen machen muss!«, schrie sie gegen die laute Musik an.

»Oliver redet von nichts anderem mehr!«, schrie er zurück.

»Willst du dir für ein Kind deine Chancen in der Agentur versauen?«

Niklas trank stumm von seinem Bier.

»Und überhaupt: Was wird sexy Jay dazu sagen?«

Jay war ein Fahrradkurier, ein großgewachsener Schwarzer, dessen Dienste sie oft in Anspruch nahmen. Nadja behauptete gern, dass Niklas den Kurier deshalb so oft kommen ließ, um ihn in seinen knappen Latexhosen zu bewundern.

»Jay hat selber zwei Kinder. Er wäre stolz auf mich.«

Doch Nadja hörte gar nicht mehr zu. Sie starrte dem bestenfalls minderjährigen Kellner, der ihnen gerade eine neue Runde Altbier servierte, auf den mickrigen Hintern und leckte sich über den Brillanten zwischen ihren Schneidezähnen. Abwesend schlug sie Niklas vor, sich einfach einen netten Hund aus dem Tierheim zu holen.

»Nur bitte keinen Mops, sonst kann ich dich leider nicht mehr besuchen kommen.«

Schließlich rief er seine Berliner Freunde an. Uwe und Kareem schlugen vor, im Sommer mit ihnen auf die Virgin Islands zu fliegen, wo man prächtig segeln, tauchen und schnorcheln konnte. Niklas schöpfte kurz Hoffnung, da Oliver eine begeisterte Wasserratte war.

»Willst du mich umbringen?«, echauffierte sich sein Freund, als Niklas ihm die Idee unterbreitete. »Ein angehender Vater treibt doch keinen Risikosport mehr!«

Ein halbes Jahr war inzwischen vergangen, doch Olivers Kinderwunsch hielt sich hartnäckig. Da versuchte es Niklas mit einer Schocktherapie. Er zeigte seinem Freund verschiedene Folgen der *Super-Nanny*. Er hoffte, der permanent brüllende ADS-Junge könnte Oliver von seinem Kinderwunsch abbringen oder wenigstens das kleine süße Mädchen, das mit dem Messer auf seine Mutter losging. Geduldig verfolgte Oliver Fall für Fall bis zum Ende, um dann jedes Mal mit einem siegessicheren Lächeln zu sagen: »Unsere Kinder werden nicht so, Nikki.«

Da Niklas nicht weiterwusste, spielte er die Machtkarte aus. Sein Freund hatte ihm vor einiger Zeit die Erlaubnis abgerungen, sich mit anderen Männern vergnügen zu dürfen. Das hatte nichts mit mangelnder Zuneigung zu tun, es war nicht mal ein Zeichen nachlassender körperlicher Anziehungskraft. Vielmehr war es so, dass sich ihre sexuellen Wünsche nicht vereinbaren ließen. Oliver, der seine Phantasien nicht für fortgeschritten pervers hielt, hatte dies sehr bedauert. Alles, was er wollte, war, mit seinem Partner zu verschmelzen, um größtmögliche Nähe herzustellen, aber Niklas mochte von Eindringlichkeiten jeglicher Art nichts wissen. So duldete er Olivers Abenteuer, auch wenn sie ihn verletzten.

»Wenn du aufhörst, andere Männer zu treffen, können wir auch über Kinder reden«, schlug er darum vor, überzeugt, dass sein Freund niemals auf den Handel eingehen würde. Oliver bat sich Bedenkzeit bis zum Wochenende aus, doch schon am nächsten Tag verkündete er, dass er bereit sei.

Niklas musste seine Frontalopposition aufgeben, auch wenn er immer noch nicht hundertprozentig von der Idee einer Familiengründung überzeugt war. An ihrem sechsten Jahrestag, den sie in Wien verbrachten, fing Oliver bei einem abendlichen Spaziergang entlang der Donau wieder von den Kindern an. Niklas, von den Gerüchen und den Lichtern der Stadt eingelullt, schlug schließlich eine Teilzeit-Vaterschaft vor: Sie würden sich eine nette Mutter suchen oder auch zwei, bei denen das Kind lebte, und am Wochenende kämen die Väter zum Zug. Für seinen Geschmack war das gerade genug Verantwortung. Oliver, der spürte, dass er seinen Freund endlich da hatte, wo er es wollte, schlug ein und setzte bei ihrer Rückkehr nach Düsseldorf eine Anzeige in ein Lesbenmagazin.

Seitdem machte Oliver eine merkwürdige Verwandlung durch: Plötzlich drehte er sich nach Frauen auf der Straße um, und zwar nicht nur nach solchen mit Kinderwagen. Dass er in seinem früheren Leben mit Frauen zusammen gewesen war, hatte Niklas bislang auf befremdliche Art und Weise erregt; nun machte es ihm Angst: Würde sein Freund in schlechte Gewohnheiten zurückfallen?

Als die ersten Zuschriften eintrafen, die bis auf eine Ausnahme von lesbischen Paaren stammten, bekam Niklas Angst. Frauen aus allen Teilen Nordrhein-Westfalens hatten sich gemeldet, die mit den beiden eine Familie gründen wollten. Glücklicherweise fand es selbst Oliver schwer, die Richtigen zu finden. Manche Paare wollten direkt wissen, was für sie bei der Sache heraussprränge, andere wohnten selbst für eine Wochenendvaterschaft zu weit weg. Angelika und ihre Freundin wiederum hatten den Männern einen romantischen Empfang mit Räucherstäbchen und brennenden Kerzen bereitet, um gleich zur Tat schreiten zu können, da Urte ihre fruchtbaren Tage hatte. Auf der Flucht vor den Frauen hatte Oliver sein Handy verloren, wie er später im Auto feststellen musste, aber Niklas hatte sich strikt geweigert, umzukehren.

Dass es nun auch beim letzten Paar nicht geklappt hatte, schmerzte Oliver, und er schob seinem Freund den schwarzen Peter zu, weil der sich von Kordula und Andi hatte provozieren lassen. Niklas empfahl ihm daraufhin beleidigt, die letzte verbliebene Bewerberin auf der Liste alleine zu treffen. Was sie an wenigen Informationen über sie hatten, reichte ihm ohnehin schon: Eva war eine Schauspielerin aus Köln, die in ihrer Freizeit Passanten am Dom mit Gratis-Umarmungen beglückte.

Dazu kam, dass er momentan bis über beide Ohren in einer Kampagne für ein Mittel gegen nächtlichen Harndrang steckte. Er versuchte, sich dem Thema humorvoll zu nähern, indem er einen alten Roland-Kaiser-Schlager bemühte: *Ich glaub, es geht schon wieder los*. Leider hatte sich die Plattenfirma auf seine schriftliche Anfrage hin noch nicht geäußert. Niklas wollte gerade zum Hörer greifen, um die Sache in einem persönlichen Gespräch zu klären, da bekam er eine SMS von Oliver.

»Bin jetzt unterwegs wollte mich nur nochmal beschweren dass du mich allein zu dieser braut gehen lässt.«

Plötzlich geriet Niklas' Magen in Aufruhr. Sein Freund würde sich nicht nur mit einer ›Braut‹ treffen, sondern vor allem mit der potenziellen Mutter seines ersten Kindes. Was mochte das für überwunden geglaubte Instinkte und Gelüste bei ihm auslösen! Bei allem Negativen, das man über Kordula und Andi sagen konnte: Ihr überaus hygienischer Vorschlag zur Bechermethode hatte Niklas gut gefallen, doch nun stellte er sich Oliver und Eva vor, wie sie direkt zur Tat schritten. Mit den sporadischen Jungsabenteuern seines Freundes hatte er umzugehen gelernt, aber mit einem Mal drohte Gefahr an einer ganz neuen Front. Zumal von einer Frau, die mit ihrem Körper nicht sonderlich zurückhaltend umging und sich unter dem Deckmantel der Nächstenliebe wildfremden Leuten an den Hals warf.

Panisch rief Niklas seine Schwester Inken an, die er wie immer zu Hause vor dem Fernseher antraf, als ob es alleinerziehenden Müttern verboten sei, auszugehen oder sich zu amüsieren.

»Oli vergöttert dich. Alle sehen das, nur du nicht.« Inken machte sich nicht die Mühe, ihre Eifersucht zu kaschieren. Ihr letzter Freund, ein knapp 20 Jahre älterer Bauunternehmer, hatte sich mit der Ankündigung aus ihrem Leben verabschiedet, eine Frau mit weniger anstrengenden Kindern suchen zu wollen. Seither hatte Niklas das Gefühl, sich für jeden Tag entschuldigen zu müssen, den seine Beziehung die seiner Schwester überdauerte.

»Es geht hier nicht um Liebe oder Treue, sondern um Fortpflanzung«, erklärte er ruhig. »Da kann Oliver mich lange vergöttern, ich werde bloß nicht schwanger davon.«

»Wieso wollt ihr überhaupt Kinder haben?«

Niklas fragte sich, was mit den Frauen los war. Warum taten neuerdings alle so, als handle es sich um einen Fall fortgeschrittenen Schwachsinns, wenn sich jemand Kinder wünschte?

»Oliver mag Kinder.«

»Und du?«

»Ich mag Oliver.«

»Glaubt bloß nicht den Humbug, den alle Leute erzählen, dass Kinder einem so viel zu geben haben!« Inken lachte verächtlich. »Nicht dass ich sie nicht von Herzen lieben würde, aber sie sind die reinsten Energiefresser.«

Sie hatte eine siebenjährige Tochter und einen Sohn, der noch in den Kindergarten ging. Niklas genoss die Zeit, die er gelegentlich mit Lotte und Hannes verbrachte, aber als Vollzeitbeschäftigung – das war eine ganz andere Geschichte. Bei allem Verständnis für Inkens Situation missfiel es ihm, dass sie abends, wenn die Kinder im Bett waren, mit dem Kiffen anfing. Sein alter Freund Mattis besorgte ihr das Zeug, und wenn Niklas versuchte, ihnen ins Gewissen zu reden, wurde er auf all die alleinerziehenden Mütter verwiesen, die jeden Abend auf dem Sofa eine Flasche Rotwein leerten.

»Ich werde es Oliver ausrichten. Gib den beiden Energiefressern einen Kuss von mir!«

Die Reisen, die Niklas in Olivers Stadt unternahm, liefen nie ohne Komplikationen ab, und auch heute erging es ihm nicht besser. Zuerst verpasste er fast die richtige Ausfahrt, dann ließ man ihn auf dem Ring ewig bei dem Versuch versauern, die Spur zu wechseln. Und schließlich musste er sich noch an einer roten Ampel eines rastalockigen Gelegenheitsarbeiters erwehren, der ihm gegen seinen erklärten Willen die Scheibe putzte und dabei auch noch seinen Wischer abbrach.

Niklas fluchte. Kein Wunder, dass er nie mit Köln warm wurde. Er hatte die allergrößte Sympathie für die jahrhundertealte Fehde zwischen den beiden Städten, auch wenn er nicht genau wusste, worauf die sich gründete.

Nach einer Dreiviertelstunde erreichte er endlich das Café, in dem sich Oliver mit Eva treffen wollte. Doch sie waren nicht mehr da. Er versuchte seinen Freund anzurufen, doch der ging nicht dran. Niklas lief verzweifelt den Ring zwischen Friesenplatz und Rudolfplatz auf und ab; die Menschen, die ihm begegneten, erschienen ihm heute Abend noch unsympathischer als sonst. In drei Tagen war Rosenmontag, und entweder waren sie albern verkleidet oder betrunken; meistens beides.

Nach einer Viertelstunde kam endlich der erlösende Rückruf. Olivers Stimme klang euphorisch, als hätte er einen Schatz gehoben. Er und Eva hätten sich so gut verstanden, dass sie noch essen gegangen waren.

»Komm doch auch, du wirst sie lieben!« Er nannte ein Lokal in einer Seitenstraße; Niklas war keine fünf Minuten von ihnen entfernt.

»Ich muss noch was arbeiten«, log Niklas, der nicht zugeben mochte, dass er bereits in Köln war. »Wir sehen uns morgen.«

Danach lief er zu dem Restaurant und spähte vorsichtig durchs Fenster. Es dauerte eine Weile, bis er seinen Freund entdeckt hatte. Er trug die blaue Baseballkappe, die die Farbe seiner Augen aufnahm. Eva saß mit dem Rücken zu ihm. Die beiden plapperten unaufhörlich; wenn Eva etwas erzählte, lachte Oliver so laut, dass es bis auf die Straße zu hören war. Plötzlich sah er zum Fenster. Niklas duckte sich schnell. Hatte er ihn gesehen? Er lief ein paar Meter die Straße hinauf und verschwand in einem Hauseingang. Von dort hörte er Olivers Stimme.

»Niklas, bist du das? Hey, Nikki!«

Er wartete in seinem Versteck, bis er die Tür des Restaurants sich öffnen und wieder schließen hörte. Dann lief er einen Umweg zu seinem Auto, um nicht nochmal an dem Fenster vorbeizumüssen, und fuhr mit hochrotem Kopf heim.

Mattis, der vorübergehend bei Niklas wohnte, vergrub schnell seinen Joint in einem Blumentopf, als er hörte, wie der Schlüssel ins Schloss gesteckt wurde. Breitbeinig saß er auf dem alten Louis-Philippe-Sofa, das mit seinen geschwungenen Formen und dem geschweiften Schnitzwerk nicht nur einen klaren Kontrast zur schlicht und kantig gehaltenen Biedermeier-Schreibkommode bildete, sondern auch zu Mattis selber. Seit der Zeit im Gefängnis wuchs seine blonde Mähne nur langsam wieder nach, und die dunklen Schatten unter seinen Augen wollten offenbar gar nicht mehr verschwinden.

»Und wie war sie?«, fragte er, ohne den Blick vom blanken Busen der Quiz-Moderatorin im Sportfernsehen zu nehmen.

»Kannst du den reparieren?« Niklas ließ sich mit seinem kaputten Scheibenwischer neben Mattis aufs Sofa fallen und versuchte den süßlichen Geruch, der im Wohnzimmer lag, zu orten.

»Wow, Alter! Hat sie den abgebrochen?«

»Quatsch! Eva ist … ganz nett.«

Mattis grinste. »Du kannst die Olle nicht ausstehen!«

Niklas konnte ihm nichts vormachen, dafür kannten sie sich zu lange. Er trank einen Schluck von Mattis' Bier und suchte ein Programm, das um diese Uhrzeit noch angezogene Frauen beschäftigte. Die Nachrichten brachten einen Beitrag von einem vernachlässigten Kind aus Niedersachsen, das die Eltern in einem Kellerraum hatten verdursten und verhungern lassen. Ein zu Hilfe gerufener Notarzt konnte das Mädchen nicht mehr retten.

»Manche Leute dürften echt keine Kinder kriegen.« Niklas schaltete zurück zur barbusigen Moderatorin und wünschte seinem Freund eine gute Nacht.

2: *Eva*

Die Männer lagen in einem fremden Bett, das an ihr Wiener Hotelzimmer erinnerte. Oliver hatte sich an Niklas angekuschelt und nuckelte an seiner Brustwarze, während der seinem Freund übers Haar strich. Plötzlich stand Eva neben dem Bett. Sie hielt sich den Bauch, der bedrohlich angeschwollen war. Bereitwillig rückte Oliver zur Seite, um ihr in der Mitte Platz zu machen, und Eva legte sich dazu. Doch als er wieder die Augen schloss, stieß sie Niklas mit ihrem Bauch an, und er fiel aus dem Bett. Das war aber noch nicht das Schlimmste, denn mit einem Mal kletterten lauter kleine Kinder zwischen ihren Beinen hervor, eins nach dem anderen, bis eine ganze Horde durch das Schlafzimmer tollte und kein Platz mehr für Niklas war. Er brüllte seinen Freund an, er möge etwas unternehmen. Worauf Oliver in Evas Unterleib kletterte und darin verschwand. Niklas wachte von seinem eigenen Geschrei auf.

Irgendwo läuteten Kirchenglocken, die alte Kuckucksuhr im Flur krähte achtmal. Er zog sein Kissen über den Kopf, doch die Bilder seines Albtraums kehrten zurück. Also stand er auf.

Mattis war bereits aus dem Haus. Sein alter Freund besuchte einen Kurs, um den Taxischein zu erwerben. Er war zwar ein begabter Graphiker, kam aber aufgrund seiner Vergangenheit bei keiner Agentur unter.

Niklas beschloss, den Morgen zum Joggen zu nutzen. Er war kein großer Fitness-Fanatiker, aber wenn er nicht wenigstens einmal die Woche für eine Stunde rennen ging, hatte er das Gefühl, platzen zu müssen. Der Rhein lag nur fünf Minuten von seiner Wohnung entfernt, doch vorher musste er Pino ausweichen, der gerade vom Großmarkt kam und frisches Gemüse ins Restaurant schleppte. Niklas und Oliver aßen oft bei ihm. Wenn sie sich auf der Straße trafen, plauderten sie kurz. Der Italiener hätte immer auch lange gekonnt, doch dafür war Niklas an diesem Morgen nicht in Stimmung. Also versteckte er sich hinter der alten Kastanie vorm Haus und wartete den Moment ab, da Pino mit einer Kiste Tomaten im Laden verschwand. Dann spurtete er los.

Mit seinem auffallenden Architekturgemisch aus Renaissance und Jugendstil war Oberkassel der schönste und teuerste Stadtteil von Düsseldorf. Niklas fühlte sich hier an seine Kindheit in Hamburg erinnert. Oberkassel hatte im Krieg ganz offensichtlich mehr Glück gehabt als andere Viertel oder Städte; in ganz Köln konnte Oliver ihm nichts Vergleichbares zeigen, was Niklas einen weiteren Vorwand lieferte, niemals dorthin ziehen zu wollen.

Beim Erreichen des Rheins atmete er tief durch. Er liebte den Fluss, wenigstens von seiner Oberkasseler Seite her; drüben war das Ufer zubetoniert, hier säumten den Strom satte grüne Wiesen, auf denen manchmal noch Schafe grasten. Das Beste aber war das Haus, das an der Uferstraße stand: Es war aus dunkelrotem, grobem Backstein gebaut, und an den Fenstern hingen weiße Läden. Zur Rheinseite befanden sich parterre ein Bullauge und ein Fenstervorsprung, über dem ein kleiner Balkon mit geschwungener weißer Balustrade hing. Der Clou aber war der Turm: Man hatte ihn an den vorderen Giebel gebaut und rundum verglast. Ein idealer Ort für Arbeitszimmer, Salon oder Wintergarten.

Niklas trat näher. Wie immer war keine Menschenseele zu sehen, weder auf dem Balkon im ersten Stock noch im gepflegten Garten, der zur Flussseite von einer ordentlich gestutzten Hecke und in der Seitenstraße von einem breiten, knapp mannshohen Gemäuer begrenzt war. Hier befanden sich eine Pforte aus schwerem Metall sowie ein Klingelschild aus Messing, allerdings ohne namentlichen Hinweis auf die Bewohner des Hauses.

Niklas lief weiter. Die frische Luft tat gut. Hin und wieder begegnete er joggenden Pärchen, Fahrradfahrern und Leuten, die ihren Hund spazieren führten. Er grüßte seine Nachbarin, die alte Frau Metternich, die sich mühsam mit einem Gehstock fortbewegte.

Mit jedem seiner Schritte fielen die negativen Gedanken vom Vortag von ihm ab; offenbar vertrugen sie sich nicht mit dem Sauerstoff. Er bereute es, dass er Oliver hinterherspioniert hatte. Seine Eifersucht war idiotisch, aber er wollte seinen Freund nun mal nicht verlieren.

Nachdem der Wind ihm den Kopf zurechtgerückt hatte, beförderte er Niklas auf die Rheinkniebrücke, die seinen Stadtteil mit dem Rest Düsseldorfs verband. Von hier hatte man einen herrlichen Blick auf Oberkassel, aber auch auf die Ausläufer der Altstadt gegenüber. Die Uferpromenade musste inzwischen gut zehn Jahre alt sein, aber Niklas konnte sich jetzt schon nicht mehr erinnern, wie es dort vorher ausgesehen hatte. Hinter dem, was die Düsseldorfer ›Spanische Treppe‹ nannten und wo sich im Sommer junge Leute versammelten und wie in einem Amphitheater Skater bei ihren halsbrecherischen Kunststückchen beobachteten, lag der Burgplatz. Links dahinter ragte der schiefe Turm der Basilika St. Lambertus empor, der den Mittelpunkt in der Lieblingsanekdote seiner Schwester bildete. Inken hatte früher als Stadtführerin gearbeitet und besaß eine besondere Schwäche für morbide Geschichten: Der Baumeister hatte für den Bau des Turms zu frisches Holz benutzt, worauf sich die Spitze verzog. Als er es später entdeckte, soll er sich im Turm aufgehängt haben.

Als neuer Mensch kehrte Niklas nach einer Stunde in seine Straße zurück. Pino holte gerade eine letzte Palette Obst aus dem Lieferwagen und schlug die Hintertüren zu. Niklas winkte dem Italiener zu und überquerte die Straße. Der Wirt grinste erfreut. Mit seinem schmalen Gesicht und den Grübchen erinnerte er Niklas an einen Eisverkäufer, für den er als 11-jähriger Junge geschwärmt hatte.

»So früh schon wach!«, rief der Italiener und bot ihm ein Glas Orangensaft an. Er lehnte dankend ab, aber da hatte Pino schon zwei besonders saftige Apfelsinen ausgesucht und presste sie aus. Niklas nahm an der Theke Platz.

»Wie geht es deine Freund? Ihr wart lange nicht zum Essen da.«

Pino legte ihm seine Hand auf die Schulter, und Niklas war froh, dass Oliver nicht hier war. Sein eifersüchtiger Freund behauptete gerne, dass der Italiener ihn anbaggere, obwohl der eine hübsche Frau hatte, die manchmal im Restaurant aushalf.

»Tut mir leid, dieses Wochenende verbringen wir in Köln.«

Pino rollte mit seinen schwarzen Augen. »Wie lange wollt ihr das noch so weitermache? Ich habe meine Antonia mit achtzehn geheiratet, da kannte wir uns keine drei Monate. Menschen, die sich lieben, musse zusamme sein.«

»Du weißt doch: Er will nicht nach Düsseldorf und ich nicht nach Köln.«

Das entsprach nicht ganz der Wahrheit, aber es brachte Pino von dem leidigen Thema des Zusammenziehens ab. Mit ihm konnte man nämlich herrlich über die ungeliebte Stadt schimpfen. *Zu viele Italiener*, behauptete er gerne und lachte dabei sein verschmitztes Lachen.

»Natürlich willst du nicht nach Köln, hier ist es viele schöner!« Pino tätschelte Niklas' verschwitztes Bein.

»Das leite ich gerne weiter.«

Zu Hause nahm er ein heißes Bad und rasierte sich glatt. Beim Frühstück las er die Zeitung – ein Ritual, zu dem er nur am Wochenende kam und nur, wenn er allein war. Mit Oliver funktionierte das nicht, der konnte nicht still daneben sitzen. Niklas hatte versucht, ihm die Todesannoncen zu überlassen, die seinen Freund neben der Begeisterung für Karneval so sehr faszinierten. Doch der las ihm dann die Anzeigen vor, die er für besonders spannend hielt, weil er meinte, alles teilen zu müssen. In den ersten Wochen ihres Zusammenseins hatte Niklas das süß gefunden, so wie Olivers Schnarchen und seine Angewohnheit, sich über das gesamte Bett auszubreiten, bis Niklas nur noch ein handtuchbreiter Streifen blieb.

Gegen Mittag packte er ein paar Sachen zusammen und fuhr nach Köln. Er freute sich auf Oliver, und über die Tatsache, dass das nach über sechs Jahren noch möglich war, freute sich der leidenschaftliche Zweifler in ihm gleich noch ein bisschen mehr. Das Leben in getrennten Wohnungen tat ihnen gut, und Niklas fürchtete, dass ein Zusammenziehen der sichere Weg wäre, ihrer Beziehung den Todesstoß zu versetzen. Oliver, der der Realität nicht gern ins Auge blickte, nannte solche Befürchtungen zwar hysterisch, machte aber schon länger keine Anstalten mehr, das Thema eines gemeinsamen Haushaltes mit allzu viel Nachdruck zu diskutieren. Schließlich ahnte er, dass er damit die Freiheiten, die er in Köln mit seiner eigenen Wohnung genoss, in Gefahr brachte.

Oliver hatte die Tür für Niklas angelehnt. Im Wohnzimmer lief der Fernseher; ein Privatsender berichtete über das tote Kind aus Niedersachsen und zerrte die Nachbarn vor die Kamera, die abwechselnd sagen durften, wie »schockiert« und »betroffen« sie waren; der Oberbürgermeister beklagte das »Pech«, dass so etwas in seiner Stadt geschehen konnte.

DVDs und Computerspiele stapelten sich auf dem Boden rings um Olivers Schaukelstuhl. Auf dem alten Cordsofa, das er vor Jahren von seinen Eltern übernommen hatte, lagen verstreute Zeitschriften und eine offene Packung Cornflakes, die er beim Fernsehen naschte.

»Helau«, rief Niklas.

»Für dich immer noch Alaaf!«, echote es aus der Küche.

Oliver war gerade dabei, für seinen Freund Kaffee zu kochen. Niklas kuschelte sich von hinten an und schob die Hand unter seinen Pulli. Er begann, seine rechte Brustwarze zu streicheln, in der früher mal ein Piercing gesteckt hatte und die seit dem Verlust desselben etwas größer war als die andere, dafür wurde sie auch schneller hart.

»Fröhlichen Fasching«, säuselte Niklas.

»Wie lange wohnst du schon im Rheinland? Es heißt Karneval!«

»Ich dich auch.«

»Willst du mein Kostüm sehen?« Oliver war schon auf dem Weg ins Schlafzimmer, um sich umzuziehen.

»Ich bebe vor Erwartung.«

Sein Blick fiel auf den Orlando-Bloom-Kalender an der Tür, der im November 2005 stehen und hängen geblieben war. Oliver schmeichelte ihm oft, dass er dem Schauspieler ähnlich sehe, erst recht, wenn er seine Haare endlich wachsen ließe, aber das ließ Niklas' Eifersucht nur noch weiter ansteigen.

Mit einem Glänzen in den Augen kehrte Oliver zurück: Im Mund einen Schnuller, über der Schulter ein Spucktuch – und vor der Brust hing eine Puppe, die in einem Tragetuch steckte.

»Ich komme nicht drauf«, sagte Niklas, und Oliver spuckte den Schnuller aus.

»Ich gehe als Vati.«

Niklas hatte so sehr gehofft, mal für ein Wochenende mit dem Kinder-Thema verschont zu werden. Statt Olivers Einfall zu loben, wurde er darum schnippisch. »Dann kannst du ja diese Eva gleich mitnehmen.«

»Gute Idee, das werde ich sie nachher mal fragen.«

»Was ist denn nachher?«

Oliver lief ins Schlafzimmer, um sich seiner Requisiten zu entledigen.

»Eva kommt heute Abend zum Essen.«

Er kehrte in die Küche zurück und gab Niklas einen Kuss. Der rührte in seinem Kaffee, auf den er schlagartig keine Lust mehr hatte. Er war kein großer Fan von Überraschungen.

»Dann hast du dich schon für sie entschieden?« Er ging mit seiner Tasse zum Fenster und tat so, als hätte er eben erst die schlechten Graffiti an der gegenüberliegenden Hauswand entdeckt.

»Sie ist perfekt, Nikki. Sie ist intelligent, hat Humor und sieht gut aus.«

Seine blauen Augen liefen über in dem Bemühen, Niklas zu überzeugen. Der fühlte sich, als sollte er zwangsverheiratet werden.

»Wenn das schon alles feststeht, braucht ihr mich wohl nicht mehr«, brach es aus Niklas hervor, bevor er sich auf die Zunge beißen konnte. Er hatte ein Händchen dafür, Situationen zum Eskalieren zu bringen. Dieses Talent hatte Oliver in ihm entdeckt, und er wusste es wie kein anderer zu fördern.

»Warum hast du denn schon wieder schlechte Laune?«

»Hab ich überhaupt nicht!« Niklas öffnete das Fenster und steckte den Kopf hinaus.

»Warum machst du mich dann blöd an?«

»Mache ich gar nicht!«

»Machst du wohl!«

Schon steckten sie in der Endlosschleife, tauschten ein paar Neins und ebenso viele Dochs aus, um dann vollends zu verstummen. Nach einer Weile ertrug Niklas die Stille nicht mehr und schlug vor, fürs Abendessen einkaufen zu gehen.

Die Temperaturen im Kühlregal des Supermarktes waren nichts gegen das eisige Schweigen, das zwischen ihnen herrschte. An der Kasse wollten unbedingt beide zahlen, als könnte man sich auf diese Weise Punkte für eine spätere Abrechnung sichern. Schließlich legten sie zusammen und setzten auf dem Heimweg ihren sprachlosen Streit fort.

Zurück in der Wohnung, packte Niklas das Fleisch aus und breitete es zum Ausbluten auf einem Brett aus. Oliver hockte sich vor den Schrank und suchte nach einer großen Pfanne für die Steaks. Dabei zogen sich Hosenbund und Unterhose zurück und gaben einen Teil von seinem Hintern frei. Niklas, der immer noch sauer war, aber nicht sauer genug, um darüber hinwegsehen zu können, nahm eine Stange Lauch aus der Tasche und schlich sich von hinten an; dann steckte er sie kurzentschlossen in Olivers Hose.

Der, statt sich zu rühren, maulte nur: »Nimm das da raus!«

»Ich war das gar nicht«, sagte Niklas unschuldig.

»Ich zähle bis zehn, und dann nimmst du das Ding da raus. Was auch immer es ist.«

»Bloß Porree.«

»Eins, zwei, zehn«, zählte Oliver. Dann sprang er herum und wollte sich auf Niklas stürzen. Der lief schnell weg, um sich im Schlafzimmer in Sicherheit zu bringen, aber da hatte Oliver ihn schon eingeholt. Er warf ihn aufs Bett, und bevor er sich auf ihn stürzte, zog er verdutzt die Lauchstange aus der Hose.

»Das ist ja Lauch!«

»Sag ich doch!« Niklas bedeckte das Gesicht seines Freundes mit wilden Küssen. »Du hörst mir nie zu!«

»Hä?« Grinsend zog sich Oliver den Pulli aus und half Niklas, sein Hemd aufzuknöpfen.

Der machte sich währenddessen an Olivers Gürtel zu schaffen. »Ich dachte, du magst Lauch.«

»Hat dir deine Mutter nicht beigebracht, dass man mit Essen nicht spielt?«

»Och, die hat mir so einiges nicht beigebracht.«

Oliver streifte seine Hose ab und zog seinen Freund zu sich. »Du bist manchmal echt blöd!«, sagte er leise.

»Du erst!«, entgegnete Niklas und half ihm aus den Boxershorts.

Sie lagen noch im Bett, als Eva klingelte. Es gab Niklas ein beruhigendes Gefühl, vorher Sex mit seinem Freund gehabt zu haben. Während der schnell seine Sachen überzog, um die Tür zu öffnen, nahm Niklas den Umweg über Olivers Bademantel, damit keine Zweifel über seine Rolle aufkamen und darüber, welche Privilegien er hier genoss. Niklas winkte Eva flüchtig zu, kündigte etwas lauter als nötig an, noch schnell zu duschen, danach schlüpfte er zurück in seine Sachen und gesellte sich zu den anderen in der Küche. Oliver hatte bereits eine Flasche Sherry geöffnet, ein Mitbringsel von Eva, und schenkte ein.

»Schön, dich kennenzulernen.« Sie ignorierte die ihr entgegengestreckte Hand und nahm Niklas in den Arm. Der ließ die Gratis-Umarmung über sich ergehen, bis Eva ihn wieder losließ. Sie strahlte ihn an. Ihr Lächeln offenbarte zwei Reihen schöner, gerader Zähne, und unter ihren runden Bäckchen taten sich winzige Grübchen auf. Ihr Make-up wirkte dezent, dafür hätte man ihre Reif-Ohrringe im Zirkus benutzen können, um Tiger hindurchspringen zu lassen.

»Ich habe schon viel von dir gehört«, sagte Eva.

»Glaub ihm kein Wort.« Niklas legte einen Arm um Olivers Schultern und prostete ihr zu.

»Er meinte, du bist gutaussehend, witzig, intelligent und ein guter Koch«, lachte Eva.

»Ein super Koch.« Oliver küsste seinen Freund auf den Hals.

»Okay, okay, ich fange ja schon an«, sagte Niklas und begann die Kartoffeln zu schälen. Er kümmerte sich wirklich gerne ums Essen, egal, wo sie waren, und nutzte die Gelegenheit, Oliver zu verwöhnen. Der vergaß auch selten, Niklas' Künste am Herd zu loben, selbst wenn die Kartoffeln so lange gekocht hatten, dass sie auf dem Teller zu Staub zerfielen. Immer aß er brav, was sein Freund ihm vorsetzte, nur mit Fisch brauchte man ihm nicht zu kommen, weil er sich vor Gräten fürchtete.

Eva wollte sich nützlich machen, doch Niklas bat sie, sich zurückzulehnen und den Abend zu genießen. Dann setzte er die Kartoffeln auf und begann die Lauchstangen zu schneiden, die noch nicht in Olivers Hose gesteckt hatten. Seinen Freund bat er, sich um den Salat zu kümmern.

»Jawohl, Herr Direktor.«

Niklas zog seinen Freund an den Ohren, dann wandte er sich wieder an Eva, die den Orlando-Bloom-Kalender entdeckt hatte und Monat für Monat mit größtem Entzücken durchblätterte.

»Wie hast du eigentlich unsere Anzeige gefunden?«

»Ich war auf der schnarchlangweiligen Einweihungsparty eines befreundeten Pärchens und habe mich auf dem Klo eingeschlossen und diese Zeitschrift gefunden.«

»Und warum willst du ein Kind haben?«

Eva zuckte mit den Schultern. »Ich will einfach wissen, wie

es ist. Außerdem bin ich gut als Mutter, ihr werdet schon sehen. Und wenn ich warten soll, bis mir der passende Kerl über den Weg läuft, bin ich alt und grau.«

Eva ließ den Kalender bei August stehen und genehmigte sich noch etwas Sherry. Auch die Männer vergaß sie nicht zu versorgen.

»Ich bin zwar nicht lesbisch, aber mir gefiel eure Idee. Ich kenne das Theater von Freundinnen, dass der Vater meist keine Zeit hat für die Kinder, und wenn er mal Zeit hätte, hat er keine Lust. Die Gefahr scheint mir bei zwei Vätern nicht so groß.«

Niklas nickte und begann, die Steaks mit Knoblauch abzureiben, während Eva mit der Gabel eine Olive aus dem Salat stibitzte.

»Außerdem finde ich die Aussicht auf freie Wochenenden sehr verlockend. Dann kann ich weiter mit meinen Mädels um die Häuser ziehen.«

»Und wenn du irgendwann doch deinen Traummann triffst?«

Eva zuckte mit den Schultern. »Was dann?«

»Wie erklärst du ihm die Sache? Was, wenn er es nicht versteht?«

»Ein Typ, der irgendwas an unserem Deal nicht versteht – wenn er denn zustande kommt –, scheidet schon mal automatisch als Traummann aus.«

Die Steaks zischten zufrieden, als Niklas sie in die Pfanne gab.

Zum Essen öffneten sie eine Flasche argentinischen Rotwein, und Niklas ließ es sich nicht länger nehmen, Eva zu fragen, was es mit den Umarmungen am Dom auf sich hatte.

»Ein paar spinnerte Freunde haben vor Jahren damit angefangen«, erzählte sie mit einem entwaffnenden Lachen. »Ich war neugierig und habe mir das mal angesehen. Und dann wollte ich es einfach probieren. Beim ersten Mal hatte ich noch Angst, man könnte mich beklauen, und ließ Portemonnaie und Handy zu Hause. Aber dann, bei der zweiten oder dritten Umarmung, stellte ich fest, dass es einfach nur guttat.«

Niklas musterte sie zweifelnd.

»Vor allem mir selbst.«

Erleichtert lachte Niklas. Diese Eva war längst nicht so esoterisch, wie er befürchtet hatte.

»Aber wenn du schwanger bist, hörst du doch damit auf, oder?«, sorgte sich Oliver.

»Warum denn? Das Baby kann sich so direkt an den Körperkontakt gewöhnen.« Niklas erschrak, als er feststellte, dass er das gesagt hatte.

Oliver zuckte mit den Schultern und lenkte das Thema auf Evas Schauspielerei. Sie probte seit kurzem mit einem Freund ein Comedy-Programm unter dem Namen *Die Zwerchfellows.* Sie hatte schon am Vorabend im Restaurant ein paar Szenen zum Besten gegeben und ließ sich nicht lange bitten, auch Niklas ein paar Auszüge vorzuspielen.

Eva genoss es offensichtlich, im Mittelpunkt zu stehen, und die Männer überboten sich darin, länger und lauter zu lachen. Niklas war längst ihrem Charme erlegen. Trotzdem gab es noch eine Frage, die ihn beschäftigte.

»Angenommen, wir machen das jetzt zusammen«, sagte er und leerte den Rest des Weins in Evas Glas. »Das heißt nicht, dass wir zusammen in den Urlaub fahren müssen, oder?«

Eben noch hatte Gelächter den Raum erfüllt, und plötzlich wurde es ganz still. Oliver begann, die Teller zusammenzustellen, überlegte es sich dann aber anders und verließ ohne Geschirr den Raum. Niklas wollte ihm folgen, doch Eva hielt ihn zurück.

»Ich will mich nicht in eure Beziehung drängeln. Das mit dem Urlaub kann sich ergeben oder auch nicht. Ich bin sicher die Letzte, die sich beschwert, wenn ihr mal zwischendurch für eine Woche in die Sonne wollt und das Kind mitnehmt. Wirke ich auf dich wie eine Glucke, die sich nur noch darüber definiert, endlich Mutter zu sein?«

Niklas fiel ein Stein vom Herzen. Glücklich drückte er Evas Hand und lief in die Küche. Oliver stand am Fenster und rauchte.

»Musste das sein, Niklas?«

Der holte unbeirrt den Prosecco aus dem Kühlschrank und füllte drei Gläser. Als Eva mit den schmutzigen Tellern aus dem Wohnzimmer kam, nahm er ihr das Geschirr ab und überreichte ihr im Gegenzug ihr Getränk. Dann zog er Oliver vom Fenster weg und hob sein Glas zum Anstoßen in die Luft.

»Also dann: Auf eine fruchtbare Zusammenarbeit!«

Rosenmontag riss sie das Telefon in aller Herrgottsfrühe aus dem Tiefschlaf. Niklas, der zuerst wach wurde, weckte Oliver, der fluchend aus dem Bett sprang und mit einem Fuß in dem Topf landete, aus dem sie nachts noch heißen Schokoladenpudding gelöffelt hatten, als sie von ihrem Saufgelage zurückgekehrt waren. Nachdem der Prosecco leer war, hatten sie Eva in die Eckkneipe geführt, wo sie auf Tequilas umgestiegen waren. Und da am Montag niemand arbeiten musste, hatten sie sich am Sonntag gleich wieder mit ihrer neuen Freundin getroffen, die nochmal richtig zechen wollte, bevor sie schwanger wurde. Bei der Gelegenheit hatten sie eine Liste an Vornamen für ihr Kind zusammengestellt. Eva, die als Rauscheengel verkleidet war, und Oliver mit seinen Vaterschaftsinsignien wünschten sich einen Jungen namens Orlando, während Niklas, schon um dies zu verhindern, auf ein Mädchen hoffte, das er Fanni nennen wollte, nach seiner Großmutter.

»Wo wart ihr denn die ganze Nacht? Man wählt sich ja die Finger wund …«, dröhnte es Oliver aus dem Hörer entgegen, und er reichte ihn an Niklas weiter.

Mutter Tiedemann schrie wie immer ins Telefon, als traue sie der Technik nicht und meinte, sich mittels Lautstärke über die Distanz verständlich machen zu müssen.

»Wieso rufst du auch mitten in der Nacht an?«, maulte ihr Sohn und lief ins Badezimmer, auf der Suche nach Aspirin. In der Hausapotheke befanden sich zwei Packungen, doch beide waren leer. Das war typisch Oliver.

»Es ist schon nach sieben!«, verteidigte sich seine Mutter.

»Ich weiß, wie spät es ist. Du hast aber offensichtlich noch früher angerufen, sonst wüsstest du ja nicht, dass wir nicht zu Hause waren.«

Mit dröhnendem Kopf kehrte er ins Schlafzimmer zurück, wo ihm Oliver eine halbleere Sprudelflasche entgegenhielt, als sei Wasser ein Ersatz für seine kleinen weißen Freunde aus Leverkusen.

»Ich musste mitten in der Nacht zu den Kindern fahren«, entgegnete Mutter Tiedemann.

»Welche Kinder?«

»Die Kinder deiner Schwester, Niklas.«

Erst jetzt hörte er im Hintergrund die Stimme seiner Nichte Lotte, die ihren Bruder herumkommandierte. »Was ist mit ihnen?«

»Den Kindern geht es gut.«

Es mochte daran liegen, dass Niklas zu viel getrunken hatte, aber die Worte seiner Mutter ergaben keinen Sinn. Er massierte seine pochenden Schläfen, und Oliver winkte wieder mit der offenen Wasserflasche.

»Die ist noch halbvoll! Genauso wie du!«, stichelte er.

»Überlass die Sprüche mir«, maulte Niklas, »ich werde dafür bezahlt.«

»Inken ist im Krankenhaus«, schaltete sich seine Mutter wieder ein.

»Was ist denn passiert?« Niklas blinzelte durch die Lamellen der Jalousien; draußen wurde es gerade erst hell.

»Das kann ich dir jetzt nicht sagen. Es war ein Notfall.«

»Okay, wir sind in einer halben Stunde da.« Niklas spürte, wie seine Knie weich wurden. Er sank aufs Bett und rieb sich die Augen.

»Was ist los?«, wollte Oliver wissen.

Niklas nahm die Wasserflasche und kippte sie sich über den Kopf.

3: *Rosenmontag*

»Bestimmt ist es K.r.e.b.s!« Magda Tiedemann empfing das Paar in Inkens Wohnung. Ihr dunkelgraues Haar war wie immer tadellos gescheitelt, aber sie wirkte müde. Sie trug einen der viel zu großen Pullover, in denen sich ihre Tochter seit der Scheidung vor den Männern versteckte. Frau Tiedemann, eine stämmige Frau, der die eigenen Kinder früh über den Kopf gewachsen waren, reichte er bis zu den Knien.

»Quatsch!« Niklas hatte genug von ihren Andeutungen, doch er musste sich noch etwas bis zur Aufklärung gedulden, da das Paar nun begeistert von den Kindern umstürmt wurde. Lotte kicherte wie üblich, wenn Oliver sie küsste, weil sein 3-Tage-Bart sie kitzelte. Ihr Haar war frisch gewaschen und duftete nach Erdbeer-Shampoo. Hannes wollte heute nicht geküsst werden, denn seine Großmutter hatte ihm bereits einen Bart angemalt; dazu trug er ein Kopftuch, das ihn zum Piraten machte. So wie im letzten Karneval und im Jahr davor. Hannes hatte sich den Grund für das Verschwinden seines Vaters so zusammenphantasiert, dass er ein Seeräuber sei, der geschäftlich auf den sieben Weltmeeren zu tun hatte – aber eines Tages würde er zurückkehren und ihn holen.

Das Geschrei der Kinder erinnerte Niklas an seine Kopfschmerzen, und so steuerte er geradewegs auf das Badezimmer zu, wo er zu seiner hellen Freude eine jungfräuliche Packung Aspirin entdeckte. Er spülte zwei Tabletten mit heißem und viel zu starkem Kaffee herunter. Oliver trank Kakao, den die Kinder glücklich mit ihm teilten, als machte ihn die Ablehnung von Koffein zu einem der Ihren.

»Was ist jetzt mit Inken?« Niklas nahm am Frühstückstisch Platz. Die Wand vis-à-vis schmückte ein Poster von den St.-Pauli-Landungsbrücken bei Sonnenuntergang. Inken hatte eine unerklärliche Sehnsucht nach ihrer Heimatstadt. »Sie war doch sicher regelmäßig bei der V.o.r.s.o.r.g.e.«

»So ist das nun mal.« Frau Tiedemann richtete ihren Scheitel, dabei hatte sich in den letzten Minuten nicht ein Haar von der Stelle bewegt. »Wer zwei kleine Kinder hat, um die er sich sorgen muss, der denkt als Letztes an sich selbst. Wir Mütter sind immer zum Schluss dran.«

Alles, was seine Mutter an diesem Morgen sagte, klang für Niklas wie ein Vorwurf, aber das mochte daran liegen, dass er nur drei Stunden geschlafen und seine Dusche im Bett genommen hatte.

Dass etwas mit ihr nicht stimmte, ahnte Inken – wie ihre Mutter nun erzählte – offenbar schon länger. Aus Angst hatte sie es immer wieder verschoben, sich untersuchen zu lassen. Erst als sie am Abend auf dem Höhepunkt eines Streits vom kleinen Hannes in die Brust gekniffen wurde, hatte sie plötzlich unerträgliche Schmerzen bekommen, und als auch die dritte und vierte Tablette nicht gegen das Stechen halfen, hatte sie sich von Mattis ins Krankenhaus bringen lassen.

»Nach dem Anruf bin ich sofort zu ihr gefahren, damit jemand bei den Kindern ist, wenn sie aufwachen. Ihr wart ja spurlos verschwunden.«

Das zynische Zucken ihrer Mundwinkel, das Niklas nur zu gut kannte, dazu der tadelnde Blick ihrer unbeweglichen kleinen Augen – es schien bereits ausgemacht, dass seine Mutter ihm bis in alle Ewigkeit vorhalten würde, dass er dieses eine Mal nicht erreichbar war, als seine Schwester ihn brauchte.

»Wir haben gefeiert«, erklärte Oliver, als machte das irgendetwas besser. »Nikki hat in Köln den halben Tequila-Vorrat vernichtet.«

Frau Tiedemann bestrich Lottes Brötchen mit Nutella, obwohl das Mädchen in die zweite Klasse ging und Brötchen nicht nur fehlerfrei buchstabieren, sondern auch eigenhändig schmieren konnte.

»Was gab's denn zu feiern?«, fragte sie ohne großes Interesse.

»Es ist doch Karneval«, sagte Niklas, bevor Oliver auf die Idee kam, von Eva und ihren Plänen zu erzählen. Er konnte sich schon denken, wie seine Mutter das finden würde.

»Tarneval!«, rief Hannes begeistert. Er sollte im Sommer eingeschult werden, verwechselte aber immer noch gelegentlich t und k.

»Karneval«, belehrte ihn seine Großmutter.

»Versuch's mal mit Fasching«, schlug Niklas vor, was dem Jungen auch fehlerfrei gelang. Hannes, der als Einziger in der Familie nicht die feingeschnittene Tiedemann-Nase geerbt hatte, saß friedlich auf Olivers Schoß und spielte mit dessen Baseballmütze, während sein Patenonkel ihm einen Karnevalsklassiker vorsang.

»Wat och passeet, dat eine es doch klor: Et Schönste, wat m'r han, schon all die lange Johr – es unser Veedel.«

»Freust du dich schon auf den Zug?«, wandte sich Niklas an seine Nichte.

»Hm.« Lotte, die noch ihren Pyjama trug, schielte auf ihr Kostüm. Das rosa Rüschen-Kleid lag zusammen mit einer silbernen Krone auf dem Sofa; Luzie, die Puppe aller Puppen, trug eine exakte Kopie des Kleides. Oma Tiedemann, die sich mit gelegentlichen Schneiderarbeiten und Änderungen ihre bescheidene Rente aufbesserte, hatte die Sachen genäht.

»Leider kann ich nicht mitkommen«, sagte Niklas. »Ich will erst mal zu eurer Mutter fahren.«

»Kann ich mit?«, fragte Lotte.

»Nein, wir treffen uns alle nach dem Zug im Krankenhaus.« Niklas sah zu seinem Freund, der aufgehört hatte zu singen.

»Unser Veedel«, echote Hannes.

»So ein Scheißmist ...«, quengelte Lotte, die es gar nicht gern hatte, wenn man ihre gutgemeinten Anregungen vom Tisch fegte, und so fegte sie ihrerseits ihre Lieblings-Luzie mit einer trotzigen Handbewegung zu Boden.

»Komm mal bitte zu mir.« Niklas versuchte ein gewinnendes Lächeln aufzusetzen, doch seine Gesichtsmuskeln waren noch vom Tequila in Mitleidenschaft gezogen. So zog er stattdessen eine Grimasse, als wolle er das Kind fressen.

»Ich will lieber zu Oliver«, maulte Lotte. »Hannes sitzt da schon die ganze Zeit. Jetzt bin ich dran.«

»Der Arme bricht ja zusammen!«, versuchte Niklas einzugreifen, doch mit einem Griff hatte Oliver den Quälgeist auf seinen rechten Schenkel gehoben, und Lotte grinste triumphierend in die Runde.

Niklas fühlte sich erschöpft, das kleine Biest hatte ihn geschickt ausgespielt. Auf der Fahrt ins Krankenhaus fiel ihm wieder ein, was Inken zum Thema Energiefressen gesagt hatte. Er würde nochmal mit Oliver über das Kinderkriegen sprechen müssen.

Die weiße Decke ihres Bettes war ordentlich zurückgeschlagen, als Niklas das weiße Zimmer betrat. Von seiner Schwester keine Spur. Nur ein gekreuzigter Jesus blickte vom Kopfende des Bettes auf ihn herab.

Inkens Bettnachbarin saß aufrecht in ihrem weißen Bett, sah fern und stopfte dabei Erdnussflips in sich hinein. Auf dem Kopf trug sie eine bunte Strickmütze, darunter war sie kahl; im Nacken waren Ausläufer violetter Streifen sichtbar, die man auf ihren Hinterkopf gezeichnet hatte.

»Die ist gerade abgeholt worden, zu Untersuchungen.« Ihr Blick hing am Monitor, wo sie die Formation des Rosenmontagszuges verfolgte. Die Frau sprach sehr laut, um das Dröhnen der Karnevalsmusik zu übertreffen. »Und das am Feiertag! Scheint ja wirklich schlimm zu stehen um die Kleine.«

Niklas stellte die Tasche, in der seine Mutter das Nötigste zusammengepackt hatte, auf das leere weiße Bett und machte sich auf die Suche nach einem Arzt. Auf dem weißen Flur herrschte Totenstille, kein Mensch weit und breit. Auch in der Anmeldung konnte er niemanden finden, doch aus einem Nebenraum war ausgelassenes Gelächter zu hören. Er klopfte und öffnete die Tür.

Zwei weißbekittelte Frauen saßen beim Frühstück; die Jüngere trug eine hellblaue Trainingsjacke über ihrem Kittel, sodass man nur die ersten drei Buchstaben ihres Namensschildes erkennen konnte: Hei–. Karnevalsbedingt hatte sie sich Katzenschnurrhaare mit Kajal auf die Wange gemalt; ihre ältere Kollegin begnügte sich mit einer roten Pappnase, die sie vorübergehend auf der Stirn trug, um ungehindert frühstücken zu können.

Niklas ersparte es sich, den Frauen mitzuteilen, wie unpassend er ihren Aufzug fand. »Ich bin auf der Suche nach Inken Bayer.«

»Die ist gerade bei verschiedenen Tests. Das kann noch was dauern«, teilte ihm Schwester Hei– mit und räkelte sich genussvoll, sodass für einen Moment die zwei fehlenden Buchstaben auf ihrem Namensschild sichtbar wurden: –di.

Ihre ältere rothaarige Kollegin stand auf und reichte ihm die Hand.

»Ich bin Schwester Erika, die Stationsschwester. Sind Sie ihr Mann?« Erika lispelte leicht.

»Inken ist meine Schwester. Was sind das für Tests?«

»Es kann noch dauern, bis sie zurück ist.« Schwester Erika schob Niklas sanft zurück auf den weißen Flur. Er folgte ihr in die Anmeldung, die mit bunten Pergament-Girlanden geschmückt war. »Der Arzt möchte noch mit Ihnen sprechen. Ich werde ihn mal anpiepen.«

Während sie seine Nummer wählte, schob Schwester Erika ihre Lippen leicht übereinander und rieb an ihrer hochgesteckten Pappnase. Offenbar hatte sie sich auf einen ruhigen und stressfreien Feiertag eingestellt.

»Kann ich etwas Wasser haben?« Niklas' Hals war vom Alkohol noch ganz trocken. Außerdem hatte der mütterliche Kaffee seinen Magen in Aufruhr versetzt.

»Ist Ihnen nicht gut?« Schwester Erika musterte ihn mit professionellem Mitleid und füllte ihm ein Glas mit Leitungswasser.

»Ich glaube, ich vertrage keinen Fasching.«

Schwester Erika deutete unbeeindruckt auf das Ende des Ganges.

»Warten Sie bitte da hinten auf den Doktor.«

Dann setzte sie ihre rote Nase wieder auf und verschwand im Schwesternzimmer.

Der Aufenthaltsraum war ein überheizter verlassener Glaskasten. Bastelarbeiten zierten die Fenster: Clowns, Papageien und Katzen aus Filz und Pappe – durchschaubare Versuche, der Station Leben einzuhauchen. Niklas fühlte sich an die tierischen wie menschlichen kleinen Pappkameraden erinnert, die Hannes im Kindergarten gebastelt hatte und die sich nun in seiner Schreibkommode stapelten. Manchmal, so wie bei dem Rentier, das er zu Weihnachten bekommen hatte, ließ sich die Gattung auf Anhieb nicht eindeutig bestimmen, und es hätte auch gut als Schwein durchgehen können. Aber er brachte es nicht übers Herz, die Liebesgaben eines Fünfjährigen wegzuwerfen.

Im Fernsehen lief ein Bericht über die letzten Vorbereitungen des Umzuges. Er war einigermaßen dankbar, dass ihm die Teilnahme in diesem Jahr erspart blieb, wenngleich die Umstände glücklicher hätten sein können. Seufzend schaltete er den Apparat aus. Nun lebte er schon eine halbe Ewigkeit hier, aber Fasching ging mit schöner Regelmäßigkeit an ihm vorbei – er mochte sich nicht mal daran gewöhnen, dass man hier Karneval sagte.

Ein Vierteljahrhundert war es her, dass Frau Tiedemann mit ihren Kindern Hamburg verlassen hatte. Inken war gerade vier Jahre alt und ließ sich damals noch prima von ihrem großen Bruder verhätscheln. Vom Tag ihrer Geburt an, besser noch: mit Beginn der Wölbung am Bauch seiner Mutter hatte seine kleine Schwester alles für Niklas bedeutet. Er schleppte sie, kaum geboren, durch die Wohnung, fütterte sie, bestand darauf, bei jedem Spaziergang den Kinderwagen zu schieben, obwohl er noch kaum darüber hinwegblicken konnte. Er las ihr aus seinen Büchern vor, lange bevor er in die Schule kam; später betätigte er sich als ihr Stylingberater, ohne sich etwas dabei zu denken, und half ihr die verhassten Sommersprossen auf der Nase zu überschminken.

Niklas und Inken waren unzertrennlich, daran konnte auch der kleine Mattis nichts ändern. Der leicht übergewichtige Nachbarsjunge besuchte sie damals oft und brachte die tollsten und neuesten Spielsachen mit, die sie sich von dem Geld, das der Vater nicht schickte, natürlich nicht leisten konnten – und Frau Tiedemann weigerte sich aus falschem Stolz, Unterstützung von ihm einzufordern, geschweige denn: die Scheidung einzureichen. Auch ihren Ballettunterricht musste Inken abschreiben, weil das Geld gerade für das Nötigste reichte.

Sie waren nach Düsseldorf gezogen, zu Tante Marianne, und seine Mutter hatte begonnen, wieder in ihrem Beruf als Schneiderin zu arbeiten, um die Familie zu ernähren. Doch die Schwestern hatten sich bald verkracht, weil Marianne seit ihrer Scheidung ausschließlich von Alimenten lebte, was Magda Tiedemann, die ihren Stolz hatte, verwerflich fand. Die Kinder mussten sich nachmittags oft selbst beschäftigen, aber sie waren nie allein. Und wenn Niklas in den Sommerferien nach Hamburg fuhr, um Mattis zu besuchen, mit dem er seit dem Umzug eine rege Brieffreundschaft pflegte, dann war Inken immer mit dabei.

Als Niklas 13 Jahre alt war, begann die geschwisterliche Unzertrennlichkeit zu bröckeln. Damals verbrachte er ein verlängertes Wochenende auf einer Konfirmandenfreizeit, in einem kleinen Ort bei Neuss. Es war das erste Mal, dass er nicht allein in seinem Bett schlief. Es war für lange Zeit auch das letzte Mal, denn er und Friedrich – so hieß der andere Junge – wurden erwischt und nach Hause geschickt. Von offizieller Seite erfuhr niemand etwas, so sehr schämten sich die Betreuer dessen, was sie am Morgen danach entdeckt hatten. Niklas wiederum war die Sache so unangenehm, dass er niemals wieder einen Schritt in die Kirche setzen wollte und die Konfirmation abblies. Weder Inken noch seiner Mutter erzählte er, was sich mit Friedrich in der klammen, sauerstoffarmen Abgeschiedenheit unter seiner Bettdecke zugetragen hatte – zu deutlich hatte er in Erinnerung, was die Frauen beim *Lindenstraße*-Gucken davon gehalten hatten, dass Carsten Flöter und sein Freund Robert Engel gemeinsam in der Badewanne planschten.

Nein, die Sache mit Friedrich sollte einmalig bleiben, ein Ausrutscher. Trotzdem suchte Niklas daheim immer häufiger die Ruhe seines eigenen Zimmers. Gab vor, seine Hausaufgaben erledigen zu müssen, wenn Inken mit ihm ins Kino gehen wollte. Stattdessen lud er aus der Erinnerung immer wieder jene Nacht herunter, holte sich das aufregende Kribbeln zurück, das die Knie zittern machte und den Kopf schwindelig.

Nach Hamburg fuhr er in jener Zeit nicht mehr, denn natürlich hätten die Jungs in einem Zimmer geschlafen, und Niklas wollte sich nicht erneut in Versuchung bringen, nicht mit seinem einzigen Freund. Inken fuhr nun manchmal alleine zu Mattis, dessen Eltern damals in Scheidung lebten. Sie hatte mit dem armen Kerl Mitleid und später auch Sex, aber das durfte Niklas offiziell gar nicht wissen: Mattis hatte es ihm vor kurzem erst erzählt.

Damals brauchte Niklas noch etliche Jahre, bis er Inken seinen ersten Freund präsentierte. Er hatte sie in seine Wohnung eingeladen, ohne große Worte zu verlieren, nur so viel: Er wollte ihr jemanden vorstellen.

Bei ihrer Ankunft ließ er sie vorangehen, und nachdem Inken einen neugierigen Blick in die Küche geworfen hatte, wo sein Freund schon nervös wartete, sagte sie bloß: »Na endlich!«

»Herr Tiedemann?« Schwester Erika klopfte an die Scheibe. »Der Doktor ist in wenigen Minuten auf der Station.«

Als Niklas Doktor Danzig wenig später gegenüberstand, versuchte er, sich nicht von dessen Vier- bis Acht-Tage-Bart stören zu lassen. Doch als seine Augen an seinem weißen Kittel hinabwanderten und schließlich auf blitzblaue Turnschuhe stießen, in denen zwei schlaksige Beine steckten, dachte er zunächst, ein Zivildienstleistender habe sich die weiße Halbgötterkutte übergeworfen, um hier Fasching zu zelebrieren. Doktor Danzig war kaum älter als er selbst. Hatte dieser Mann die nötige Erfahrung, Inken wieder gesund zu machen?

»Sie haben sich den Rosenmontag auch anders vorgestellt, was?« Die Art, wie er beim Sprechen das R schrubbte, verriet seine westfälische Herkunft.

Niklas schüttelte seine Hand, sie war rau vom ständigen Desinfizieren und Waschen.

Dr. Danzig führte ihn in ein schmales Untersuchungszimmer und bot ihm einen Stuhl an; er selber lehnte sich an eine braune Liege, deren Oberteil Tausende Patientenhinterköpfe hellgerubbelt hatten.

»Ich persönlich muss sagen, ich bin ganz froh, dass ich vor den Verrückten da draußen sicher bin. Ich arbeite ausgesprochen gerne an Karneval, und die Kollegen sind froh, dass es sie nicht trifft. Die Schwestern sehen das natürlich anders. Sie haben gewissermaßen einen Narren an mir gefressen.«

Niklas schenkte ihm ein müdes Lächeln. Er hatte im Spiegel seinen Zwilling entdeckt, er war unrasiert und wirkte blass.

»Ihre Schwester ist jetzt wieder auf dem Zimmer. Die Untersuchungen haben sie ziemlich mitgenommen. Wir mussten ihr etwas zur Beruhigung geben. Sie wird ein paar Stunden schlafen, und am Nachmittag können Sie dann mit ihr sprechen.«

Niklas lehnte sich an den Türrahmen. »Wie geht es ihr?«

Doktor Danzig setzte sich langsam auf die Liege. Er rutschte zurück bis an die Wand, sodass sich seine Hosenbeine etwas hochschoben. Seine weißen Tennissocken zierten ein blauer und ein grüner Streifen, über dem Saum kräuselten sich vereinzelt ein paar Härchen. Der Doktor war behaart wie ein Teenager.

»Ihre Schwester kommt spät. Ich sage bewusst nicht zu spät. Aber der Tumor in ihrer Brust ist bereits so groß wie ein Tischtennisball. In den Lymphknoten ließ sich nichts feststellen. Soweit wir das im Moment beurteilen können, haben sich auch noch keine Tumorzellen über den Blutweg ausgebreitet und an anderer Stelle des Körpers angesiedelt – das, was man Metastasen nennt.«

Er musterte Niklas, um zu überprüfen, ob er ihn verstanden hatte.

»Eine gute Nachricht klingt anders, oder?«

»Das kommt darauf an, wie die Operation verläuft.« Wieder ein prüfender Blick. »Für andere Maßnahmen sind wir zu spät dran. Man hätte das Tumorwachstum mit Hormonen beeinflussen können, es gibt die Möglichkeit einer Therapie mit sogenannten Tamofixen. Die ist aber nicht ganz frei von Nebenrisiken, außerdem wendet man sie eher in einem früheren Stadium an.«

Dass seine Schwester spät dran war, hatte Niklas nun verstanden. Er sah den Arzt herausfordernd an. »Wir reden von Krebs, ja?«

»Ja.« Doktor Danzig beugte sich leicht vor und verschränkte seine Hände zwischen den Knien. Er wirkte erleichtert.

»Wird Inken wieder gesund?«

»Jede Patientin spricht unterschiedlich auf die Behandlung an. Wir tun, was wir können.«

Niklas versenkte seine Hände in den Hosentaschen und schloss die Augen. Die Kopfschmerzen kehrten zurück, vielleicht waren sie auch nie richtig weg gewesen. »Wann operieren Sie meine Schwester?«

»Gleich morgen früh.«

Niklas erschrak ein wenig.

»Wir hoffen, eine totale Mastektomie verhindern zu können. Wenn möglich, werden wir eine brusterhaltende OP durchführen. Bei der Knotenresektion wird der Knoten einschließlich Umgebungsgewebe aus der Brust entfernt. In der Regel folgt danach noch die Bestrahlung. Oder man behandelt mit Zytostatika weiter, in der Chemotherapie. Mit dieser adjuvanten Therapie versucht man alle Krebszellen zu zerstören, die möglicherweise noch im Körper herumschwirren.«

Niklas öffnete die Augen.

»Haben Sie noch Fragen?«, wollte Dr. Danzig wissen.

»Ungefähr tausend.«

Inken war schon unterwegs ins Reich der Träume, als Niklas das Zimmer betrat. Ihre Bettnachbarin starrte wie gebannt auf den Fernseher, wo das amtierende Prinzenpaar beim Händeschütteln im Bad der Menge gezeigt wurde, und schien sein Eintreten nicht zu bemerken. Über ihre Mütze hatte sie einen Kopfhörer gezogen, aus dem hin und wieder das Pfeifen und Schrillen der Jecken drang, die sich des Lebens freuten.

Das Gesicht seiner Schwester war blass und von einem dünnen Schweißfilm überzogen. Inken hatte Mühe, die Augen zu öffnen. Als sie ihren Bruder erkannte, lächelte sie.

»Na, wie habe ich das gemacht?« Inkens Stimme klang belegt. Sie sprach so leise, dass Niklas sie kaum verstand.

Er setzte sich auf die Bettkante. »Was meinst du?«

»Wegen mir verpasst du den blöden Zug! Du schuldest mir was, Brüderchen.«

Er küsste ihre Stirn und verharrte für einen Moment, über seine Schwester gebeugt.

»Das arme Ding war vorhin ganz aufgelöst«, ließ sich Inkens Zimmergenossin vernehmen und raschelte mit der Chips-Tüte. »Kein Wunder, wenn man bedenkt, was ihr noch alles bevorsteht.«

Niklas wollte die Frau bitten, sie möge sich auf die Faschingsübertragung im Fernsehen konzentrieren, doch Inken hielt ihn zurück.

»Kümmerst du dich um die Kinder?«, sagte sie matt. »Ich will nicht, dass Wolfram sie bekommt, falls …«

»Wolfram bekommt gar nichts, mach dir keine Sorgen!«

Da war sie schon eingeschlafen.

Kurz vor Weihnachten war es, als Wolfram seiner Familie das Geschenk seines Abschieds machte. Inken hatte die letzten Präsente besorgt und die Kinder vom Kindergarten abgeholt; nun schickte sie Lotte zum Haus vor, um den Vater rauszuklingeln, damit er ihnen beim Tragen helfe. Doch Wolfram kam nicht. Also musste Inken die Einkaufstüten und den kleinen Hannes, der sich weigerte zu laufen, allein schleppen. Lotte bekam den Schlüssel und rannte vor.

Inken fand die Wohnung so vor, wie sie sie am Morgen verlassen hatte: Im Flur wurde sie von muffiger Luft empfangen, auf dem Boden verstreut lagen Hannes' Piraten, und in der Küche stapelte sich das Frühstücksgeschirr. Für einen Moment kam Inken der Gedanke, die Tür einfach von außen zuzuziehen, als hätte sie sich im Haus geirrt, und mit den Kindern wegzurennen, irgendwohin, möglichst weit weg. Aber Hannes quengelte schon wieder, er hatte Hunger. Aus dem letzten sauberen Becher, den sie in der Küche finden konnte, gab seine Mutter ihm etwas Mineralwasser.

»Wolfram? Wir sind wieder da«, rief sie, als sei das bei dem Gezeter des Jungen noch nötig.

Lotte lief zielstrebig ins Schlafzimmer. Nach der Frühschicht legte sich ihr Vater gern für zwei, drei Stunden aufs Ohr, um dann auf die Couch zu wechseln und fernzusehen.

»Papa?« Lotte kam in die Küche zurück.

»Hast du ihn geweckt?«, frage Inken, aber Lotte schüttelte den Kopf. Hannes hatte etwas an Lautstärke zugelegt, demnächst würde er das ganze Haus zusammenbrüllen, wenn er nicht bald etwas in seinen kleinen leeren Bauch bekäme.

»Wolfram?« Mit dem Jungen auf dem Arm ging Inken ins Schlafzimmer. Nichts. Vielleicht war er auf der Couch eingeschlafen? Sie liefen ins Wohnzimmer, aber da stand keine Couch mehr. Auch der Fernseher war fort. Ein Rahmen aus dickem Staub war wie ein spöttisches Denkmal zurückgeblieben, das Antennenkabel lag schlaff und nutzlos auf dem Boden.

»Jemand ist bei uns eingebrochen«, flüsterte Inken am Telefon. Niklas konnte sie kaum verstehen, weil Hannes wie am Spieß brüllte.

Als er in der Wohnung ankam, suchte er am Eingang nach Spuren von Gewalt, aber ohne Ergebnis. Lotte öffnete die Tür, sie trug noch Jacke und Handschuhe.

»Spielst du mit mir?«

»Gleich, Süße.« Niklas zog ihr die dicken Sachen aus und nahm sie auf den Arm. Er fand Inken im Kinderzimmer, wo sie Hannes mit einer Banane fütterte.

»Was fehlt denn alles?«

»Fernseher, Videorecorder, die Couch ist auch weg.«

»Irgendwas kaputt?«

Inken schüttelte den Kopf.

»Hast du mal bei den Nachbarn gefragt, ob die irgendwas …«

»Wann denn?!«, herrschte sie ihn an, »ich war froh, dass ich diese verdammte Banane auftreiben konnte, damit mein Sohn nicht verhungert!«

»Arbeitet Wolfram noch?« Niklas setzte Lotte ab, die brabbelte, dass sie ihm etwas zeigen wolle.

Inkens Blick verriet, dass sie an ihren Mann gar nicht mehr gedacht hatte. »Der hat Frühdienst.«

Inken übergab Hannes und den Rest der weichen Banane an seinen Onkel und rief in Wolframs Firma an.

Während Niklas und Hannes darum kämpften, wer den matschigen Bananen-Stummel halten durfte, kehrte Lotte zurück, um ihr neues Bilderbuch vorzuführen. Aus dem Flur drangen Fetzen des Telefonats.

»… würde gern meinen Mann sprechen, ist der noch da? …

Ja, danke, denen geht es gut … Ja, ich warte … Was? Ach so, nein … das habe ich dann wohl vergessen … Ja, Ihnen auch ein frohes Fest.«

Inken betrachtete den Hörer, als hätte man ihr gerade versprochen, er werde sich jeden Moment in den vermissten Wolfram mit seiner speckigen Lederjacke verwandeln, wenn sie ihn nur lang genug in der Hand hielt.

»Ist er unterwegs?« Niklas versenkte das letzte Stück Banane erfolgreich in Hannes' Mund.

Ohne eine Antwort lief Inken ins Wohnzimmer. Lotte schob ihre Unterlippe über die Oberlippe und fing an zu weinen. Irgendetwas stimmte nicht, das merkte sie mit ihren fast fünf Jahren schon genau. Sie ließ das Buch fallen und lief zu ihrer Mutter. Niklas und Hannes folgten.

Inken saß auf dem Boden, dort, wo bis vor kurzem noch die braune Ledercouch gestanden hatte. Mechanisch nahm sie Lotte auf den Arm.

»Er hat schon die ganze Woche Urlaub.«

Nicht Einbrecher hatten damals Inkens Wohnzimmer ausgeräumt. Wolfram war ausgebrochen, zwei Tage vor Weihnachten, weil es ihm zu eng geworden war in der 3-Zimmer-Wohnung – sein erster Akt der Selbständigkeit, seit er Inken geheiratet hatte.

Auch wenn es für die Kinder ein Drama war: Wolframs Verschwinden hatte Niklas nicht sonderlich betrübt. Er empfand sogar etwas wie Erleichterung, dass Inken sich nur noch um zwei unselbständige Wesen zu kümmern hatte, die im Gegensatz zu ihrem Gatten jeden Tag etwas dazulernten. Die beiden hatten ständig Streit, angefangen mit den Motorradtouren, die Wolfram am Wochenende unternahm, anstatt sich um seine Kinder zu kümmern, über seine Gewohnheit, das Licht nicht zu löschen, wenn er von der Toilette kam, was in keinem Verhältnis stand zu den Flecken, die er beim Pinkeln verursachte, als verrichtete er seine Notdurft in totaler Finsternis, bis hin zur leidigen Diskussion über eine angemessene Beischlaffrequenz, die nach Lottes Geburt gen null gesunken war. Man habe sich an gewisse eheliche Pflichten zu halten, hatte Frau Tiedemann ihrer hilfesuchenden Tochter daraufhin mitgeteilt, und sich ganz weit ins ratgeberische Abseits katapultiert. Immerhin verdankte Hannes diesem Mutter-Tochter-Gespräch sein Leben.

Niklas nahm für den Rest des Tages frei, um bei seiner Schwester zu bleiben. Er konnte sich nicht vorstellen, was Wolfram zu seiner feigen Flucht getrieben haben mochte. Hannes, der vielleicht dunkel ahnte, was passiert war, schob sich seinem Onkel auf den Schoß. »Papa?«

Inken hüllte sich in Schweigen. Um sich abzulenken, fing sie an, den Geschirrberg in der Küche zu erklimmen und mit dem Staubsauger durch die Wohnung zu jagen, als wollte sie jedes Haar, jede Hautschuppe von Wolfram entfernen. Die vom Fernseher hinterlassene Lücke füllte sie mit ihrer ansehnlichen Sammlung von Bildbänden zur Düsseldorfer Stadtgeschichte und verkündete abschließend trotzig, der Platz sei so überhaupt viel besser genutzt.

Niklas konnte seine Schwester überreden, Weihnachten mit ihm und Oliver zu verbringen. Von ihrem Mann gab es keine Spur. Dass er das gemeinsame Sparbuch leergeräumt hatte, entdeckte sie erst später. Er hatte nicht angerufen und schickte keinen Brief. Wolfram war einfach weg.

Inken verbat sich jede Nachfrage zu seinem Verschwinden, und Frau Tiedemann machte bereitwillig bei diesem Unsinn mit. Sie sang ihre Weihnachtslieder in jenem Jahr besonders laut, als ließen sich damit alle bösen Geister vertreiben, auch die aus ihrem eigenen Albtraum.

Niklas fügte sich den Spielregeln und steuerte seinen Teil bei, indem er heimlich das Telefon ausstöpselte, nachdem Wolfram eines Nachts betrunken angerufen und nach Inken verlangt hatte. Eine Versöhnung musste auf jeden Fall verhindert werden, zum Wohle seiner Schwester und der Kinder.

Gleichzeitig setzte er alles daran, Inken ihren voreiligen Plan auszureden, nach Hamburg zu gehen, um dort mit den Kindern ein neues Leben zu beginnen. Im benachbarten Niederkassel besorgte er ihnen ein neues Zuhause. Nun wohnten sie nicht nur in einer besseren Gegend, sondern auch viel näher an seiner Wohnung. Oliver half beim Tapezieren, Niklas renovierte ihr Selbstbewusstsein.

Welche Geschichte Inken den Kindern, die selten vor Mitternacht zur Ruhe kamen, erzählte, wann immer sie zu ihnen ins Schlafzimmer gerufen wurde, wusste Niklas nicht. Sehr überzeugend log sie jedenfalls nicht, denn immer wieder erwachte Lotte weinend aus wilden Träumen und rief nach ihrer Mutter oder kam ins Wohnzimmer gelaufen. Hier lagen sie zwischen auseinandergeschobenen Möbeln, unter Decken aneinandergekuschelt auf dem Boden und sahen einen Videofilm nach dem anderen an. Kaum lief der Abspann eines Films, zog Inken schon den nächsten hervor. Es durfte bloß keine Stille entstehen, kein Raum für Fragen, etwa wieso sie dort lagen und weshalb Inken nicht zu Hause in ihrer Wohnung war.

Niklas fühlte sich sehr an alte Zeiten erinnert. Er hatte Inken, und Inken hatte ihn. Da Oliver weder die alten noch die neuen Zeiten gefielen, zog er sich beleidigt nach Köln zurück, und Niklas und seine Schwester heulten sich bei *Beaches* die Augen aus, als Bette Midler gegen Ende den Tod ihrer besten Freundin beklagen muss und beschließt, für deren kleines Töchterchen zu sorgen.

4: *Zimmer mit Aussicht*

Die Aufzugtür öffnete sich, und eine kleine Prinzessin stürmte auf den Flur der Krankenstation. Sie trug einen Strauß Blumen in ihren Lieblingsfarben vor sich her: Veilchen und gelbe Tulpen. Mit ihrem rosa Kleid und der Krone wirkte Lotte, von der Natur mit feinen Gesichtszügen ausgestattet, wie aus dem Märchen entsprungen. Stolz nahm Niklas sie in die Arme, als Oliver und Hannes singend den Fahrstuhl verließen.

»Et Schönste, wat m'r han, schon all die lange Johr – es unser Veedel.«

Der Junge trug zum Kopftuch zwei goldene Reif-Ohrringe; auf seinen schmalen Schultern befand sich ein Papagei aus Stoff, der sein Seeräuberoutfit perfekt machte. Lediglich die Pistole, die er wie ein Cowboy schwang, wirkte etwas fehl am Platz, aber die hatte er sich nicht ausreden lassen.

»Alaaf!«, rief Oliver.

»Selber Alaaf!«, antwortete Niklas. »Wie war der Zug?«

»Na ja.«

Oliver trug einen alten gestreiften Pyjama von Inken, der ihm viel zu kurz war, sodass er wirkte wie ein Sträfling in seiner Sommergarnitur. Nicht schlimm genug, dass sie sein schönes Vaterschafts-Kostüm in der Eile in Köln vergessen hatten, nun musste er auch noch im verhassten Düsseldorf Rosenmontag feiern. Niklas hatte Mitleid und zwickte seinem Freund liebevoll in die Nase.

Mit zögernden Schritten betrat zuletzt noch Frau Tiedemann die Station und wirkte etwas verloren. Von ihren Entbindungen und denen ihrer Tochter abgesehen, hatte sie Aufenthalte oder auch nur Besuche in Krankenhäusern bislang vermieden. Sie brachte Inken einen Obstkorb mit Weintrauben und Erdbeeren, die um zwei pralle runde Wassermelonen drapiert waren.

»Oma, tomm!« Hannes konnte nicht schnell genug bei seiner Mutter sein.

Es war früher Nachmittag. Ein Pfleger mit roten Birkenstock-Sandalen schob einen Wagen mit Kaffee, Tee und verschiedenen Säften über den Gang und musste einer jungen Frau ausweichen, die einen älteren Herrn im Rollstuhl spazieren fuhr. Jemand erkundigte sich in der Anmeldung nach dem Zimmer eines Patienten. Von irgendwo war Karnevalsmusik zu hören. Es war etwas Leben eingekehrt auf der Station.

Inken lächelte matt, als ihre Familie das Zimmer betrat. Die Prinzessin und der Pirat stürzten sich von beiden Seiten auf ihre Mutter und wurden in die Arme geschlossen. Hannes hatte die Hosentaschen voller Kamelle, die er beim Rosenmontagsumzug gesammelt hatte und nun ins Bett entleerte. Inken wischte sich die Tränen aus dem blassen Gesicht.

Das Bett ihrer Nachbarin war verlassen. Ihr Mann hatte sie zu einem Spaziergang abgeholt.

»Ich werde dafür sorgen, dass sie dich in ein anderes Zimmer verlegen«, sagte Niklas.

»Ist nicht nötig, Nik«, sagte Inken durch die Blumen, die Lotte ihr in die Hand gedrückt hatte.

»Ich will nicht, dass du dir weiter das Gequatsche dieser Kuh anhören musst!«, beharrte er.

»Eine Tuh?« Hannes suchte mit neugierigen Blicken das Zimmer ab.

Inken warf Niklas einen vorwurfsvollen Blick zu, den er postwendend zurückschickte. Dann formte sie mit ihren schönen Lippen einen Kussmund und berichtigte ihren Sohn. »Es heißt Kuh, Cowboy!«

»Mann, Mama! Ich bin doch Pirat!«

»Hat der Arzt nochmal mit dir gesprochen?«, erkundigte sich Niklas.

»Nicht vor den K.i.n.d.e.r.n«, bat Inken, die plötzlich auch ihre Lust am Buchstabieren entdeckt hatte.

Wie aufs Stichwort sprang Mutter Tiedemann auf und nahm die Kinder an der Hand. »Sollen wir mal eine schöne Vase holen gehen für Mamas Blumen?«

Hannes war sofort dabei, aber Lotte ließ sich nur widerwillig aus dem Zimmer bewegen, weil sie genau spürte, dass hier eine wichtige Angelegenheit ohne sie besprochen werden sollte.

»Dr. Danzig sagt, ich soll mir keine Sorgen machen. Aber könnt ihr nicht die Kinder nehmen, solange ich im Krankenhaus bin?«, fragte Inken leise, als sich die Tür hinter ihnen schloss. »Hannes spricht schon wieder wie ein Baby.«

»So behandelt sie ihn ja auch«, sagte Niklas.

»Das ist doch nicht ihre Schuld«, nahm Oliver ihre Mutter in Schutz.

»Ihr wisst, was ich meine. Sie fallen jedes Mal um ein Jahr in ihrer Entwicklung zurück, wenn sie ein Wochenende bei ihr waren.«

»Wir machen das gerne«, versuchte Niklas seine Schwester zu beruhigen. »Ich fahre nachher in die Agentur und sehe, was ich zu Hause erledigen kann. Und Oliver hat sowieso gerade Urlaub, dann bringt er Lotte zur Schule und Hannes in den Kindergarten.« Er legte den Arm um seinen Freund. »Dann kannst du das schon mal üben.«

»Jawohl, Herr Direktor.« Oliver grinste. Er hielt es nicht mehr aus, die gute Nachricht für sich zu behalten, und begann, von Eva zu schwärmen. Doch Inkens Begeisterung hielt sich in Grenzen. Sie schloss die Augen und drehte den Kopf zur Seite.

»Mach dir keine Sorgen!« Niklas massierte etwas ungelenk ihre Schulter. Da kehrte Oma Tiedemann mit den Kindern zurück. Lotte trug stolz eine große bauchige Vase aus Glas vor sich her, und Hannes hatte die rote Pappnase von Erika auf.

»Tuck mal, Mama!«, rief er strahlend und schoss mit seiner Pistole in die Luft.

Inken wurde am späten Nachmittag zu einer weiteren Untersuchung abgeholt. Oliver fuhr mit den Kindern in ihre Wohnung, um das Nötigste für die nächsten Tage zu holen und zu Niklas zu schaffen. Der versprach nachzukommen, sobald Inken auf die Station zurückgekehrt wäre. Gemeinsam mit seiner Mutter wartete er in der Cafeteria. Er nahm einen Espresso, sie trank Weinbrand. Den ganzen Nachmittag hatte sie kaum einen Ton gesagt. Jetzt, da sie allein waren, fand sie ihre Sprache wieder.

»Warum macht ihr euch so viel Arbeit mit den Kindern, Niklas? Ich habe doch den ganzen Tag Zeit und kann mich kümmern.«

Sie versuchte es wie einen gutgemeinten Vorschlag klingen zu lassen, doch ihr missbilligender Blick sprach Bände.

»Inken hat uns darum gebeten.«

»Vielleicht sollten sie in dieser schweren Zeit bei ihrer Großmutter sein.«

Niklas war müde und hatte keine Lust auf Diskussionen.

Seine Mutter gab für einen Moment Ruhe und nippte an ihrem Glas. »Wir sollten Wolfram Bescheid sagen.«

Niklas dachte zunächst, er hätte sich verhört. Inkens Ex-Mann hatte sich vor über zwei Jahren aus der Verantwortung gestohlen und lebte mit seiner neuen Frau in Mettmann. Was ging es ihn an, wenn Inken im Krankenhaus lag?

»Deine Witze waren schon mal besser.«

»Die Kinder brauchen einen Vater.«

»Wir hatten damals auch keinen.« Niklas trotzte den Blicken seiner Mutter, die ihn an das ungeschriebene Gesetz erinnerte, nicht vom Vater zu sprechen. Eines Tages war er einfach weg gewesen, und Frau Tiedemann war nichts Besseres eingefallen, als zu erzählen, er hätte beruflich verreisen müssen. Niklas ärgerte sich heute noch über die Lüge, die er sich als Kind hatte auftischen lassen, denn seit wann fuhren Tanzlehrer auf Geschäftsreisen? Es vergingen Wochen und Monate ohne ein Lebenszeichen, und Niklas hörte nicht auf, seine Mutter zu löchern, bis die sich schließlich ganz weigerte, über den Abtrünnigen zu reden. Sie begann alles zu vernichten, was sie an früher erinnerte, bis nur noch Kinderbilder übrig waren, die Niklas zeigten, als er sieben war. Wenn er sie heute in ihrer kleinen Wohnung besuchte und die Fotos an der Wand betrachtete, kam es ihm so vor, als ob sein Leben erst damit begonnen hatte, dass sein Vater verschwunden war – die Zeit davor war ausgelöscht. Das Schweigen der Mutter hatte jahrelang die Phantasie der Kinder beflügelt, die sich die Schönheit der Tanzschülerin, mit der der Vater offenbar durchgebrannt war, in den schillerndsten Farben ausmalten. Bis Niklas eines Tages, mehr aus der Lust an der Provokation denn aus Überzeugung, seiner Mutter die Theorie unterbreitete, dass der Vater nicht umsonst Tänzer gewesen sei und möglicherweise Gefallen an einem seiner männlichen Schüler gefunden hatte. Das Brennen der Ohrfeige konnte Niklas heute noch spüren.

»Das war etwas anderes.« Seine Mutter putzte sich die Nase, dann richtete sie mit zackigen Bewegungen ihren Scheitel.

»Wolfram ist nicht mehr ihr Vater. Und wir werden ihn

bestimmt nicht anrufen«, sagte Niklas und störte sich nicht daran, dass die Bedienung zu ihnen herüberstarrte. »Es scheint ja fast, als wäre dir jede Lösung recht. Hauptsache, die Kinder sind nicht bei uns.«

Frau Tiedemann berührte mit den Fingerspitzen seinen Unterarm und schaute ihn an. In ihren Augen blitzten Tränen.

»Du wohnst ja nicht mal mit Oliver zusammen, obwohl ihr euch schon so lange kennt.«

Niklas rief nach der Rechnung.

»Du hast Angst, dass er dich irgendwann verlassen könnte. Du denkst, wenn man nicht richtig zusammen ist, tut es nicht so weh.«

»Wir sollten gehen.« Niklas stand auf und legte das Geld auf den Tisch. »Inken wird inzwischen von der Untersuchung zurück sein.«

Am Abend traf Niklas die Kinder und Oliver bei McDonald's. Es entsprach nicht seiner Vorstellung einer idealen Mahlzeit, schon gar nicht, weil er vor Jahren die Herstellung von Fernsehspots einer Imbiss-Kette begleitet hatte. Um den Burger richtig dampfen zu lassen und die Illusion einer frisch gebratenen Boulette zu erzeugen, hatte der Stylist mehrere Kippen unter das oberste Brötchen gesteckt – seitdem konnte man Niklas mit Essen aus Schnellrestaurants jagen.

»Fast Food ist eben nur fast Essen«, sagte er gerne. Doch heute war er zu erschöpft, um darüber zu streiten. Hannes, der noch immer Erikas Pappnase zu seinem Piraten-Cowboy-Kostüm trug, war ganz aufgeregt und konnte es kaum erwarten, bald wieder ins Tantenhaus zu fahren, zu seiner Mama. Prinzessin Lotte plapperte unentwegt.

»Maki sagt, dass Mama all ihre schönen schwarzen Haare verliert.«

»Die wachsen auch wieder nach«, sagte Niklas. Inken hatte ihm bereits Schauergeschichten von Lottes japanischer Freundin erzählt. Maki war nach den Sommerferien in ihre Klasse gekommen, weil sie wegen Verhaltensauffälligkeiten ein Jahr wiederholen musste.

»Maki sagt, Mama kriegt bestimmt nie wieder Kinder, wenn sie keine Brust mehr hat, denn wo sollen die kleinen Babys sonst die Milch herbekommen?«

Oliver verschluckte sich fast an seiner Cola, so sehr versuchte er, nicht laut loszuprusten. Vom Nebentisch gafften zwei auffällig geschminkte Frauen herüber.

»Und wahrscheinlich darf Mama bald oben ohne ins Freibad, sagt Maki. So wie die Männer, weil die ja auch keine Brust haben.«

»Jetzt warten wir mal ab, wie die Operation verläuft, und abgesehen davon würde ich nicht alles glauben, was Maki sagt.«

Ihr Onkel bediente sich an Lottes kalten Pommes frites. Der Cappuccino, den er vor fünf Minuten gekauft hatte, war immer noch so heiß, dass man ihn nicht trinken konnte. Niklas war hundemüde und drängte die Kinder, ihre Menüs aufzuessen.

Eine der Frauen vom Nachbartisch lehnte sich herüber und fragte: »Na, kommen eure Frauen später?«

»Nein.«

Sie zwinkerte ihm zu. »Mädelsabend, wie?«

»Bei uns ist jeden Tag Mädelsabend.« Oliver zog Niklas zu sich herüber und küsste ihn auf den Mund. Die Frauen kicherten blöd, aber wenigstens ließen sie sie in Ruhe.

Niklas bemerkte eine Gruppe von Skinheads, die das Restaurant betraten, und rückte ein wenig von Oliver ab. Doch auch Lotte hatte die Männer gesehen. Sie fuhr ihren kleinen

Zeigefinger aus und brüllte quer durch den Laden: »Haben die Männer mit der Glatze auch Krebs?«

»Ja, im Kopf, ganz schlimm«, sagte Oliver, und Niklas drohte der Kleinen, ihren Finger abzubeißen, wenn sie noch einmal auf andere Leute zeigte.

»Was ist Trets?« Hannes pulte die einzige Gurkenscheibe von seinem Hamburger.

»Es heißt Krebs«, sagte Niklas und unterdrückte ein Gähnen. »Und jetzt iss bitte, sonst wird dein Burger kalt.«

Oliver grinste vor sich hin.

»Muss man sterben, wenn man Krebs hat?« Lotte behielt die Skins genau im Auge und lutschte das Salz von einem frittierten Pommes-Stängel.

»Was sagt denn Maki zu dem Thema?«, fragte Oliver, wurde aber von einem Fußtritt unter dem Tisch zum Schweigen gebracht.

»Wenn man nichts dagegen tut, stirbt man vielleicht. Aber eure Mutter wird ja morgen operiert, dann ist sie bald wieder gesund«, sagte Niklas und hoffte inständig, dass das keine Lüge war. Glücklicherweise schien Lotte mit der Antwort zufrieden zu sein, denn sie stellte keine weiteren unangenehmen Fragen und hörte auch auf, die Skinheads anzustarren.

Nachdem sie die Kinder abgeschminkt und ins Bett gebracht hatten, ließ sich Niklas ein Bad einlaufen. Darauf hatte er sich schon den ganzen Tag gefreut. Er verriegelte die Tür, um ungestört zu sein, und stieg langsam in das dampfend heiße Wasser. Seine Schultern waren verspannt, sein Rücken tat weh, aber immerhin hatte es in seinem Kopf zu hämmern aufgehört. Er schloss die Augen und streckte sich aus.

»Nikki?« Es klopfte an der Tür.

Niklas tat so, als hätte er nichts gehört, und hoffte, Oliver würde ihn in Ruhe lassen. Doch den Gefallen tat sein Freund ihm nicht.

»Eva hat heute angerufen.«

»Schön.«

»Sie lässt ausrichten, dass sie die Pille abgesetzt hat. Von ihr aus kann's losgehen.«

»Oliver, ich bade gerade.«

»Freust du dich nicht, dass wir Eva gefunden haben?«

Niklas holte Luft und ging auf Tauchstation.

Mitten in der Nacht wachte er auf; seine Schläfen schmerzten, als läge er in einem Schraubstock. Vorsichtig schob er Olivers Arm zur Seite und verließ das Bett. Die alte Kuckucksuhr im Flur, ein Erbstück seiner Großmutter Fanni, zeigte auf halb vier. Er schlich zum Gästezimmer, wo die Kinder schliefen. Mattis war zu Inken umgezogen, solange sie im Krankenhaus lag, damit Niklas und Oliver ungestört Familie spielen konnten. Langsam wurde es Zeit, dass sich sein alter Freund um eine eigene Bleibe bemühte.

Die Tür stand halb offen, damit vom Flur Licht hineinfiel. Das hatte Inken sich und den Kindern nach Wolframs Abgang so angewöhnt. Im Dunkeln fürchteten sie sich vor dem Einschlafen. Hannes' Atem war deutlich zu hören, es klang wie ein leichtes Schnarchen. Der Arzt hatte schon angekündigt, dass er dem Kleinen an die Polypen wollte. Um die Atemzüge seiner Schwester auszumachen, brauchte es etwas Geduld, so leise war ihr Schlaf. Ein Lichtstrahl fiel in ihr kleines friedliches Gesicht. Nur der starre Blick von Luzie, ihrer Lieblingspuppe, schien zu fragen, was Niklas mitten in der Nacht hier verloren hatte.

Niklas ging aufs Klo, dann huschte er über den kalten Parkettboden in die Küche. Während er Kaffee kochte, sah er hinaus in die Nacht. Die altmodischen gusseisernen Laternen tauchten die leere Straße in ein gelbliches Dämmerlicht. Bei Pino war es schon dunkel. Oberkassel schlief tief und fest. Der Karnevalsmob tobte in sicherer Entfernung in der Altstadt auf der anderen Rheinseite.

Er fuhr seinen Laptop hoch, um am nächtlichen Harndrang zu arbeiten. Die Plattenfirma hatte ihm mittlerweile verboten, den Roland-Kaiser-Hit zu »verunglimpfen«, wie es in der Fax-Absage hieß. Nun musste er von vorne beginnen, doch er konnte sich nicht konzentrieren. Nach einer Viertelstunde ging er nachsehen, ob die Kinder wirklich noch schliefen. Dass sie ohne Protest eingeschlafen waren, machte Niklas ein wenig stolz, auch wenn Oliver behauptet hatte, sie seien nur aus Angst vor ihrem Onkel ins Bett gegangen. Er hatte das im Scherz gesagt, und doch war etwas Wahres dran, auch wenn Niklas lieber das Wort ›Respekt‹ gehört hätte. Er hielt es nicht für ein Verbrechen, Kindern einen gewissen Gehorsam abzuverlangen, auch wenn es ihn gelegentlich neidisch machte, zu beobachten, dass Lotte und Hannes mehr Spaß mit Oliver hatten, der manches nicht so genau nahm.

Niklas kehrte zu seinem Notebook zurück, doch zu viele Gedanken schwirrten ihm im Kopf herum. Die Vorstellung, vielleicht bald Vater zu werden, löste die unterschiedlichsten Reaktionen aus: Da war zum einen der Reiz, etwas zu kreieren, nicht bloß eine Kampagne, einen Spruch, der für einen Monat oder zwei auf den Plakatwänden der Stadt zu lesen war, um dann wieder vergessen zu werden. Niklas spürte durchaus auch den Wunsch, dazuzugehören, sich gemeinmachen zu können mit den anderen, von denen er sich oft genug belächelt fühlte – als Mann, dessen bisherige Lebensleistung darin bestand, sich lustige Sprüche auszudenken, aber auch, weil er das Schnarchen eines anderen Mannes in seinem Bett den kalten Füßen einer Frau vorzog.

Gleichzeitig machte ihm die Vorstellung einer Vaterschaft Angst. Es war weniger die Verantwortung, die er damit übernahm – die betrachtete er als willkommene Herausforderung; nein, vielmehr würde er plötzlich in einer Art Wettstreit mit Wolfram stehen. Bislang war es einfach gewesen, Inkens Ex-Mann zu verachten, weil er seine Familie im Stich gelassen hatte. Nun musste Niklas beweisen, dass er es besser konnte. Besser auch als sein eigener Vater, für den er nach wie vor liebevolle Gefühle hegte, bei allem Gram und aller Enttäuschung – das gehörte wiederum zu den Verlockungen des Kinderkriegens. Es war auch nicht ganz ausgeschlossen, dass Niklas eine Chance witterte, die Gunst seiner Mutter zurückzugewinnen, die die natürliche Ordnung verrückt sah, weil das jüngste Kind ihr zuerst Enkel geschenkt hatte und nicht ihr Sohn, der Stammhalter. Manchmal wünschte sich Niklas, sie möge ihm zugutehalten, dass er ihr dafür Trennungsdramen erspart hatte, denn er hatte seine früheren Beziehungsversuche vor ihr geheim gehalten. Andererseits war es vielleicht ebendieses Drama, das eine Mutter zum Leben brauchte, weil es ihre ureigenen Fähigkeiten als Trösterin hervorbrachte, aus der sie gleichsam ihre Daseinsberechtigung ableitete.

Die Graphiken vor seinen Augen verschwammen. Niklas fuhr den Computer runter und schenkte sich noch einen Kaffee ein. Damit setzte er sich an die Tür zum Gästezimmer und lauschte dem regelmäßigen Atmen der Kinder. Es beruhigte ihn, hier zu sein, als könnte er irgendetwas ausrichten, indem er mitten in der Nacht vor ihrem Zimmer saß, anstatt in der Küche zu arbeiten oder im Bett zu liegen und zu schlafen. Als könnte er sie vor irgendeiner absurden Gefahr beschützen oder davor bewahren, von einem Moment auf den nächsten das Atmen einzustellen. Er fühlte sich plötzlich unheimlich wichtig und mächtig, aber er hatte auch Angst vor dieser Macht, die jeden Moment in eine Ohnmacht umschlagen konnte, etwa, wenn eines der Kinder plötzlich aufwachte und nach Inken fragte, und so war er froh, dass sie nur vorübergehend bei ihm schliefen.

Der Blick aus Inkens neuem Zimmer war umwerfend: Von einigen wenigen Wolkenfetzen abgesehen leuchtete der Himmel blau, und die Sonne schien so stark, dass man die Hand zum Schirm formen musste, wenn man aus dem Fenster schaute. Der Fernsehturm sonnte sich im grellen Licht. Die Schornsteine zahlreicher Häuser dampften; dazwischen konnte man den Rhein sehen, auf dem die ersten schweren Schlepper dahintrieben.

»Die haben dir die Präsidentinnen-Suite gegeben, Schwesterschatz!«, rief er gutgelaunt, um Inken vor der Operation aufzumuntern. Doch sie drehte ihrem Bruder den Rücken zu. Das hatte zu den Dingen gehört, die sie nach Wolframs Verschwinden überhaupt nicht vermisst hatte: Niemand meinte, sie bevormunden zu müssen. Nun hatte Niklas dafür gesorgt, dass Inken ins Einzelzimmer verlegt wurde, obwohl sie ihn gebeten hatte, es nicht zu tun.

»Hier kann man wenigstens das Fenster richtig öffnen und den Krankenhausmief rauslassen.«

Niklas wagte einen kurzen Blick auf den Parkplatz, der direkt unter ihm lag. Da er nicht schwindelfrei war, erwies es sich als kein großes Vergnügen, fünf Stockwerke hinabzuschauen, vor allem, da er noch nicht gefrühstückt hatte.

»Die Kinder fehlen mir. Wie geht's ihnen?« Inkens Kopf lag auf einem Handtuch, weil sie in der Nacht stark geschwitzt hatte. Ihre dunklen Haare pappten glanzlos aneinander. Auf dem Nachttisch stand unberührt der Obstkorb ihrer Mutter. Jesus blickte von seinem Kreuz auf sie herab.

»Bestens.« Niklas ging zurück zu Inkens Bett. »Während wir uns hier einen Lenz machen, bringt Oliver Lotte zur Schule und Hannes in den Kindergarten.«

»Von mir aus hätten sie da heute nicht hingemusst«, sagte Inken matt.

Niklas strich ihr die Haare zurück. »Mach dir um die zwei keine Sorgen.«

Seine Schwester zog eine Grimasse und lüftete die Bettdecke. »Im Moment mache ich mir vor allem Sorgen um diese zwei. Was ist, wenn sie bei der Operation noch mehr von dem Krebs finden?«

»Jetzt entspann dich!« Niklas rieb ihre Finger. Die Hand war eiskalt. »Der Arzt hat gesagt, du bist genau im richtigen Moment gekommen.«

Aber Inken ließ sich nicht so einfach beruhigen. »Und wer nimmt mich dann noch in meinem Alter?«

»Du bist süße neunundzwanzig, Inken!«

»Nicht mehr lange. Mit den Kindern bin ich sowieso schon schwer vermittelbar. Ich will nicht als Ladenhüter ohne Möpse enden.«

»Wie kann man nur so fixiert auf diese Dinger sein?«, versuchte Niklas zu witzeln, aber das brachte Inken nur noch mehr auf.

»Du kannst es dir vielleicht nicht vorstellen, Niklas, aber es gibt Kerle, die stehen da drauf.«

»Du behältst sie ja auch. Die Ärzte schneiden nur ein bisschen von dem weg, was da nicht hingehört.« Er drückte ihre Hand.

»Ich habe Angst«, flüsterte sie.

»Das verstehe ich gut.«

»Du verstehst gar nichts!« Sie entriss ihm ihre Hand und zog sich die Bettdecke bis zum Hals. »Du hast einen tollen

Freund. Ihr habt eure Freiheit, könnt Tequila trinken, wann und wo ihr wollt. Müsst niemanden vorher um Erlaubnis bitten. Verdammt, wenn ich hier lebend rauskomme, gehe ich nach Hamburg zurück!«

Bevor Niklas protestieren konnte, war ein energisches Klopfen zu hören, und ein professionell gutgelaunter junger Mann in Weiß trat ein.

»Dann wollen wir mal«, flötete er und löste mit zwei geschickten Tritten die Bremsen an Inkens Bett.

»Möglich, dass Sie wollen. Ich nicht.«

Inken warf ihrem Bruder einen flehenden Blick zu. Der drückte zum Abschied ihre Hand.

»Du machst das schon!«

Dann fiel die Tür zu, und Niklas war allein. Er nahm das Kreuz von der Wand und ließ es in Inkens Nachtschrank verschwinden.

Niklas blieb noch auf der Station, bis seine Mutter kam. Sie sollte bis zum Nachmittag bei Inken bleiben, dann würde Mattis sie ablösen, und am Abend wollte Niklas wieder nach ihr sehen. Nach seinem Plan war immer jemand anwesend, falls seine Schwester aufwachte. Es war ein guter Plan, doch er scheiterte. Er scheiterte daran, dass im entscheidenden Moment der Schwächste von allen in der Verantwortung war.

Als er nach der Arbeit im Krankenhaus ankam, schlief Inken unruhig. Sie atmete schwer und faselte im Schlaf. Mattis berichtete, dass sie am Nachmittag aufgewacht war, über Schmerzen geklagt hatte und sich übergeben musste. Die Schwester hatte ihr eine Spritze verabreicht, doch die wollte nicht gleich wirken. Also hätten sie was zusammen geraucht, und Inken sei endlich wieder eingeschlafen.

Der Zustand seiner Schwester und die Art, wie sein alter

Freund auf dem Stuhl herumzappelte, machten Niklas nervös. Nun bestand Mattis auch noch darauf, einen Witz zu erzählen, den er am Vormittag von einem Fahrgast gehört hatte.

Niklas war nicht in Stimmung für Witze, aber Mattis drängelte so lange, bis er sich ergab.

»Warum heißt die große Kirche in Köln Dom? Na? Weil die Kölner ›Kathedrale‹ nicht schreiben können.«

Er kicherte wie ein Schuljunge, und Niklas schenkte ihm ein müdes Augenrollen, worüber sich Mattis noch mehr amüsierte.

»Okay, Mann, aber der hier ist richtig gut: Der Scheidungsrichter will vom kleinen Max wissen, ob er bei seiner Mutter leben möchte. Sagt Mäxchen: ›Nein, die schlägt mich immer.‹ Darauf fragt der Richter: ›Dann willst du wohl zu deinem Vater?‹ ›Nein, der schlägt mich auch immer‹, antwortet Mäxchen. Der Richter weiß nicht weiter und sagt: ›Na, was machen wir denn dann mit dir?‹ Mäxchen: ›Ich will zum 1. FC Köln! Die schlagen nämlich niemanden!‹«

Er lachte sich halb tot, und Niklas fürchtete, sein Freund würde noch Inken aufwecken. Also dankte er dem giggelnden Mattis für seine Dienste und schickte ihn nach Hause.

Erschöpft ließ sich Niklas auf den Stuhl am Rande des Bettes fallen und streichelte Inkens Arm. Es war fast dunkel im Zimmer. Die Müdigkeit machte sich in seinem Körper breit, aber er zwang sich, wach zu bleiben.

Am anderen Ufer des Rheins sprangen die 132 roten Lämpchen am Fernsehturm, die nach Stunden, Minuten und Sekunden in drei Reihen unterteilt waren, auf 19 Uhr 22 um. Es war die weltgrößte Uhr mit Dezimalzeitskala, die den Zeittakt von der Atomuhr in Braunschweig erhielt, wie er von Inken wusste. Man konnte sie nachts aufwecken und nach Entstehungsjahr, Bauzeit und Höhe des Turms fragen und bekam auf alles eine exakte Antwort, bis zur dritten Stelle hinter dem Komma.

Den Fernsehturm hatten sie aus dem Zimmer ihrer Wohnung sehen können, als sie frisch nach Düsseldorf gezogen waren. In den ersten Nächten konnte Inken vor Heimweh nicht schlafen, und Niklas hatte sich den Vater zurückgesehnt, der es immer verstanden hatte, die Kinder aufzuheitern. Wenn eines von ihnen traurig gewesen war, hatte er seinen Zeigefinger unter dessen Kinn gelegt und so langsam wieder den Kopf aufgerichtet mit den Worten: »Nicht zu Boden schauen! Sonst fallen all die bösen Gedanken nach vorne!«

Stattdessen erfand Niklas die Geschichte, dass die roten Lämpchen verschlüsselte Botschaften an Marsmenschen aussandten, damit die mit ihren Ufos nicht aus Versehen im Rhein landeten und jämmerlich ertrinken mussten. Dieses Märchen aber hielt Inken erst recht wach, weil sie nun nachts am Fenster saß und auf die Außerirdischen wartete.

Erst Jahre später war Inken von einem Mitschüler, der sie beeindrucken wollte, über das Geheimnis der roten Lichter aufgeklärt worden. Daraufhin hatte sie jedes Detail über den Fernsehturm und in der Folge auch über Düsseldorf in Erfahrung gebracht und sich Stück für Stück die Stadt, die sie vom ersten Tag an gehasst hatte, untertan gemacht.

Als ein Schrei ihn aus dem Schlaf riss, wusste Niklas zunächst nicht, wo er sich befand. Dann entdeckte er Inken, die unruhig ihren Kopf hin und her warf. Ihre Lippen bewegten sich, als wollte sie etwas sagen. Vorsichtig nahm er ihre Hand und schaltete die Nachttischlampe an. Seine Schwester schwitzte stark. Die Haare klebten an ihrem Kopf, und das Kissen, auf dem sie lag, war klatschnass. Er wischte ihr den Schweiß von der Stirn, doch plötzlich begann sie wieder zu schreien. Er rief ihren Namen und fasste sie an der Schulter, um sie wachzurütteln. Aber die bösen Geister ihres Traums wollten sie nicht freigeben.

Die Neonröhren an der Decke setzten sich mit einem dumpfen Surren in Gang und warfen ihr grelles Licht auf das Zimmer.

»Was ist passiert?« Schwester Erika war durch Inkens Schreie aufmerksam geworden.

»Ein Albtraum«, sagte Niklas und drückte wieder Inkens Hand.

Resolut schob ihn die Schwester beiseite und versetzte Inken ein paar leichte Ohrfeigen. Bis die endlich die Augen öffnete, einen Spalt nur, und sich orientierungslos umschaute. Dann fing sie an zu weinen.

»Ihr dürft sie mir nicht wegnehmen«, schluchzte sie.

»Du hast geträumt, mein Schatz. Es ist alles gut.«

Schwester Erika ging zum Fenster und schob die Gardine beiseite, um die frische Abendluft hineinzulassen. Dann zog sie ihre schwarze Strickjacke aus und warf sie auf einen Stuhl.

»Ich hole ihr etwas zur Beruhigung«, verkündete sie.

»Keine Spritze«, sagte Inken matt und drückte die Hand ihres Bruders. »Ich will nicht mehr schlafen.«

»Wie Sie wollen. Haben Sie Schmerzen?«, fragte die Schwester und überprüfte die Infusion. Inken antwortete nicht.

Niklas bedankte sich bei Erika und bat sie, beim Rausgehen das Deckenlicht zu löschen. Schweigend saßen die Geschwister eine Weile nebeneinander und hielten Händchen. Der Fernsehturm zählte die Sekunden.

Nach einer Weile griff Inken nach den Zipfeln ihrer Bettdecke und zog sie sich über den Kopf.

»Soll ich das Fenster schließen? Ist dir kalt?«, fragte Niklas, ahnte dann aber, dass seine Schwester etwas anderes bezweckte: Sie wollte das Ergebnis ihrer Operation begutachten.

»Inken?«, sagte er. Und da sie nicht reagierte, noch einmal: »Inken!«

Der Kopf seiner Schwester erschien langsam wieder über der Decke. Ihr Gesicht war noch blasser als vorher.

»Ich glaube, es ist alles noch da«, sagte sie leise.

»Ist doch bestens«, sagte Niklas, obwohl er keine Ahnung hatte. Hatte denn der Arzt noch nicht mit ihr gesprochen?

»Was verstehst du davon?«, entgegnete Inken feindselig und schlug die Decke zurück. Voller Abscheu betrachtete sie ihren Verband. Niklas wollte ihr die Haare aus dem Gesicht streichen, doch sie schlug seine Hand fort. Der Infusionsständer, mit dem sie über einen dünnen Schlauch verbunden war, wackelte heftig.

»Was glaubst du, was passiert ist, Niklas Tiedemann? Sie haben sie aufgemacht, reingesehen, festgestellt, dass es zu spät ist, und wieder zugemacht.«

»Du kannst doch unter der Bandage gar nichts sehen«, versuchte er sie zu beruhigen, doch damit brachte er sie auf eine ganz neue Idee. Inken suchte nach einem Anfang, um ihren Verband abzuwickeln. Niklas wollte sie von ihrer irren Idee abbringen, aber Inken ging mit Fäusten auf ihn los. Sie war überraschend kräftig, und er hatte Mühe, sie zu überwältigen.

»Lass mich allein«, rief sie, doch Niklas weigerte sich, das Zimmer zu verlassen. Darauf schob Inken ihre Beine aus dem Bett und setzte sich an die Kante. Der Infusionsschlauch stand gespannt in der Luft. Er drohte aus der Kanüle in ihrer Hand zu reißen.

»Du musst liegen bleiben, Inken!«, bat Niklas sie.

»Oli kannst du von mir aus herumkommandieren. Mich nicht«, herrschte sie ihn an.

Er erkannte seine Schwester nicht wieder. Zögernd stand er auf.

»Ich hole jetzt den Arzt. Der wird dir erklären, dass alles in Ordnung ist.«

»Raus!«

Niklas ging auf die Toilette, um sich etwas frisch zu machen. Außerdem rief er Oliver an, um ihm mitzuteilen, dass es wohl noch etwas dauern werde; er wollte in Inkens Zustand nicht von ihrer Seite weichen. Schließlich klopfte er an die Tür zum Stationszimmer.

»Schon wieder?«, stöhnte Schwester Erika, die gerade die Nachtmedikamente für die Patienten zusammenstellte. Niklas berichtete von Inkens Wahnvorstellungen und verlangte, Doktor Danzig zu sprechen. Der sei im Feierabend, erfuhr er von der Schwester. Sie beauftragte ihre Kollegin damit, den diensthabenden Arzt anzupiepen, und zog eine Spritze auf. Dann begleitete sie Niklas in das Zimmer seiner Schwester.

Inkens Bett war leer. Ihr Kopfkissen lag auf dem Boden, der Infusionsständer stand mitten im Raum, und der Obstkorb war vom Nachtschrank gestürzt; die Melonen waren aufgeplatzt, das Fruchtfleisch bis an die Wand gespritzt.

»Inken?!«, brüllte Niklas und lief zurück auf den Flur.

»Vielleicht ist sie auf der Toilette!« Schwester Erika überholte ihn und riss die Tür zur Damentoilette auf. »Frau Bayer? Sind Sie hier drin?«

»Ich hätte sie nicht allein lassen sollen!«, fluchte er und schlug gegen die Tür.

»Jetzt fangen Sie nicht auch noch an, auszurasten!«, herrschte Erika ihn an und hielt ihm drohend die präparierte Spritze vor die Nase. »Weit kann Ihre Schwester nicht sein.«

»Ich sehe im Aufenthaltsraum nach!«, rief er und hätte fast einen Pfleger gerammt, der aus dem Treppenhaus gerannt kam.

»Vermisst ihr eine Patientin?« Atemlos stützte er sich vornüber auf die Knie, um zu verschnaufen. Schwester Erika warf ihm einen entsetzten Blick zu.

»Inken!«, rief Niklas. »Wo ist sie?«

Der Träger musterte ihn für einen Moment zweifelnd. Dann sprang er auf und öffnete die Tür zum Treppenhaus. »Kommen Sie mit runter, Mann!«

»Er bleibt hier!« Damit fasste die Schwester Niklas geistesgegenwärtig am Arm. Sie hatte längst verstanden, was Furchtbares passiert war. »Halten Sie ihn fest!«, befahl sie dem Träger. »Er ist ihr Bruder.«

Er versuchte, sich gegen die beiden zu wehren, selbst noch, als er den Stich der Nadel spürte. Er wollte sich losreißen und trat um sich. Verzweifelt schrie er Inkens Namen und stellte fest, wie seine eigene Stimme merkwürdig verhallte und sich mit den aufgeregten Stimmen der anderen vermischte. Dann verlor er das Bewusstsein.

5: *Familienbande*

»Charlotte, dein Müsli kriegt gleich Beine!«

»Das schmeckt voll ekelig!«, kam die Antwort aus dem Badezimmer.

»Essen ist nicht ekelig!«

Niklas rührte testweise in Lottes Müsli. In der Milch schwammen ausschließlich Haferflocken. Beim Blick in die Tüte stellte er fest, dass darin kein einziges Fruchtstückchen mehr war. Mal wieder. Oliver pickte, wenn er nachts noch fernsah, zuerst die Bananenchips heraus, und waren die alle, kamen die Rosinen und ganz zum Schluss die Mandelstückchen; die übrig gebliebenen staubigen Haferflocken räumte er dann ordentlich in den Schrank zurück, bis Niklas sie am nächsten Morgen ahnungslos an Lotte verfüttern wollte. Manchmal fragte er sich, welchen seiner neuen Mitbewohner er wohl am schnellsten groß bekam.

»Willst du was anderes essen?«

»Keine Zeit!«

Die Kleine probierte ihren neuen Rucksack aus, den sie gestern zum achten Geburtstag geschenkt bekommen hatte – gefertigt aus durchsichtigem Plastik, mit lila-gelben Nähten. Wer naiv immer davon ausgegangen war, dass es im Grunde nur eine Art gab, solch einen Rucksack anzuziehen, den lehrte das Kind eines sehr viel Besseren: Man konnte die Haare offen dazu tragen oder geschlossen, selbiges galt auch für die Jacke. Und Luzie die Zweite machte oben auf den Büchern und Heften sitzend keine sehr viel schlechtere Figur als etwa im Seitenfach, das perfekt für ihre schmale Taille geschneidert war, und wenn all das nicht überzeugte, konnte man die Puppe auch prima in der Hand tragen. Was Lotte noch nicht wusste: Sie würde ohne diesen Rucksack in die Schule gehen.

Hannes verdrückte derweil friedlich sein zweites Brötchen und erweckte wie jeden Morgen nicht den Anschein, als sei sein Frühstück damit beendet.

»Hast du noch Hunger?« Niklas wischte einen Krümel von seiner Wange.

Der Junge nickte erwartungsgemäß und schlang den Rest des Brötchens hinunter. Sein Appetit war unglaublich. Niklas fürchtete, dass der Junge zu dick werden könnte, aber Frau Tiedemann hatte ihn beruhigt und zum hundertsten Mal die Geschichte erzählt, wie sie ihn als kleinen Jungen mit zwei Löffeln füttern musste, weil er schon schrie, sobald der erste seinen Mund verlassen hatte.

»Möchtest du noch einen Joghurt?«, fragte Niklas, während er Lottes Proviant in ihren Ranzen packte.

»Ja, Todusnuss«, nickte Hannes begeistert und schlürfte seinen Kakao.

»Kokosnuss heißt das, Blödmann!« Lotte zog vor dem großen Flurspiegel ihre Jacke aus, um zu testen, wie der Rucksack zu ihrem roten Pulli passte.

»Nicht so laut!«, rief Niklas, »da schläft noch jemand!«

»Sag ich ja: Todusnuss!«, wiederholte Hannes mit bestem Gewissen.

»Kokosnuss! Kokosnuss! Kokosnuss!«, rief Lotte ungeduldig. Sie hatte die Hysterie ihrer Mutter geerbt.

»Kokosnuss ist alle«, meldete Niklas aus dem Kühlschrank und ermahnte Lotte, jetzt endlich zu frühstücken. Und ihr Rucksack bleibe sowieso hier.

»Warum denn?«, fing sie an zu quengeln.

»Und mach bitte hinter dir das Licht aus im Badezimmer!«, erinnerte er sie, wie jeden Morgen.

»Warum?« Lotte stampfte mit dem Fuß auf.

Niklas servierte Hannes einen Kirschjoghurt, den er mit Freude vernaschte. »Weil dein hipper Ranzen mehr gekostet hat als das komplette Jahreseinkommen eines andalusischen Eselhirten. Darum. Außerdem passen deine Hefte nicht in den Rucksack. Sie verknicken.«

»Der Ranzen ist scheiße«, grummelte Lotte.

»Ich hab dich nicht verstanden!« Niklas hatte nicht vor, sich provozieren zu lassen.

»Dann lassen wir die Hefte hier!« Lotte kam strahlend angelaufen, weil sie eine Lösung für all ihre Probleme gefunden hatte.

»Da wird sich Frau Domenicus sicher freuen.« Niklas strich der Kleinen übers Haar und nahm ihr den Rucksack ab.

»Dann gehe ich eben gar nicht!«, verkündete Lotte trotzig.

»Wenn du mal so enden willst wie diese Leute, die an der Ampel Autoscheiben putzen – bitte sehr!«

Lotte fing an zu weinen. »Mama hätte es mir erlaubt.«

»Hätte sie nicht.« Niklas nahm die Kleine auf den Schoß.

»Doch«, schluchzte sie.

Vermutlich hätte sie das wirklich, ging es ihm durch den Kopf. Inken war mit den Kindern viel zu geduldig gewesen und hatte Nachgiebigkeit mit Erziehung verwechselt. Kaum ein Morgen verging, ohne dass Lotte versucht hätte, die Erziehungsmethoden ihrer Mutter gegen die ihres Onkels auszuspielen.

»Ich will, dass Oliver mich in die Schule bringt. Du bist blöd!«

»Niklas ist nicht blöd«, sagte Hannes, der seinen Joghurt im ganzen Gesicht verteilt hatte.

Niklas schickte ihn ins Bad und nahm Lotte auf den Schoß. Mit Daumen und Zeigefinger umfasste er ihr Kinn und sah in ihre Augen, Inkens Augen.

»Kopf hoch, Kleines! Sonst fallen die ganzen bösen Gedanken nach vorne.«

Doch Lotte zeigte sich unbeeindruckt und zog einen Flunsch.

»Ich mache dir einen Vorschlag. Du nimmst einfach beides mit, den Rucksack und den Ranzen. Einverstanden?«

Lottes Miene hellte sich deutlich auf. Niklas setzte ihr den Ranzen auf den Rücken und hielt ihr die Trageriemen des Rucksacks bereit, sodass sie keine andere Chance hatte, als ihn vor der Brust zu tragen. Sie betrachtete ihren Onkel misstrauisch, versuchte aber tapfer, den Rucksack aufzusetzen. Eingekeilt zwischen Ranzen und Rucksack stand sie da und konnte sich nicht mehr bewegen.

»Sieht super aus!«, sagte Niklas. »Jetzt müssen wir aber schnell los.«

Lotte wagte einen unsicheren Blick zu ihrem Bruder, der sie freundlicherweise darauf hinwies, dass ein Rucksack auf den Rücken gehörte.

»Da sitzt ja schon der Ranzen!« Niklas warf die Hände in die Luft, als wüsste er nicht weiter.

»Kannst du den Rucksack für mich tragen?«, fragte Lotte kleinlaut, als sie spürte, dass sie gelinkt worden war.

»Würde ich gerne, Schatz. Aber der passt farblich leider überhaupt nicht zu meiner Jacke.«

Lotte gab auf und schleuderte ihren Rucksack ins Kinderzimmer. Dann scheuchte Niklas die beiden aus der Wohnung und hetzte mit ihnen zum Auto. Es war nicht mal halb acht, aber er fühlte sich, als hätte er bereits einen 12-Stunden-Tag hinter sich. Doch er riss sich zusammen und sagte sich, dass dies jahrelang Inkens Alltag gewesen war, und sie hatte es schließlich auch geschafft.

Seine Schwester fehlte ihm.

Als die Betäubung von Schwester Erika nachgelassen hatte und er wieder zu Bewusstsein gekommen war, befand sich Niklas zu Hause in seinem Bett. Oliver lag quer neben ihm und schnarchte. Auf dem Nachtschrank stand ein Topf mit angebranntem Schokoladenpudding, den er für Niklas gekocht hatte, leider ungenießbar, aber er hatte sowieso keinen Hunger.

Es war kurz vor vier. Für einen Moment glaubte er, aus einem bösen Traum erwacht zu sein, und lief ins Gästezimmer, wo er die Kinder friedlich schlafen sah. Dann schlich er auf Zehenspitzen ins Wohnzimmer. Auf dem Tisch stand die Tasche, die seine Mutter vor zwei Tagen für Inken gepackt hatte. Er hob sie auf, umschlang sie mit beiden Armen und setzte sich damit aufs Sofa. Langsam begann er vor- und zurückzuwippen, immer wieder, und starrte dabei vor sich hin.

Nach einer Weile stand er auf und begann seine Möbel zu verrücken. Er schob die Kommode etwas näher an den Serviceschrank, und das Nierentischchen mit den Zeitschriften fand einen neuen Platz neben dem Sofa. Oliver, vom Krach wach geworden, kam schlaftrunken dazu und fragte seinen Freund, was er damit bezweckte, doch statt zu antworten, bat Niklas ihn, das Sofa gemeinsam ein wenig zurückzusetzen.

Als schließlich eine ganze Ecke frei geräumt war, betrachtete er ihr Werk und sagte: »Hier wäre ein guter Platz für deinen Schaukelstuhl, findest du nicht?«

Ganze drei Tage hatte Oliver gebraucht, um seine Wohnung aufzulösen. Dann hatte er sein geliebtes Köln verlassen und war bei Niklas eingezogen. In einer Kneipe in der Altstadt fand er kurzfristig einen Job, wo er gegen seine Überzeugung Altbier zapfen musste. Da er nachts arbeitete, kümmerte sich Niklas morgens um die Kinder, und am Mittag trat Oliver wieder auf den Plan. Er holte Lotte aus der Schule, Hannes aus dem Kindergarten und verteilte sie später wieder ans Ballett und an die Logopädin. In der Agentur arbeitete Niklas nur noch halbe Tage und erledigte den Rest zu Hause, wo er in Ermangelung eines Büros die Küche belegte. Auf Dauer war jedoch Niklas' Wohnung für vier Leute zu klein. Lotte und Hannes, die gemeinsam das ehemalige Büro bewohnten, sollten ihre eigenen Zimmer bekommen, und Niklas brauchte eher früher als später einen Raum, in dem er ungestört arbeiten konnte. Ein Makler war bereits angeheuert; er sollte in Erfahrung bringen, ob das Haus mit Turm und Rheinblick zu mieten war.

Für die neue Arbeitssituation bekam er die volle Unterstützung der Agentur. Sein Creative Director, seit über 30 Jahren kinderlos verheiratet, gratulierte ihm zu seiner Entscheidung mit einer herzlichen Umarmung, die Niklas etwas unangenehm war. Vor kurzem hatte Wittenberg seinen 55. Geburtstag gefeiert, und die gesamte Belegschaft war dabei gewesen, außer Niklas, der nicht gerne Beruf und Privates vermischte. Wittenberg hatte ihn gefördert, seit er zum ersten Mal einen Fuß in die Agentur gesetzt hatte. Wenn er wegen seiner kranken Frau tatsächlich irgendwann ausscheiden sollte, würde Niklas als Nachfolger aufrücken, das hatte der Agenturchef bereits durchblicken lassen, und seit dem Germknödel-Coup war die Sache so gut wie sicher.

Ein österreichischer Fabrikant von Tiefkühlkost hatte eine Kampagne zur deutschen Markteinführung von Germknödeln in Auftrag gegeben und die Agentur mit Probepackungen überschüttet. Niklas hatte sie zu Hause ausprobiert, und Lotte wollte beim Essen wissen, warum Germknödel eigentlich Germknödel hießen?

Ohne darüber nachzudenken, hatte Oliver den Knödel auf seinem Teller angesehen und gesagt: »Weil ich sie so schrecklich germ habe.«

Der Rest der Kampagne ergab sich wie von alleine.

Dass ihr Freund und Kollege neuerdings auf Familie machte, passte Nadja gar nicht. Sie konnte sich schlecht allein in die Studentenkneipe setzen, weil man sie dann als das erkannt hätte, was sie war: eine Single-Frau auf der Suche. Also warf sie Niklas Vernachlässigung vor, doch wenn er sie einlud, ihn zu Hause zu besuchen, winkte sie dankend ab. Um ihn zu bestrafen, hörte sie auf, ihm von ihren sexuellen Abenteuern zu berichten, wobei sie – seinetwegen! – kaum noch welche erlebte. Womit Nadja ihn hingegen reichlich versorgte, war Spott. Wenn er sich mal wieder im Meeting die müden Augen juckte, brachte sie ihm einen Kaffee und meinte: »Hättest du bloß auf mich gehört und einen Hund genommen!«

Mehr als ein Monat war seit dem Tod seiner Schwester vergangen. Wegen der ungeklärten Umstände wollte die Staatsanwaltschaft die Leiche zunächst nicht freigeben. Anfangs war vermutet worden, dass Inken die Narkose nicht vertragen hatte und darum halluzinierend aus dem Fenster gesprungen war. Die Ärzte wiesen jede Verantwortung von sich, und tatsächlich stellte sich am Ende heraus, dass nicht der Anästhesist ihre Sinne verwirrt hatte – oder zumindest nicht allein. Bei der Obduktion waren geringe Spuren von Tetrahydrocannabinol in Inkens Blut gefunden worden, was auf den Genuss von Cannabis schließen ließ.

Niklas fiel ein, dass Mattis ihm erzählt hatte, dass sie nach ihrer Operation etwas geraucht hatten, aber damals war er von einer simplen Zigarette ausgegangen: Dass die beiden im Krankenhaus kiffen würden, hätte er nie für möglich gehalten. Nun verstand er, dass sein alter Kumpel nach Inkens Tod spurlos verschwunden war, aber davon erzählte er der Polizei nichts.

Die Kinder ließ er in dem Glauben, dass es der Krebs gewesen war, der ihre junge Mutter hinweggerafft hatte. Die Ironie an der Sache war, dass Dr. Danzig ihm später noch versicherte, dass er mit der Operation zunächst jede Gefahr hatte bannen können; Inkens Panik war also unbegründet gewesen.

Vor drei Wochen hatten sie sie beerdigt, gemeinsam mit Luzie der Ersten. Lotte hatte sich von ihrer Lieblingspuppe getrennt, damit ihre Mutter nicht so alleine war. In der ersten Woche bestand sie darauf, die beiden jeden Tag zu besuchen, danach reduzierte Niklas die Fahrten zum Friedhof auf einmal pro Woche. Leider konnte er die Kleine nicht überzeugen, sich von ihrem schwarzen Rollkragenpulli zu verabschieden, den sie seit der Beerdigung jeden Tag tragen wollte, bis er ihn eines Tages so heiß wusch, dass er nur noch Luzie der Zweiten passte.

Lotte sprach selten über ihren Verlust, aber Niklas hatte mit angehört, wie sie sich mit ihrer Freundin Maki austauschte, deren Vater im vergangenen Jahr gestorben war. Manchmal weinte die Kleine im Schlaf, wenn ein Albtraum sie gequält hatte. Einmal fragte sie sogar, als sie mitten in der Nacht wach wurde: »Kommt uns jetzt der Papa holen?«

»Keine Angst, Schatz, der weiß gar nicht, wo ihr seid«, versuchte Niklas, sie zu beruhigen.

In solchen Nächten nahm er sie mit zu Oliver ins Bett – ein Recht, das er Hannes aus verschiedenen Gründen nicht einräumen mochte. Der Junge nässte gelegentlich ein. Ungefragt riet Mutter Tiedemann, ihn nachts aufzuwecken und auf die Toilette zu schicken. Am besten sollte man ihn zwei Stunden vorm Zu-Bett-Gehen gar nichts mehr trinken lassen, aber das kam den beiden Vätern grausam vor. Oliver meinte, wenn das die Foltermethoden waren, mit denen Niklas erzogen worden war, wundere ihn gar nichts mehr.

Die Männer taten, was sie konnten, um die Kinder von finsteren Gedanken abzulenken. Kurz nach Inkens Beerdigung zog Niklas mit Lotte los, um sie für den Frühling neu einzukleiden. Da Hannes nach fünf Minuten in Kaufhäusern unruhig wurde und aggressiv, wenn man nicht nach weiteren fünf Minuten den Laden verlassen hatte, schlug Oliver vor, währenddessen auf der Rheinwiese Fußball mit ihm zu spielen. Beim Sport konnte er seinen Freund mit Leichtigkeit übertrumpfen; seit der beim Tischtennis-Rundlauf in der Schule in die falsche Richtung gerannt war und sich zum Gespött nicht nur der Jungs gemacht hatte, versuchte er alles zu meiden, was mit Bällen zu tun hatte.

Doch leider konnte Oliver die Erwartungen des Jungen nicht erfüllen, der ihn nach einer halben Stunde bat, von weiteren Bolz-Versuchen Abstand zu nehmen, er wolle lieber mit seinen Freunden spielen. Entsprechend war Olivers Laune, als Niklas und Lotte am Abend vollbepackt mit Taschen und Tüten heimkehrten.

»Sie ist keine Puppe, die man neu einkleiden muss, Niklas!«

»Nur kein Neid!«

Eine Woche später wollte sich Niklas mit dem Jungen ein Eishockeyspiel ansehen. Da seine Schwester keine Lust hatte und sich auch Olivers Begeisterung in Grenzen hielt, machten sich die beiden einen netten Nachmittag in der Stadt. Niklas staunte nicht schlecht, als ihm am Abend eine aufgemotzte Lotte mit ihren ersten Ohrringen entgegenstürmte. Er verausgabte sich mit Adjektiven und gratulierte der Kleinen zu ihrem neuen Outfit, dann schickte er sie auf ihr Zimmer und wandte sich besorgt an seinen Freund.

»Und was kommt als Nächstes? Eine Brustvergrößerung?«

Olivers blaue Augen machten auf unschuldig. »Ich hab immer gedacht, dass dir meine Titten gefallen.«

Danach verlagerten sie ihre Energien auf gemeinsame Besuche im Aquazoo, im Norden der Stadt – ein Vergnügen, das Inken den Kindern aus unerfindlichen Gründen vorenthalten hatte. Dabei liebten sie Tiere: Lotte war so angetan von den Pinguinen, dass man sie morgens vor dem Becken hätte absetzen und kurz vor Kassenschluss wieder einsammeln können, ohne dass sie sich einen Zentimeter von der Stelle gerührt hätte. Das Interesse ihres Bruders dagegen galt den Haifischen, aber noch mehr den Insekten. Besonders fasziniert war er von den Gespenstschrecken, die in Glasvitrinen an Ästen hingen, als machten sie Klimmzüge. Lotte hatte oft Schwierigkeiten, die als Zweige oder Blätter getarnten Insekten zu erkennen. Sie bettelte so lange, bis man ihr endlich des Rätsels Lösung zeigte, und wenn sie die Tiere endlich entdeckt hatte, lief sie jedes Mal schreiend davon.

Die Kinder schätzten den Aquazoo aber nicht nur wegen der Tiere, die es dort zu besichtigen gab. Sie konnten auch mit jedem Besuch ihr Repertoire an Schimpfwörtern erweitern, die sie auf der Heimfahrt im Auto aneinander ausprobierten.

»Alter Borstenwurm, du!«

»Bäh, gekerbte Seepocke!«

Niklas waren zoologische Begriffe allemal lieber als die Kraftausdrücke, die Lotte aus der Schule mitbrachte. Von »Scheiße« und »geil« mal abgesehen, kam ihr auch ein »Arschloch« beklagenswert leicht über die Lippen. Immer größerer Beliebtheit erfreute sich zudem das Wort »ficken«, wobei das Kind zum Glück deutliche Schwierigkeiten hatte, es in ein sinnvolles Satzgefüge einzubetten. Niklas' Ansicht nach war die Begeisterung fürs Fluchen, die zusehends auch Hannes erfasste, dem Einfluss von Lottes japanischer Mitschülerin zuzuschreiben, deren Mutter die Erziehung dem Fernsehgerät überlassen hatte. Lotte hatte bereits Makis Frisur übernommen und trug ihre Haare seit jenem Nachmittag mit Oliver exakt kinnlang, was sie seltsam altklug erscheinen ließ; da sich Maki ihrerseits die Haare blondiert hatte, wirkten die Freundinnen mittlerweile wie siamesische Zwillinge. Niklas hatte nicht vor, die beiden zu trennen, obwohl er es gerne gesehen hätte, wenn Lotte mehr Zeit mit ihrem Bruder verbracht hätte. Doch eines Nachmittags verschanzten sich die Mädchen im Badezimmer und hörten lautstark eine CD von LaFee, die Maki mitgebracht hatte.

»Beweg dein' Arsch, Babe! Komm, komm her zu mir!«, grölten sie stundenlang im Chor, während sie Luzie der Zweiten eine schwarze Tönung verpassten. Leider fielen ihr daraufhin büschelweise die Haare aus, und die Freundinnen tauchten den Kopf der Puppe in Olivers neues Haarwuchsmittel, bis die arme Luzie schließlich ganz kahl war.

»Scheiß-Krebs«, diagnostizierte Lotte fachmännisch, und ihre japanische Freundin meinte, es sei vielleicht ratsam, die »verkackte Chemo« abzusetzen.

Das mochte Niklas nicht länger mit anhören, und so schmiedete er einen Plan, um den Kindern die Flucherei auszutreiben. Alles, was er für die Umsetzung brauchte, hoffte er, auf dem Großmarkt zu finden. Dort, gegenüber dem Friedhof, wo sie Inken beerdigt hatten, fand sonntagvormittags ein Trödelmarkt statt. Ein Umschlagplatz für antike Tischchen und Schränke ebenso wie für ausgelatschte Turnschuhe, geschmackloses Teegeschirr mit Blümchendekor oder auch niegelnagelneue Handys, die vom LKW gefallen waren; nebenbei war der Markt ein beliebter Flanierplatz für verliebte Pärchen zwischen Frühstück und Rückkehr ins Bett.

Oliver war spät von seinem Kneipenjob heimgekommen, und so fuhr Niklas allein mit den Kindern. Zunächst versorgten sie Inkens Grab mit frischen Blumen. Lotte verfiel wie gewöhnlich in trauriges Schweigen, sobald sie sich unter die Obhut der dichten Tannen begaben, die ihren Mantel diskret über die Gräber breiteten. Auf dem Friedhof verwandelte sich die freche Göre in ihr exaktes Gegenteil und wollte Niklas nicht von der Seite weichen. Hannes schien weniger bekümmert; wie jedes Mal lief er voraus, um als Erster bei seiner Mutter zu sein. Heute brachte er ihr das Porträt vom Piratengott, den er im Kindergarten gemalt hatte und der sie beschützen sollte: ein alter Mann mit weißem Bart und Ohrringen bis zum Knie. Niklas entfernte einige trockene Blätter vom Grab, während Lotte Wasser holte, um die Blumen zu gießen. Als sie fertig waren, nahmen sie sich an die Hand und standen eine Weile im Halbkreis da. Hannes summte ein neues Lied, das er im Kindergarten gelernt hatte. Dann verabschiedeten sie sich und verließen den Friedhof in Richtung Flohmarkt.

Angelockt von Sonnenschein und frühlingshaften Temperaturen, schoben sich Menschenmassen zwischen den Ständen hindurch, getrieben von der Lust am Überflüssigen. Lotte und Hannes, die die Gräber schweigsam verlassen hatten, kamen hier wieder auf andere Gedanken. Sie liebten es, in Wühltische einzutauchen, grellfarbene Hemden aus stinkendem Polyester anzuprobieren und sich dabei ein anerkennendes »Geil!« zuzurufen oder einfach nur die anderen Besucher anzustarren, die an ihnen vorbeiströmten.

Die Kinder wussten, warum sie hier waren, und hatten den Auftrag, Ausschau zu halten. So streunten sie zunächst zwischen antiken Möbeln umher. Niklas entdeckte ein wunderschönes Gründerzeit-Nachtschränkchen aus furniertem Nussbaum, das mit einem unverschämten Preis ausgezeichnet war.

Irrtümlich hielt er eine junge Frau, die die drei recht ungeniert beobachtete, für zuständig, doch als er sie ansprach, ging sie schnell weiter. Niklas sah sich nach einem Verkäufer um, doch für den Schrank schien sich niemand verantwortlich zu fühlen. Weil sich die Kinder beim Anblick alter Möbel zu Tode langweilten, begannen sie zu drängeln, bis Niklas endlich nachgab. Er beschloss, später zurückzukommen, wenn sie gefunden hatten, wonach sie suchten.

An einem Stand mit Secondhandkleidung probierte ein junger Mann ein Sakko aus dunkelrotem Samt an. Es passte gut zu seinen blonden Haaren, die ihm bis zur Schulter reichten. Als er sich im Spiegel betrachtete, kam ein anderer Junge dazu. Er redete auf den Blonden ein und küsste ihn schließlich.

Lotte starrte fasziniert auf die Männer. »Guck mal, Niklas!«

Er wollte sie wegziehen, doch das Paar war aufmerksam geworden und schaute herüber. Das Mädchen nutzte die Gelegenheit, die Männer bekannt zu machen.

»Mein Onkel hat auch einen Freund. Aber der schläft noch.«

Niklas nickte den Männern freundlich zu und beeilte sich, mit den Kindern weiterzukommen. Dabei zog er Lotte an sich und ließ sie wissen, dass es ihm lieb sei, wenn sie nicht die ganze Welt über sein Privatleben informieren würde.

»Maki sagt, es ist alles gar nicht so schlimm.«

Niklas hatte in der kurzen Zeit als Vater schon so viele Maki-sagt-Sätze gehört, dass er nicht mal mehr bis zum Ende warten musste, um zu explodieren.

»Vielleicht kannst du deiner Freundin ausrichten, dass ich immer noch selber entscheide, was schlimm ist und was nicht!«

Am nächsten Stand entdeckte er die Frau vom Antiquitätenstand wieder. Sie stöberte ohne größeres Interesse in einer Kiste alter Bücher. Als sie sich nach ihnen umdrehte, fragte sich Niklas, ob er Lotte zu laut gemaßregelt hatte. Sie liefen weiter, doch Hannes drückte sich erschöpft an sein Bein, der Junge hatte schon wieder Hunger. Am Stand eines Bäckers kauften sie ein paar Brezeln und suchten nach einem ruhigen Plätzchen, wo sie etwas verschnaufen konnten. Plötzlich zog Hannes an seiner Hand.

»Tuck mal, da drüben!«

Er deutete auf den Stand an der Ecke, den zwei japanische Jungs in Fortuna-Trikots betreuten. Dort lehnte am Fuß ihres Tisches, wonach Niklas die ganze Zeit Ausschau gehalten hatte: eine alte Schultafel.

»Ich hoffe, wir verstehen uns«, schloss Niklas seinen Vortrag, als am Montagabend die ganze Familie zusammensaß; auch Lottes Freundin war dabei. Er schaute erwartungsvoll in die Runde am Küchentisch, auf dem seine neue Wunderwaffe lag. Hannes immerhin, der genussvoll schmatzend einen Apfel mümmelte, nickte überzeugt. Mit einem Seufzer ließ Lotte vernehmen, sie sei schließlich nicht blöd. Ihr mandeläugiger Zwilling Maki, die ein schwarzes T-Shirt mit der Aufschrift *Zicke* trug, pustete unter ihren Pony.

»Prima!« Niklas beschloss, den soeben behandelten Stoff direkt wieder abzufragen, auf dass er sich besser einprägte. Da klingelte das Telefon, doch als Oliver dranging, wurde am anderen Ende aufgelegt.

Niklas war das ganz recht, da er gerade keine Unterbrechung gebrauchen konnte. So deutete er mit dem Stiel eines Kochlöffels auf die Tabelle, die er mit gelber Kreide auf die Tafel gemalt hatte. Sie bestand aus fünf Spalten, wovon jede einem Namen zugeordnet war: Hannes, Lotte, Maki, Oliver und Niklas.

»Wie man sieht, nehmen wir uns von dem Ganzen nicht aus«, wiederholte er, weil ihm dieser Punkt besonders wichtig erschien, und erhielt genickte Zustimmung von Oliver.

»Auch Erwachsenen kann so was mal rausrutschen«, erklärte er, und Makis Pony flog wieder in die Luft.

»Wer nun also in diesem Haus eines dieser extrem unschönen Worte in den Mund nimmt«, Niklas zeigte auf den unteren Teil der Tafel, wo er die Lieblingskraftausdrücke der Kinder mit roter Kreide notiert und durchgestrichen hatte, »der wird mit Punktabzug bestraft.«

Der Stiel des Kochlöffels kreiste um das Wort ›geil‹.

»Wie viele Minuspunkte, Hannes?«

»Fünf«, rief Lotte vorlaut.

»Ich habe deinen Bruder gefragt.«

»Und einmal die Woche darf man«, rief Lotte.

»Gut aufgepasst«, sagte Oliver.

»Aber nur wenn es unbedingt sein muss«, schob Niklas nach. »Wie ist es hiermit?«

»Arschloch«, las Hannes verträumt vor, und Oliver begann zu kichern. Unter Niklas' strafenden Blicken riss er sich jedoch zusammen.

»So was sagen nur Leute, die an roten Ampeln Autoscheiben putzen und einem dabei den Wischer abbrechen«, sagte er. »Wollt ihr so enden?«

»Das gibt zehn Minuspunkte«, ergänzte Lotte.

Maki warf einen gelangweilten Blick an die Decke, und Niklas fragte sich, warum Lotte von allen Japanern, diesem sympathischen und höflichen Volk, das in Düsseldorf so zahlreich vertreten war, ausgerechnet diese rotznasige Zicke zur Freundin haben musste.

»Aber ›Fotzenkopf‹ darf man sagen?«, wollte Maki wissen.

Niklas tat so, als hätte er sie nicht gehört.

»›Tuppes‹ geht auch«, kam ihm Oliver zu Hilfe. »Oder sagt einfach ›Tütenüggel‹, das ist harmlos.«

Die Kinder mussten kichern.

»Oder ›Troglodyt‹, wenn ihr angeben wollt!«, empfahl Niklas. »Das bedeutet Höhlenbewohner.«

»Trototüüt«, sagte Hannes, und Maki rollte wieder mit den Augen.

»Bleibt noch das hier.« Er wandte sich dem Wort ›Scheiße‹ zu.

Olivers Arm schoss in die Höhe. Er schnippte dazu mit den Fingern und rief: »Ich weiß es, ich weiß es.«

Niklas ignorierte ihn, weil er das Gefühl hatte, dass Olivers Verhalten ihrer elterlichen Autorität nicht besonders zuträglich war. Die Kinder giggelten fröhlich vor sich hin.

»Wie ist es mit unserem Gast? Wie viele Minuspunkte, Maki?«

Lottes Freundin zuckte mit den Schultern.

»Schehn«, rief Hannes mit vollem Mund.

»Sehr gut, Maki!« Niklas fühlte sich erschöpft. »All diese Minuspunkte werden auf der Tafel zusammengerechnet. Und wenn man in einer Woche fünfundzwanzig Punkte gesammelt hat, dann gibt's Ärger.«

»Meine Mama hat immer gesagt, wenn wir nicht lieb sind, tommt die Supernanny«, erinnerte sich der Junge.

»So weit sind wir glücklicherweise noch nicht«, beruhigte ihn Niklas.

»Aber die ist voll hübsch.«

Oliver musste grinsen. »Wir haben selber auch super Ideen: Kein Fernsehen, keine Schokolade, weniger Taschengeld.«

»Es kann auch schon mal dazu führen, dass ihr eure Freunde

nicht besuchen dürft«, fügte Niklas mit Blick auf Maki hinzu. »Oder umgekehrt.«

»Mir könnt ihr gar nichts vorschreiben, ihr seid nicht meine Eltern!«, platzte Maki hervor. »Ihr seid ja nicht mal Charlies richtige Eltern!«

Niklas und Oliver tauschten hilflose Blicke. Es war ganz still in der Küche geworden. Nicht mal Hannes traute sich, in seinen Apfel zu beißen. Da klingelte erneut das Telefon. Dankbar für die Ablenkung, hob Niklas diesmal selber ab, doch es meldete sich niemand. Er lauschte noch ein bisschen in die Leitung, bis er Oliver sagen hörte: »Auf eine Art sind wir doch ihre Eltern. Wir sorgen für Lotte und ihren Bruder. Wir tun alles dafür, dass sie sich wohl fühlen. Manchmal gehen sie uns ziemlich auf den Sender, aber das beruht vermutlich auf Gegenseitigkeit. Trotzdem wollen wir sie nicht mehr hergeben.«

Grinsend sah er zu Niklas, der nun endlich den Hörer auflegte.

»Wenn ich es mir überlege, ist das eine verdammt gute Definition.«

Die Stimmung war noch immer gedrückt; nur Maki pustete gelangweilt unter ihren Pony. Niklas platzierte die Tafel auf dem Küchenschrank, unerreichbar für die Kinder und erst recht für Frau Kobayashi, die zweimal die Woche zum Putzen kam und es fertigbrachte, bei der Gelegenheit auch die Tafel abzuwischen.

»Gelten die neuen Spielregeln schon?«, wollte Oliver wissen.

»Erst ab morgen. Damit sich alle daran gewöhnen können. Wie findet ihr es?«

»Geile Scheiße«, konstatierte Oliver, und die Kinder kreischten vor Begeisterung.

6: *Weniger ist manchmal mehr*

Hin und wieder kam es Niklas ganz unwirklich vor, dass er und Oliver plötzlich eine kleine Familie waren, besonders wenn er daran zurückdachte, unter welchen Umständen sie sich kennengelernt hatten. Es war an einem vernebelten Novembernachmittag. Er hatte das ganze Wochenende am Schreibtisch verbracht und über eine Kampagne gebrütet, die er am nächsten Tag präsentieren sollte. Ein großer deutscher Hersteller von Knabberartikeln wollte die Einführung einer neuen Sorte mit »frechen« Spots in Radio und Fernsehen begleiten. Die Chips sollten nach Salz und Essig schmecken, und weil Niklas schon die Vorstellung ausgesprochen unappetitlich fand, war er über uninspirierte Sprüche wie *Geben Sie Ihren Gästen Saures!* und Variationen von *Sauer macht lustig!* noch nicht hinausgekommen. Außerdem bezweifelte er, ob sich die Kunden mit Salt-'n'-Vinegar-Chips locken ließen, bloß weil man das unappetitliche Wort Essig vermied.

So war er aus seiner Wohnung geflüchtet und hatte sich ins Auto gesetzt. Eine halbe Stunde später fand er sich in Köln wieder, wo ihm nichts Besseres einfiel, als in die Sauna zu gehen. Sein Rücken tat ihm weh, die Schultern waren verspannt, und wenn nebenbei ein wenig Sex bei der Sache herausspringen sollte, so hätte er nichts dagegen einzuwenden gehabt.

Der Whirlpool war fast leer. Ein älterer Herr nickte ihm zu, als sich Niklas in gebührendem Abstand niederließ. Er positionierte sich vor einer sprudelnden Düse, schloss die Augen und versuchte zu entspannen.

Essich-Chips? Essich gern!

Der Kunde wollte vor allem junge Käufer erreichen und wünschte sich eine entsprechende Ansprache, dabei waren die Hersteller von Knabberartikeln noch nie durch besonders originelle Kampagnen aufgefallen. Das beste Beispiel lieferte jener Spot, in dem ein gutfrisierter junger Mann in Ruhe sein Auto reparieren will, als plötzlich seine ebenso gutfrisierten Freunde in der Garage auftauchen und geräuschvoll mit der Chips-Tüte knistern, worauf der Hobbymechaniker all seine guten Vorsätze über den Haufen wirft und sich eine ausgelassene Garagenparty entspinnt, als hätte das debil kichernde Grüppchen ein Blech frischer Haschkekse geliefert.

So etwas war nicht schwer zu toppen, und Niklas hatte auch schon eine Idee: Man würde die Bilder einer Privat-Party zeigen, schnell zusammengeschnitten wie in einem Videoclip, und als alles vorbei ist, taumelt die müde Gastgeberin durchs Bild, die notdürftig die Wohnung aufräumt und lauter angebrochene Chipstüten einsammelt, die sie auf einem Tablett in die Küche trägt und, ähnlich wie in der alten Kaffee-Werbung, wo nach einer Damenrunde lauter halb volle Tassen zurückgeblieben waren, traurig beklagt: »Wieder alle Chipstüten nur halb leer geknabbert! Was mache ich bloß falsch?« Worauf eine Freundin besserwisserisch grinsend eine vakuumverschweißte Tüte mit Salt-'n'-Vinegar-Chips hinter ihrem Rücken hervorzieht.

Es fehlte nur noch die Schlusspointe, aber die wollte ihm ums Verrecken nicht einfallen.

Er öffnete die Augen. Im Pool wurde es lebhafter, die Besucher hatten sich deutlich vermehrt. Auf dem Schoß des älteren Herrn saß ein Junge mit blondierten Haaren. Links von Niklas aalte sich ein asiatischer Neuzugang im Wasser, nur der Platz rechts von ihm war noch frei. Vis-à-vis lag ein junger Mann mit rot-weiß gestreifter Baseballkappe. Seine muskulöse

Schulter zierte eine Tätowierung mit einer gewaltigen Rosenblüte. Dornröschen hatte den Kopf auf dem Beckenrand abgelegt und schien zu schlafen.

Als ein weiterer Saunagast den Pool betrat, musste Niklas näher an seinen Nachbarn heranrücken, um Platz zu machen. Der ausgestreckte Arm des Asiaten befand sich nun direkt hinter seinem Kopf, was Niklas ein entspanntes Anlehnen an den Beckenrand unmöglich machte. Außerdem hatte er die Düse verloren, die seine armen Schultern massiert hatte.

Salt-'n'-Vinegar-Chips – für die sauren Momente im Leben, dachte er, weil ihm die bevorstehende Präsentation nicht aus dem Kopf ging.

Für die salzig-sauren Momente … Hilfe!

Vorsichtig streckte er seine Beine aus, um den Mann mit der Mütze, der unverändert gegenüber lag, nicht zu treffen. Im sprudelnden Wasser konnte man die Umrisse der anderen Körper nicht erkennen, doch Niklas brachte seine Füße ohne Widerstand bis zur gegenüberliegenden Beckenwand, wo sie ein Massagestrahl erwartete.

Mit einem zufriedenen Schmatzen schloss er die Augen erneut und konzentrierte sich auf das beruhigende Geräusch des sprudelnden Wassers und das monotone Summen der Pumpe. Vielleicht wäre Niklas eingeschlafen, wenn da nicht plötzlich die Hand an seiner Lende gewesen wäre. Niklas war schon immer extrem kitzelig. Seine Füße gehörten zu den unempfindlicheren Stellen, aber wenn ihn jemand seitlich berührte, noch dazu ohne Vorwarnung, dann explodierte er. Es war ihm peinlich, ein totaler Verlust von Selbstkontrolle. Er hasste es, wenn man ihn kitzelte und damit der Lächerlichkeit preisgab.

Dass der Asiate ganz anderes im Schilde geführt hatte, machte die Sache nicht besser. Niklas schrie und hatte die Aufmerksamkeit der gesamten Sauna für sich. Die Jungs auf den

Liegestühlen am Rande des Whirlpools drehten sich neugierig herum. Sein Schrei lockte sogar ein paar Schaulustige aus der benachbarten Dampfsauna hervor, die aber bald wieder im Nebel verschwanden, um sich Wichtigerem zuzuwenden.

Im Pool waren alle Augen auf ihn gerichtet, manche erschrocken, die anderen mitleidig, die Übrigen völlig verständnislos. Bis auf den Mann mit dem Rosen-Tattoo, der sich mit zugekniffenen Augen im Whirlpool hin und her wand. Er stemmte seine Hände in den Schritt, wo er verständlicherweise große Schmerzen verspürte, seit Niklas ihm im Vollbesitz seiner körperlichen Reflexe mit ganzer Wucht dorthin getreten hatte.

»Tut mir leid, das war keine Absicht.«

Der Mann beeilte sich, den Pool zu verlassen, und auch Niklas sah keinen Grund mehr, hier noch länger zu verweilen. Stumm wickelten sie sich ihre Handtücher um die Hüften, was bei dem Unbekannten etwas länger dauerte, weil er sich noch immer eine Hand in den Schritt presste.

»Kann ich irgendwie helfen? Vielleicht mit Eis?« Niklas folgte ihm zur Theke.

»Super Idee, eine Blasenentzündung fehlt mir jetzt gerade noch!«

»Ich versuche bloß zu helfen!«

Er ließ sich neben dem Mann auf einem Barhocker nieder. Der bestellte einen Whiskey, und Niklas, der eigentlich Wasser trinken wollte, schloss sich an.

»Ich heiße Niklas und trete normalerweise keine fremden Männer.«

»Wen trittst du denn sonst?«

»Och … Kinder, alte Frauen, Katzen.«

Der andere grinste, dann prosteten sie sich zu.

»Ich bin Oliver.«

»Geht's wieder?«

Oliver leerte sein Glas mit einem einzigen Schluck. »Willst du's ausprobieren?«

Niklas schüttelte den Kopf. Dieser Mann gefiel ihm, wenn er mit seinen großen blauen Augen auch nicht ganz seinem Typ entsprach. Er war nachlässig rasiert und hatte eine niedliche, knubbelige Nase, die das glatte Gegenteil des feinen, scharf geschnittenen Organs war, das in Niklas' Gesicht herangewachsen war. Der Ring in Olivers rechter Brustwarze wiederum irritierte ihn. Was seine sexuellen Vorlieben betraf, war Niklas eher anspruchslos, und die geringsten Anzeichen, dass ihm etwas abverlangt werden könnte, das über das Schonprogramm, von vielen als Blümchensex verspottet, hinausging, jagten ihm Angst ein.

»Willst du noch einen?«, fragte Oliver.

»Danke, ich muss noch fahren. Außerdem vertrage ich nicht so viel.«

»Na ja, weniger ist ja manchmal mehr.« Achselzuckend erhob sich Oliver und machte sich auf den Weg zu den Umkleidekabinen.

Niklas starrte ihm fassungslos hinterher. Dann sprang er auf.

»Warte!«

Oliver drehte sich grinsend um. »Hast du's dir überlegt?«

»Sag das nochmal!«, bat Niklas ihn.

»Hast du's dir überlegt?«

»Nein, was du davor gesagt hast!«

»Was?«

»Den letzten Satz«, erklärte er ungeduldig. »Ich muss ihn nochmal hören.«

»Dass weniger mehr ist?«

Sie waren inzwischen bei den Umkleidekabinen angekommen, und Oliver schloss seinen Schrank auf.

»Genau!« Niklas spürte das Feuerwerk in seinem Magen. »Sag es einfach nochmal, im ganzen Satz.«

»Was bist du denn für ein Spinner? Erst trittst du mir in die Eier, und dann soll ich Sachen sagen!«

Ein Sauna-Besucher, der in Unterhosen vor dem Spiegel stand und seine Haare stylte, starrte neugierig herüber.

»Tu mir den Gefallen!«, flehte Niklas ihn mit unterdrückter Stimme an. »Ich lade dich zum Abendessen ein und erkläre dir dann alles. Sag es einfach nochmal, genauso wie eben.«

»Weniger ist manchmal mehr«, sagte Oliver und ließ grinsend sein Handtuch fallen, »aber oft ist auch mehr mehr.«

Niklas versuchte, ihn nicht anzustarren, obwohl kaum zu übersehen war, dass Olivers Körperfunktionen nicht dauerhaft unter dem Tritt gelitten hatten.

»Etwas schneller, bitte, und ohne den Zusatz.«

Niklas spürte dieses Kribbeln, wie immer, wenn er glaubte, den richtigen Claim für eine Kampagne gefunden zu haben. Dieses Mal fiel das Kribbeln besonders stark aus, und ihm kam es fast wie ein Orgasmus vor, als er Oliver seinen Chips-Slogan sagen hörte: *»Vinegar ist manchmal mehr.«*

Als sich die beiden damals kennenlernten, hatte Oliver erst kurz zuvor herausgefunden, dass er eigentlich Männer liebte, und war umso entschlossener, nachzuholen, was er bis dato verpasst hatte. Da er im Gegensatz zu seinem Freund allzu langen Grübeleien nicht viel abgewinnen konnte, hatte er sein neues Leben schneller akzeptiert als Niklas das seine in zwanzig Jahren. Das sorgte anfangs für viel Frust auf beiden Seiten. Oliver wollte sein neues Leben mit allen Menschen teilen, doch Niklas war kein Freund von öffentlichen Knutschereien. Seine Bereitschaft zum Händchenhalten hatte sich auf wenige Kölner Hauptstraßen beschränkt, wo sie allerdings auch bald endete, weil sie jedes Mal einer Truppe von Halbstarken begegneten, die sich über das Paar lustig machten.

»Wenn wir uns jetzt verstecken, haben die anderen gewonnen«, sagte Oliver, doch sein Freund ließ die Hände in den Hosentaschen verschwinden.

»Tut mir leid, aber ich eigne mich nicht als Revoluzzer«, entgegnete Niklas mit großem Bedauern und zog Oliver in einen dunklen Hauseingang, um ihn zu küssen.

Anfangs konnte er nicht genau sagen, ob oder warum er sich in Oliver verliebt hatte, wenn Nadja oder Inken danach fragten. Dafür, dass er ihn hin und wieder bei seiner Arbeit inspirierte, war Niklas dankbar. Er nannte ihn zärtlich seinen Muserich, manchmal auch sein Musenwunder, aber reichte das als Antwort?

Auf seine Gegenfrage erhielt er verwirrende Auskünfte. Nadja behauptete, sie habe sich noch nie wirklich verliebt, wenigstens nicht in die Männer, mit denen sie Beziehungen hatte. Inken dagegen gab an, Wolfram verfallen zu sein, kurz bevor sie zum ersten Mal miteinander geschlafen hätten, als sie nämlich beim Ausziehen das Loch in seinen Strümpfen entdeckt hätte und er versucht hatte, es vor ihr zu verbergen.

Als sich auch sein Freund ein halbes Jahr nach der Sauna-Episode nach dem Stand seiner Gefühle erkundigte, begann Niklas zu zweifeln, ob er überhaupt verliebt war, und rettete sich wiederum mit der Gegenfrage. Oliver hatte sich gleich am ersten Tag verliebt, noch in der Umkleidekabine, als Niklas nach dem Anziehen seinen Schal genommen und auf den Millimeter genau geprüft hatte, ob die beiden Hälften auch gleich lang wären, bevor er die Enden verknotet hatte. So viel Sorgfalt fand er süß.

Niklas verstand nicht, wie man sich ausgerechnet die peinlichsten Augenblicke aussuchen konnte, um sich zu verlieben, bis zu jenem Abend, kurz vor ihrem zweiten Jahr, als die *Monster-AG* ins Kino kam. Obwohl Niklas sonst kein Freund von »Kinderfilmen« war, ließ er sich dazu überreden, den Film anzusehen. Er war nicht nur überrascht, wie gut er sich amüsierte. Als Sulley, das gütig-grüne Monster, sich für immer, wie es schien, von der süßen Boo verabschieden musste, beobachtete er, wie Oliver sich verstohlen die Tränen aus dem Gesicht wischte. Niklas hatte eine Antwort gefunden.

Magda Tiedemann konnte in die Freude über das junge Familienglück nicht recht einstimmen. Sie hatte sich im Laufe der Zeit daran gewöhnt, dass ihr Niklas sein Bett lieber mit einem Mann teilte, und die Tatsache, dass es seit Jahren auch bei dem einen geblieben war, hatte die Sache sehr vereinfacht. Dass die beiden nicht zusammenwohnten und offenbar auch nicht heiraten wollten, ging sie nichts an, und wenn sie ehrlich war, konnte sie auf die Erfahrung verzichten, bei einer Männerhochzeit als Brautmutter aufzutreten oder gar ein Kleid für ihren Sohn aussuchen zu müssen. Aber da er nie vom Heiraten sprach, war Ehrlichkeit ohnehin nicht vonnöten.

Sie hatte sich auch damit abgefunden, dass Niklas ihr keine Enkelkinder schenken würde, aber das hatte dann ja Inken übernommen, und dass sich die beiden Männer nun als Väter gerierten, erschien Magda Tiedemann geradezu anmaßend.

»Du kannst die Kinder nicht einfach zu dir nehmen«, belehrte sie ihren Sohn, als sie sich ein paar Wochen nach Inkens Tod zur Wohnungsauflösung in Niederkassel trafen. »Wolfram ist immer noch ihr Vater, auch wenn dir das nicht gefällt.«

Sie standen im Schlafzimmer und räumten den Kleiderschrank aus. Pullover und Hosen, Blusen und Kleider wurden zusammengelegt und in getrennte blaue Müllbeutel verstaut. Sie sollten der Altkleidersammlung übergeben werden.

»Er würde sie wahrscheinlich nicht mal erkennen, wenn er ihnen zufällig auf der Straße begegnet. Und du willst ihn noch belohnen!«

Wenn es nach ihm gegangen wäre, hätte Wolfram nicht mal erfahren, dass Inken gestorben war. Um keine schlafenden Hunde zu wecken, hatte Niklas für ein kleines unauffälliges Begräbnis gesorgt. Doch dann war Oliver die Todesannonce aufgefallen, die Frau Tiedemann in die Zeitung gesetzt hatte. Glücklicherweise schlief Wolfram, dieser Hund, immer noch tief und fest.

»Es geht nicht darum, was ich will.« Penibel legte seine Mutter die Bluse zusammen, die Inken bei Hannes' Taufe getragen hatte. »Er ist ihr Vater.«

»Das hat ihn in den letzten Jahren auch nicht weiter belastet.« Niklas konnte es nicht fassen, wie seine Mutter der eigenen Tochter in den Rücken fiel, kaum dass sie unter der Erde lag. Mochte sie sich selbst nach über fünfundzwanzig Jahren nicht dazu überwinden, ihre Ehe offiziell für beendet erklären zu lassen – Inken hatte mit der Scheidung einen Entschluss getroffen. Und den gedachte er zu respektieren.

Oliver erschien in der Tür, Niklas hatte ihn mit dem Ausräumen des Kinderzimmers beauftragt, im Arm trug er einen plüschigen Pinguin mit Kulleraugen.

»Wer streitet denn hier schon wieder?!«, sagte er mit verstellter Stimme und hielt ihnen das alberne Stofftier vor die Nase.

»Meine Mutter traut uns nicht zu, für zwei kleine Kinder zu sorgen«, teilte Niklas dem Pinguin mit und stopfte aus Versehen einen Pullover in einen der Kleidersäcke, der für die Hosen vorgesehen war.

»Das habe ich nicht gesagt«, wehrte sich seine Mutter und holte den Pulli wieder hervor. »Ihr seid erwachsene Männer.

Ihr solltet wissen, dass das nicht gutgeht. Die Leute vom Jugendamt können jeden Tag vor der Tür stehen.«

Oliver und der dumme Pinguin sahen Niklas fragend an. Doch vor dem Jugendamt hatte er keine Angst, er fühlte sich im Recht.

»Warum rufst du sie nicht einfach an? Langsam habe ich das Gefühl, dass du es nicht erwarten kannst!«

Seine Mutter wurde blass und verließ das Zimmer.

»Und jetzt sollten wir weiterarbeiten«, sagte Niklas und legte das Stofftier auf Inkens Kommode. »Frau Metternich kann nicht ewig auf die Kinder aufpassen.«

»Jawohl, Herr Direktor.«

In der Nacht kam Niklas nicht zur Ruhe. Sobald er die Augen schloss, erschien ihm das Bild seiner Schwester: Inken saß im Krankenhausnachthemd auf dem Fenstersims und streckte die Hand nach ihm aus, doch sobald er sich ihr näherte, sprang sie. Er schaltete seine Lampe wieder an und begann in einem der Ratgeber zu lesen, die Oliver gekauft hatte. Nach einer Weile ging auch auf der anderen Seite des Bettes das Licht an.

»Liest du das etwa wegen deiner Mutter?«

»Wer hat denn die ganzen klugen Bücher gekauft?« Niklas tat so, als läse er weiter. Oliver nahm ihm das Buch weg und klappte es zu.

»Vergiss, was deine Mutter gesagt hat! Die spinnt doch!«

»Das sag ich ihr.«

»Kannst du ruhig machen! Ich bin ja eh ihr Lieblingsschwiegersohn.«

»Da wäre ich mir nicht so sicher«, sagte Niklas.

Oliver setzte sich auf. »Was ist dein Problem?«

»Ich brauche dringend Schokoladenpudding.«

Sie zogen sich an und schlichen auf Zehenspitzen in die Küche, um die Kinder nicht zu wecken. Oliver öffnete das Fenster und steckte sich eine Zigarette an, während Niklas Milch aufsetzte.

»Wer weiß denn schon, was es mit den Kindern macht, wenn sie bei zwei Männern aufwachsen?«, fragte er.

»Ich glaube, Hannes sieht das ganz pragmatisch: Vorher hatte er gar keinen Vater, und jetzt hat er eben zwei.«

»Und was sagen wir Lotte, wenn die Bluterei losgeht? Da kann sie noch so viele Väter haben! Ich weiß zwar, dass es Tampons mit geschwungenen Rillen gibt und mit seidig-glatter SilkTouch-Oberfläche, weil ich das eine oder andere Modell schon betextet habe. Aber ich habe keinen Schimmer, wie man sich die Dinger einverleibt.«

Oliver verzog das Gesicht. »Hör auf mit solchen Sachen, sonst kann ich gleich nicht schlafen.«

»Genau das meine ich!«

»Ein bisschen was weiß ich schon noch aus dem Biounterricht, Nikki! Und dass Schafgarbe gegen Unterleibsschmerzen hilft, haben wir von Gundula gelernt …«

»Kordula!«

»… außerdem gibt es zwei Omas, die man zur Not fragen kann …«

»Deine Mutter möchte ich sehen, wenn sie mit Lotte Tampons kaufen soll.«

»… und dass Jungs immer nur das eine wollen, davor können wir sie selbst rechtzeitig warnen.« Oliver ging zu Niklas und schob eine Hand in seine Pyjamahose.

»Du musst es ja wissen.« Niklas zog die Hand wieder hervor. »Glaubst du nicht, dass Lotte eine Mutter braucht? Mir hat das damals gefehlt, ein Mann, zu dem ich aufschauen konnte. Der mir die Welt erklärt oder einen Drachen mit mir baut.«

»Dafür hast du ja jetzt mich!« Oliver legte grinsend den

Arm um Niklas. »Glaubst du denn, dass Mädchen nur Sachen von ihren Müttern abgucken? Hast du Lotte in letzter Zeit mal beobachtet, wenn sie vorm Spiegel steht und neue Frisuren ausprobiert?«

Niklas fuhr Oliver durchs schüttere Haar. »Von dir kann sie das jedenfalls nicht haben.«

»Danke sehr.«

»Nicht dafür. Aber es kann ja nicht schaden, wenn wir uns ab und an eine Frau ins Haus holen, die noch nicht in der Menopause ist.«

»Ich kann ja Eva irgendwann mal fragen«, sagte Oliver.

»Fragst du sie bitte morgen?«

»Jawohl, mein kleiner Herr Direktor.«

Niklas rührte das Puddingpulver in die kochende Milch und nahm den Topf vom Herd. Oliver zog zwei große Löffel aus der Schublade, dann kehrten sie ins Bett zurück. Dort aßen sie schweigend ihren Schokoladenpudding. Als der Topf leer war, fragte Niklas: »Und was machen wir, wenn die beiden von anderen Kindern oder Eltern angefeindet werden?«

»Okay, Schwarzmaler«, Oliver legte den Arm um seinen Freund, »selbst wenn es so kommen sollte, und Lotte wird in der Schule ausgelacht – dann macht sie das hoffentlich stärker, und zweitens: Sollen wir etwas lassen, das wir für richtig halten, nur weil andere ihre feinen Nasen rümpfen?«

Niklas seufzte. »Du hast recht.«

»Natürlich habe ich recht.«

Niklas leckte einen Klecks Schokoladenpudding von Olivers Wange und löschte endgültig das Licht.

Von Niklas' altem Leben war nicht viel übrig, seit Oliver und die Kinder bei ihm wohnten. Freunde, mit denen er früher nächtelang Aufzeichnungen alter Grand-Prix-Übertragungen aus glücklicheren Tagen, vor dem Erstarken der Ostfront, gesehen hatte, zogen sich zurück und führten ein Leben, das nur noch marginal mit seinem zu tun hatte, so wie Uwe und sein Freund: Deren letztes Lebenszeichen stammte von einer Tauchsafari vor den Malediven, wo sie auf Luxus-Schiffen hausten, die italienische Star-Designer entworfen hatten. Niklas warf ihre Ansichtskarte direkt in den Mülleimer.

Als Eltern waren die Männer in eine Parallelgesellschaft mit geänderten Öffnungszeiten gerutscht: Waren sie früher mit Freunden um Mitternacht losgezogen, um in der Altstadt Cocktails zu zuzzeln, gähnten sie jetzt schon nach der Tagesschau um die Wette. Neue Freunde zu finden war schwierig, es sei denn, sie wollten sich mit Bewohnern ihrer Matrix treffen, den alleinerziehenden Müttern von Lottes Mitschülern etwa, um dann den ganzen Abend über die lieben Kleinen zu reden und sich gemeinsam vor der nahenden Pubertät oder den ungewollten Schwangerschaften ihrer Töchter zu fürchten, aber darüber sprach Niklas ohnehin alle zwei Wochen mit seinem Friseur. Oliver war schon ganz genervt von der Kontaktfreude der alleinerziehenden Mütter aus Hannes' Kindergarten. Manche verwickelten ihn beim Abholen in ein banales Gespräch, andere luden ihn direkt nach Hause zum Kaffee ein, forschere Naturen wollten mit ihm Wein trinken gehen. Wenn er ihnen sagte, dass zu Hause sein Freund auf ihn wartete, ließen sie nicht nach. Im Gegenteil, sie überboten sich mit Einladungen für das Männerpaar, als wollten sie sich mit ihrer Bekanntschaft schmücken. Oliver konnte sich ihrer Avancen kaum erwehren und sagte eines Abends zu Niklas: »So ein bisschen Anfeindung und Diskriminierung wäre manchmal schon schön.«

Einmal besuchten sie mit den Kindern Eva in Köln. Sie gab der Kleinen stundenlang Schminktipps und schenkte ihr am

Ende noch einen Nagellack, aber die Frauen wurden nicht recht warm miteinander.

Lotte suchte sich ihre Bekannten ohnehin lieber selber aus. Es verging kaum ein Nachmittag, ohne dass eine Freundin oder ein Freund aus der Schule zum Spielen kam. Niklas registrierte nicht ohne Stolz, wie beliebt die Kleine in ihrer Klasse war, ja, offenbar hatte sie die halbe Schule bezirzt, denn ab und zu tauchten auch Mitschüler aus höheren Klassen auf. Da Niklas sich für Lotte freute, fragte er nicht, warum sie nie mit zu anderen ging, schließlich sollte sie nicht das Gefühl bekommen, er wollte sie loswerden. Außerdem wertete er die häufigen Besuche ihrer Freunde als Zeichen dafür, dass Lotte sich zu Hause offenbar ausreichend wohl fühlte.

Zwar hatte er manchmal das Gefühl, unter besonderer Beobachtung zu stehen, gerade im Umgang mit Oliver; der aber meinte, es sei besser, als wenn die Eltern ihren Kindern den Kontakt verböten. Das bisschen Glotzen würde sich schon irgendwann legen, und Niklas sollte bloß nicht glauben, dass er wegen der kleinen Besucher auf Berührungen verzichten werde.

Tatsächlich aber kamen nur wenige Gäste wieder. Ob es ihnen nicht gefallen hätte?, fragte Niklas die Kleine nach ein paar Wochen. Doch, sehr! Ob Lotte ihre Freunde vorgewarnt hätte, dass bei ihr zu Hause nicht ganz alltägliche Verhältnisse herrschten? Da wurde sie rot, und er beendete die Fragestunde.

Bis er eines Tages von der Präsentation bei einem Kunden heimkehrte. Oliver war mit dem Jungen im Baumarkt, um Material für einen Drachen zu besorgen, und Lotte verbrachte den Nachmittag alleine zu Hause. Niklas fand, sie war mit acht Jahren alt genug dafür.

Dass bei seiner Heimkehr gleich fünf Gören die Wohnung

bevölkerten, war nicht das Schlimmste; sie im Schlafzimmer anzutreffen, brachte ihn jedoch ziemlich außer Fassung, zumal er sich auf dem Weg dorthin bereits seiner Anzughose entledigt hatte.

Ihrer stadtführenden seligen Mutter nicht unähnlich, hatte Lotte die aufmerksam lauschende Besuchergruppe um das Doppelbett platziert und erzählte ihnen gerade, wer links schlief und rechts schnarchte, dass die Pyjamahosen mit dem Totenkopf-Muster Oliver gehörten und dass es sich bei dem Pädagogik-Wälzer auf dem Nachttisch um Niklas' Bettlektüre handelte, wenn er mal wieder nicht schlafen konnte.

»Störe ich?«, fragte Niklas, und fast wäre der Anblick von sechs synchron zusammenzuckenden Knirpsen schon ausreichend Genugtuung für seinen Ärger gewesen. Er schickte Lottes Freunde nach Hause und befragte das immer noch zitternde Mädchen, was es sich dabei gedacht habe, fremden Leuten sein Schlafzimmer zu zeigen.

»Die wollten mir nicht glauben, dass ihr zusammen in einem Bett schlaft.«

Niklas bat Lotte, solche Aufklärungstouren zu unterlassen, weil er sich nicht wie ein Pinguin im Zoo fühlen wollte, und bat sie, von nun an nur noch echte Freunde wie Maki mit nach Hause zu bringen.

Oliver lachte sich halb tot, als Niklas ihm am Abend von Lottes Führung durch die Schlafgemächer erzählte.

»Wenigstens wissen wir jetzt, dass sie sich für ihre beiden Väter nicht schämt.«

Nein, von Scham konnte nun wirklich keine Rede sein, denn wenige Tage später wurde Niklas von ihrer Lehrerin in die Schule zitiert. Frau Domenicus empfing ihn in Lottes Klassenzimmer, einem deprimierenden Raum: Von der Wand hinter der Tafel bröckelte die Farbe, wenn man diese undefinierbare Mischung aus Grau und Grün als solche bezeichnen wollte. Obwohl draußen die Sonne schien, surrten über ihnen die Neonröhren. Das Monstrum von einer Turnhalle gegenüber schluckte jeden Sonnenstrahl. Ihre dunkelbraune Fassade warf jeden Blick, der in der Hoffnung auf Abwechslung aus dem Fenster wanderte, verächtlich wieder zurück.

Niklas ließ sich Lottes Platz zeigen, zwei Reihen vom Lehrertisch entfernt. Dort setzte er sich hin und hörte gespannt, dass das Kind in der Schule geradezu damit prahlte, zwei Väter zu haben, und Geschäfte damit machte, fremde Kinder nach Hause zu bringen. Lotte durfte im Gegenzug deren Hausaufgaben abschreiben oder einen Tag lang ihren MP3-Player benutzen, und wenn der glückliche Besucher Zeuge eines Kusses zwischen Oliver und Niklas wurde, hatte er eine Provision zu zahlen.

»Es ist ihre Art, mit dem Verlust ihrer Mutter umzugehen«, erklärte Frau Domenicus und setzte sich auf die Kante des Nachbartisches. Dabei legte sie ihre Hände wie zum Gebet in den Schoß. »Sie versucht sich interessant zu machen, das funktioniert mit zwei Vätern nun mal besser als mit einer Mutter.«

»Aber beim Geschäftemachen hört der Spaß auf!«, fand Niklas.

»Das, fürchte ich, ist die Idee ihrer Freundin.«

Niklas hatte nicht zum ersten Mal das Gefühl, dass er Maki nicht mochte. »Warum setzen Sie die beiden nicht auseinander?«

»Ich vertraue auf Lottes guten Einfluss.«

Niklas war geschmeichelt und ließ die Sache vorerst auf sich beruhen. Doch dann begannen die anonymen Anrufe zuzunehmen. Es verging kein Abend, ohne dass das Telefon klingelte, doch nie meldete sich jemand. Anfangs vermutete

Niklas noch einen von Lottes Freunden dahinter, später kam es ihm manchmal so vor, als hätte Oliver wieder damit begonnen, andere Männer zu treffen. Vielleicht steckte also ein Verehrer hinter den Anrufen? Sein Freund reagierte beleidigt: Er würde einer Liebschaft niemals die Festnetznummer geben. Niklas war geneigt, ihm zu glauben. Schließlich wechselte er die Telefonnummer und beschloss, die Sache zu vergessen.

Dass die Menschen ebenso unterschiedlich wie unvorhersehbar auf seine Familie reagierten, daran hatte er sich gewöhnt. Seine eigene Mutter hätte es lieber gesehen, dass die Kinder bei ihrem Erzeuger lebten, und war sogar bereit, dafür das Leid zu vergessen, das der ihrer Tochter zugefügt hatte, während Niklas' alte Freundin Nadja ihn nie vor 21 Uhr besuchte, um sicherzugehen, dass die Kinder schon im Bett waren. Dass aber eines Tages Olivers Eltern ihr Kommen ankündigten, überraschte ihn dann doch. Sein Freund schien so glücklich, als er davon erzählte, dass Niklas sich nicht traute, seine Euphorie zu bremsen. Bislang waren Herr und Frau Heinze nämlich nicht gerade als Eltern aufgefallen, die mit aufgemalter Regenbogenflagge auf der Wange ganz vorne bei der Christopher-Street-Day-Parade mittanzten. Die Gelegenheiten, bei denen Niklas seine Schwiegereltern getroffen hatte, konnte er an den Fingern von Lottes Lieblingspuppe abzählen – und die hatte aus unerfindlichen Gründen nur drei. Dass sie nun ihre Schmollecke verlassen wollten, kam ihm verdächtig vor, denn er wusste, dass er mit seinem starken Bartwuchs eine denkbar schlechte Schwiegertochter abgab. Olivers Vater war ein kratzbürstiger Pensionär in den Siebzigern, der in seiner Tätigkeit als Kassenwart seines Karnevalsvereins aufging und so die ganze Tragik professionellen Lustigseins personifizierte, aber damit brauchte Niklas seinem Freund gar nicht erst zu kommen, es sei denn, er wollte mal wieder einen Streit vom Zaun brechen. Mutter Heinze war eine nette stille Person, knapp fünfzehn Jahre jünger als ihr Gatte. Sie machte selten den Mund auf, außer, um ihrem dominanten Mann beizupflichten.

Am Tag ihres Besuches goss es in Strömen, so ging das schon seit Tagen. Der Himmel war wie zubetoniert mit grauen Wolken, und selbst die Sonne hatte den Frühlingsanfang anderswo verbracht, weil es ihr hier zu ungemütlich war. Den Kindern wurde es langweilig, sich immer nur drinnen aufzuhalten. Lotte hatte schon der ganzen Familie die Fußnägel lackiert, und Hannes drängelte, er wollte endlich seinen schönen Drachen steigen lassen, den er mit Oliver gebastelt hatte. Da kam Niklas etwas Abwechslung ganz gelegen.

Wie es sich für gute Großeltern gehörte, brachten sie Geschenke mit, einen Fußball und eine Barbiepuppe. Sie drückten Niklas die Sachen gleich beim Betreten der Wohnung in die Hand, als handle es sich um das Eintrittsgeld. Oliver rief die Kinder und überreichte Lotte den Fußball, Hannes bekam die Puppe. Natürlich machte Lotte ein langes Gesicht und tauschte schnell mit dem verdutzten Hannes.

»Jungs spielen doch nicht mit Puppen«, erklärte sie.

»Ach so«, staunte Oliver.

»Ich habe früher ganz gerne mit Puppen gespielt«, ließ Niklas sie wissen.

»Ja, du«, sagte das freche Ding und lachte sich kaputt.

Hannes immerhin fiel noch ein, sich zu bedanken, und er reichte den Besuchern artig die Hand. Besonders an seinem Großvater schien er Gefallen zu finden, diesem Hünen, um dessen Glatze ein dichter weißer Haarkranz wuchs. Als Herr Heinze die Fingernägel des Jungen entdeckte, die Lotte zur Feier des Tages violett lackiert hatte, tauschte er mit seiner

Frau einen Blick, von dem er dachte, dass er Niklas entginge. Für den gab es nun keinen Zweifel mehr, dass der Tag in einem Fiasko enden würde.

Vater Heinze verbrachte den ganzen Nachmittag wie festgenagelt auf dem Sofa und trank sein Kölsch; von der Führung, die Niklas den Gästen angeboten hatte, wollte er nichts wissen, als habe er Angst, noch mehr Dinge entdecken zu müssen, die sein Weltbild durcheinanderbringen könnten. So blieb er mit Oliver im Wohnzimmer, während Niklas seine Schwiegermutter herumführte. In der Küche erklärte er ihr Sinn und Zweck der Schultafel und verschwieg dabei nicht, dass sich die Flucherei der Kinder tatsächlich etwas gelegt hatte. Frau Heinze hörte aufmerksam zu, fragte aber nicht nach. Im Kinderzimmer lauschte sie sogar geduldig Lottes neuer Lieblings-CD von LaFee, bis Niklas sie nach dem ersten Song rettete, in dem es hieß:

»Kann denn Liebe Sünde sein, nein! Du und ich, wir sind hier ganz allein.«

Hannes dagegen hielt sich mit großer Begeisterung an Herrn Heinze, der sogar sein Lieblingspiratenschiff anfassen durfte. Der Alte hörte dem Geplapper des Jungen, der ihm die verschiedenen Funktionen vorstellte, jedoch kaum zu, so gebannt starrte er auf dessen Fingernägel.

Niklas wollte den Besuch schon fast als erträgliche Episode verbuchen, die man irgendwann, wenn auch nicht zu bald, hätte wiederholen können, und sei es, um Olivers armer Mutter einen netten Nachmittag zu bereiten. Doch als Hannes für einen Moment das Zimmer verließ, um seinen grantigen Großvater auch noch mit der Besatzung seines Schiffes bekannt zu machen, nutzte der Alte die Gelegenheit, eine Frage zu stellen, die ihm schon den ganzen Nachmittag unter den unlackierten Nägeln gebrannt haben musste.

»Und wann gedenkt ihr, die Kinder zur Adoption freizugeben?«

Niklas war so schockiert, dass ihm die Spucke wegblieb. Frau Heinze starrte in ihren Kaffee und ließ ein leises, absurdes Räuspern von sich hören, um dann doch nichts zu sagen.

»Ich dachte, das wolltest du immer«, sagte Oliver langsam. »Dass ich eine Familie gründe und … Kinder habe. Meinen ›Teil zur Gesellschaft beitrage‹.«

Hannes kehrte mit seinen gesammelten Piratenfiguren zurück, die er vor sich her trug, als wollte er sie seinem Großvater als Opfer darbringen. Doch Niklas fing ihn ab und zog ihn unter einem Vorwand aus dem Wohnzimmer. Er blieb bei den Kindern, bis er wenig später hörte, dass Oliver seine Eltern im Flur verabschiedete. Danach wurde langsam die Tür zum Kinderzimmer aufgeschoben, und ein tiefblaues, tieftrauriges Augenpaar sah herein.

Da Niklas gerade Lottes neuer Puppe das Haar kämmte, sagte Oliver mit belegter Stimme zu ihm: »Das ist nicht dein Geschenk.«

Niklas zog einen Flunsch. »Mir haben sie ja nichts mitgebracht!«

Hannes legte ihm zum Trost seinen neuen Fußball in den Schoß.

»Ich hätte es wissen müssen«, sagte Oliver zerknirscht, als es an der Tür schellte.

Wenig später vernahm Niklas die atemlose Stimme von Frau Heinze. Sie drückte ihren verblüfften Sohn an die Brust und sagte: »Ich musste einfach nochmal zurückkommen.«

Dann fuhr sie mit ihrem Mann, dem Karnevalsverwalter, zurück ins Mittelalter.

7: *Spanien*

Es war der letzte Tag vor den Osterferien, aber das beeindruckte das Wetter wenig. Als Niklas am Morgen mit Hannes und Lotte zur Schule aufbrechen wollte, empfing sie vor dem Haus eine dichte Wand aus Nebel und Regen. Er hatte in einer Seitenstraße geparkt, und so bat er die Kinder, vorm Hauseingang zu warten, dann rannte er los. Trotz Schirm war er völlig durchnässt, als er am Wagen ankam. Bibbernd sprang er hinein, startete den Motor; da fiel ihm der Flyer auf, der an der Seitenscheibe des Nachbarautos klebte. Vor lauter Regen konnte er kaum etwas erkennen, aber als er sein Fenster herunterfuhr, stellte er fest, dass es sich um einen Prospekt für ein mallorquinisches Bergdorf handelte, das idyllischen Urlaub am Meer versprach, fernab von Ballermann und Sangria in Putzeimern. Niklas tippte die Nummer in sein Handy, vielleicht würde es sich irgendwann ergeben, im Moment war in der Agentur einfach zu viel los.

Da die Kinder nicht wie vereinbart vor dem Hauseingang warteten, nahm er an, dass sie vor dem ungemütlichen Wetter nach drinnen geflohen waren, und hupte. Doch Lotte und Hannes zeigten sich nicht. Ärgerlich, weil sie sowieso schon spät dran waren, sprang Niklas aus dem Wagen und rannte zum Haus. Die Kinder standen im Hausflur, aber nicht allein. Eine Frau war bei ihnen. Sie schreckte zusammen, als Niklas plötzlich vor ihr stand.

»Hallo, Herr Tiedemann.« Sie musste knapp vierzig sein, einfach gekleidet. Der Regenmantel, den sie trug, war eine Nummer zu groß. »Ihre Kinder?«

Niklas musste an die Warnung seiner Mutter denken, dass das Jugendamt eines Tages vor der Tür stehen konnte.

»Was wollen Sie hier?«, blaffte er sie an.

»Das ist unsere neue Nachbarin«, erklärte Lotte.

»Oh, tut mir leid, willkommen im Haus!« Niklas reichte der Frau die Hand. Überrascht stellte er fest, dass er sie schon einmal gesehen hatte, wusste aber nicht mehr, wo. »Aber jetzt müssen wir zur Schule.«

»Die Frau war nett«, sagte Lotte später im Auto.

»Ich habe gar nicht gemerkt, dass jemand ausgezogen ist.«

Lotte zuckte mit den Schultern, und Niklas vergaß die Sache wieder. Bis es ihm beim Abendessen wieder einfiel.

»Ich habe heute unsere neue Nachbarin kennengelernt«, erzählte er Oliver.

»Ach? Aus welcher Etage?«, fragte der.

Niklas sah zu Lotte und zuckte mit den Schultern.

Sie waren schon beim Zähneputzen, als Oliver plötzlich in das Summen von Niklas' elektrischer Bürste sagte: »Also, seit ich hier wohne, ist niemand mehr ein- oder ausgezogen.«

»Mich hat's auch gewundert.« Niklas spuckte den Schaum aus, und plötzlich wusste er, woher er die vermeintliche Nachbarin kannte.

Am nächsten Morgen weckte er die Kinder mit der freudigen Nachricht, dass sie für ein paar Tage nach Spanien fliegen würden.

Lotte und Hannes kannten Flugzeuge bislang nur aus der Froschperspektive, als kleine Insekten am fernen Himmel – selber fliegen hatte Inken ihnen aufgrund klammer Kassen nie bieten können. Schon beim Betreten des Flughafens waren sie vollkommen überwältigt. Lottes Mund stand sperrangelweit offen, und Niklas empfahl ihr, ihn zu schließen, wenn sie nicht wollte, dass sich ein Flugzeug hineinverirrte. Hannes fiel es leichter, sein Staunen auszudrücken, indem er es in Fragen verpackte.

»Wie groß ist unser Flugzeug? Und wie schwer? Und warum fällt es nicht runter?«

Sie standen in der Check-in-Schlange, und die Reisenden vor ihnen wandten sich amüsiert um, gespannt auf die Erklärung, die die Männer finden würden. Oliver nahm seine weiße Baseballkappe ab und kratzte sich nachdenklich. Dann fabulierte er etwas von starken Düsentriebwerken und komplizierter Technik, die nur Piloten wirklich verstanden. Glücklicherweise fiel ihm noch das Phänomen des Auftriebs ein, das er nicht recht erklären konnte, aber es genügte, um Hannes vorübergehend zu beeindrucken. Der Junge dachte nach.

»So wie beim Drachen?«, fragte er schließlich.

»Genau!« Erleichtert setzte Oliver seine Mütze wieder auf und boxte dem Jungen anerkennend an die Schulter. »Im Prinzip sind Flugzeuge riesige Drachen. Nur ohne Schnur.«

Niklas telefonierte derweil mit Nadja, um letzte Details zu klären. Kurzfristig hatte er sie überreden können, ihm die Kampagne eines Verkehrsverbundes abzunehmen, der den Menschen das Schwarzfahren abgewöhnen wollte. Er schaffte es noch, ihr für den Notfall die Nummer der mallorquinischen Vermieterin durchzugeben, dann nahm Oliver ihm das Handy ab und steckte es ein.

»Du hast jetzt Urlaub!«

Doch im letzten Moment drohte noch alles zu scheitern. Einem bierbäuchigen Flughafenmitarbeiter mit üppigem Schnauzbart, den man im Rheinland »Schnörres« nannte, fielen beim Kontrollieren der Bordkarten die unterschiedlichen Nachnamen auf. Niklas hatte nie verstanden, warum Inken nach der Scheidung Wolframs unseligen Familiennamen behalten hatte; nun klebte er auch an den Kindern wie Hundekot, in den man aus Versehen getreten war.

»Gehören die beiden zu Ihnen?«

»Das sind die Kinder meiner Schwester.« Niklas gab ihm die Pässe und ließ seinen Blick durchs Terminal wandern. Es hätte ihn nicht gewundert, wenn plötzlich seine Verfolgerin vom Flohmarkt aus der Kulisse geklettert wäre, um zu verkünden, dass er endlich in die Falle geraten war.

Der Kontrolleur ließ seine Augen argwöhnisch zwischen den Männern hin und her wandern. Dazwischen verglich er immer wieder die Angaben in den Pässen.

»Haben Sie eine schriftliche Erlaubnis der Mutter, dass Sie die Kinder mit sich führen dürfen?«

Niklas schüttelte den Kopf.

»Die Sache ist so …«, meldete sich Oliver zu Wort, aber Lotte unterbrach ihn.

»Unsere Mama ist tot, und unser Papa will nichts von uns wissen. Mein Bruder und ich, wir wohnen jetzt bei Niklas und Oli.«

Niklas war für einen Moment sprachlos, dann legte er der Kleinen den Arm um die Schulter und zog sie an sich.

»Besser hätte ich es auch nicht sagen können.«

Der Flughafenmitarbeiter wandte sich mit hochgezogenen Augenbrauen an Lotte. »Und welcher von beiden ist dein Onkel?«

»Na, der hier!«, sagte sie in einem Tonfall, als wollte sie noch hinterherschieben, man möge sie nun endlich passieren lassen, sonst flöge die Maschine ohne sie. Stattdessen nahm sie das Ledertäschchen mit einem Foto ihrer Mutter, das sie immer um den Hals trug, und zeigte es dem Beamten. Niklas hatte es im vergangenen Sommer in einem Café in Kaiserswerth aufgenommen. Inken trug eine Sonnenbrille mit gelben runden Gläsern, die ein wenig von den Sommersprossen auf ihrer Nase ablenkten. Ihr Lächeln wirkte unbeschwert – ein Bild mit Seltenheitswert.

»Das ist meine Mama. Sie hatte eine schlimme Krankheit.«

»Trets«, erläuterte Hannes, und Niklas schwor sich, sofort nach dem Urlaub eine neue Logopädin zu engagieren.

Der Mann betrachtete das Foto und schob dabei die Unterlippe vor, sodass sich sein Schnörres seltsam aufstellte. Schließlich nickte er und überreichte Lotte ihr Ledertäschchen.

»Hübsche Frau, deine Mama.«

»Ich weiß«, sagte Lotte.

Der Kontrolleur hielt sich vor Lachen den kugeligen Bauch und wünschte ihnen einen schönen Urlaub.

Am Gate mussten sie noch einige Minuten auf das Boarding warten, doch Niklas fühlte sich sicherer; nun stand ihrem Urlaub hoffentlich nichts mehr im Weg. Trotzdem erschrak er zu Beginn jeder Durchsage, die sich an einzelne Passagiere wandte. Da sein Name nie unter den Gesuchten war, lehnte er sich jedes Mal beruhigt zurück und widmete sich wieder seiner Zeitung. Doch dann stellte Lotte eine Frage, die ihn weit mehr aus der Fassung brachte.

»Magst du eigentlich gar keine Frauen, Niklas?«

»Wie kommst du denn jetzt darauf?«

»Na ja, die anderen Kinder in der Schule haben Mamas und Papas, oder nur Mamas. Und der Philipp hat nur seinen Papa, weil seine Mama jetzt einen anderen Freund hat, sagt Philipp.«

»Siehst du, das Leben ist ganz schön bunt. Alles ist möglich.« Niklas war froh, dass Lotte sich ihre Frage gewissermaßen selbst beantwortet hatte. Doch die Kleine wollte das Thema so schnell nicht abschließen.

»Oma hat gesagt, du hast bloß noch nicht die richtige Frau gefunden.«

Fassungslos ließ Niklas seine Zeitung sinken. Wie konnte seine Mutter ihm derart in den Rücken fallen? Er sah hilfesuchend zu Oliver, doch der versuchte gerade, Hannes ein Spiel auf seinem Handy zu erklären.

»Weiß du, ich mag Frauen sehr gerne, aber es gibt Sachen, die mache ich lieber mit Männern. So, wie du vielleicht lieber mit Oliver Hausaufgaben machst und lieber mit mir … einkaufen gehst.«

»Das habe ich gehört.« Oliver hörte wie immer nur das, was er hören wollte.

»Oli ist nicht so streng wie du«, sagte Lotte.

Niklas hätte ihr gerne erklärt, dass ihn das nicht unbedingt für die Hausaufgabenbetreuung qualifizierte, aber neben seinem Freund hörte nun auch die Frau gegenüber aufmerksam zu und griente über ihrem Ildikó-von-Kürthy-Roman.

»Was für Sachen machst du denn lieber mit Männern?«, erkundigte sich Lotte weiter.

»Zusammenwohnen zum Beispiel.«

»Aber mit mir wohnst du auch zusammen!«

»Stimmt«, sagte Niklas nachdenklich, während sich sein Freund in die Faust biss, um nicht laut loszuprusten. »Doofes Beispiel.«

»Also?« Lotte ließ nicht locker.

Niklas beugte sich hinab und flüsterte ihr ins Ohr. »Küssen. Ich küsse Männer lieber.«

»Mich küsst du auch manchmal«, sagte Lotte. »Und Hannes auch.«

»Stimmt, aber euch küsse ich anders.«

»Wieso?«

»Das sind … Onkel-Küsse, die sind kürzer.« Niklas senkte

die Stimme und flüsterte hinter vorgehaltener Hand. »Und weniger nass.«

»Ich mag keine nassen Küsse«, krakeelte Lotte angeekelt in die Runde, sodass nun alle Mitreisenden Bescheid wussten.

»Siehst du, die kriegt deshalb immer der Oli«, sagte Niklas.

»Ärgert der sich dann nicht?«

Niklas war froh, dass sie nun endlich zum Boarding gerufen wurden, und trommelte geschäftig seine Familie zusammen.

Im Flugzeug saßen sie am Gang nebeneinander, einer mit Lotte zur Linken, zur Rechten der andere mit Hannes. Vor dem Start beugte sich Oliver zu Niklas hinüber, um sich einen Kuss abzuholen. Niklas, der sich seit seinem Gespräch mit Lotte albern und entblößt vorkam, berührte nur flüchtig seine Lippen.

»Das war jetzt wohl einer von deinen berühmten Onkel-Küssen«, meinte Oliver.

»Klappe halten und anschnallen!«

Dann begannen die Turbinen zu schnurren.

Deia lag etwas abgelegen im Nordwesten der Insel, ein verschlafen wirkendes Nest mit steilen, winkeligen Gassen und ockerfarbenen Häusern mit grünen Fensterläden, in denen sich zahlreiche Künstler niedergelassen hatten, zumeist Dichter oder Maler aus Deutschland und Großbritannien. Das Dorf war von einer eher spröden Schönheit und hatte nicht eben ein Überangebot an fotografierenswürdiger Architektur zu bieten, doch jedes Jahr im Frühling verbündeten sich Lavendel, Ginster, Hyazinthen und Klatschmohn mit den Millionen von Mandelbäumen und streiften dem Tal ein Kleid aus lilafarbenen, gelben, pastellenen, roten und zartrosafarbenen Blütentupfern über, dass es eine Pracht war.

Ihre Unterkunft lag in den Bergen, zu erreichen nur über

einen schmalen, unbefestigten Feldweg. Die Gärten ringsum waren verwildert; Zitronenbäume und Johannisbrotbäume wuchsen, wie es ihnen passte. Die Casita, in der die vier die nächsten Tage wohnen würden, lag am Fuße eines kleinen Grundstücks; das Häuschen war einfach eingerichtet, aber ein Kamin und mosaikverzierte Wände verliehen ihm einen gewissen Charme. Oben im Haupthaus wohnte neben diversen Katzen und einem Hund ihre Gastgeberin Ellen, eine junge Deutsche, die vor Jahren mit ihrem Freund ausgewandert war und hier vom Tourismus lebte. Niklas mochte die Frau auf Anhieb; sie war seit langem der erste Mensch, der die Männer nicht fragte, ob ihre Frauen später nachkommen würden.

Gleich am ersten Tag schlugen sie sich auf Ellens Empfehlung über alte Piratenpfade in ein Nachbardorf, doch statt der veranschlagten 30 Minuten benötigten sie zwei Stunden, weil Hannes an keinem Baum vorbeigehen konnte, ohne hinaufzuklettern. Niklas wollte den Jungen an die Hand nehmen, um schneller voranzukommen, doch Oliver erinnerte ihn daran, dass es keine Sitzung gab, an der sie pünktlich teilnehmen mussten.

»Nik, wir sind hier im Urlaub.«

»Wie geht denn das nochmal … Urlaub?«

Das ging so: Sie verbrachten die folgenden Tage meist in einer romantischen kleinen Bucht mit Kiesstrand, vorausgesetzt, es gelang ihnen, die Kinder von November und April zu trennen, den Katzen, die – Sonne hin, Strand her – für Lotte und Hannes wohl die Hauptattraktion ihres Urlaubs darstellten. Manchmal war es den Männern ganz recht, wenn die Kinder vom Streicheln und Liebkosen nicht genug kriegen konnten, so hatten sie Gelegenheit, sich nach langer Zeit mal wieder auf ebendiese Art miteinander zu beschäftigen.

Hannes fühlte sich an diesem Flecken der Erde sauwohl, wo

man von Mutter Natur großzügig mit Johannisbrot versorgt wurde, das überall wuchs, herabfiel und herumlag, und wo es nie an Katzen mangelte, sodass er seine Väter jeden Tag zu überreden versuchte, November zu adoptieren und mit nach Deutschland zu nehmen.

Seine Schwester blühte unter der spanischen Sonne regelrecht auf; sie schien unbeschwerter und fluchte auch weniger, außer als sie eines Abends im Spiegel entdeckte, dass ihre Nase mit Sommersprossen übersät war, die sie mit der gleichen Leidenschaft hasste, wie ihre Mutter es früher getan hatte.

»Kann man denn nichts gegen diese Kack-Flecken machen?«, rief Lotte.

»Schade, dass nicht Karneval ist«, sagte Oliver, »sonst würde ich dir eine Pappnase empfehlen.«

Lotte verdrehte die Augen. »Voll witzig!«

Am Morgen des Ostersamstags zeigten sich dicke Wolken am Himmel, der sich bis dahin nur von seiner blauesten Seite präsentiert hatte. Niklas nahm die Sonnenpause als willkommenen Anlass, seine Familie allein loszuschicken, denn er musste arbeiten. Nadja hatte Ellen angerufen und ihm mitteilen lassen, dass er sich nun doch selber um die Schwarzfahrer kümmern musste. Sie hatte etwas von französischen Delikatessen gefaselt, die ihr kurzfristig dazwischengekommen seien.

Oliver, der seinem Freund vor der Reise das Versprechen abgenommen hatte, die Agentur in Düsseldorf zu lassen, war verärgert. Nach dem Frühstück zog er seine weiße Baseballkappe auf, die seine unverschämte Bräune betonte, dann packte er die Kinder und verschwand gruß- und kusslos. Als der Hund der Nachbarn anschlug, die an dem kleinen Feldweg wohnten, der hinunter zur Straße führte, ging Niklas duschen. Danach rasierte er sich und richtete sich auf der kleinen Terrasse ein, um zu arbeiten.

Doch im Laufe des Vormittags zog ein Wind auf, und die letzten Sonnenstrahlen wurden von finsteren Wolken verschluckt. Die Welt hatte sich, so schien es, ausgerechnet dieses gottverlassene Tal ausgesucht, um unterzugehen. Es wurde so dunkel, dass er ins Haus umziehen und Licht machen musste.

Er hoffte, dass Oliver und die Kinder nicht zum Meer gegangen waren. Der letzte Ort, an dem man das drohende Unwetter erleben wollte, war der Strand. Gerne hätte er sie angerufen, doch Oliver hatte den Akku von Niklas' Handy mitgenommen. Er schaute aus dem Fenster, und da fuhr auch schon der erste Blitz hernieder, unmittelbar gefolgt von schrillem Donnern. Die ersten Tropfen fielen, binnen weniger Sekunden wurde der Regen dichter. Immer lauter trommelte er auf das Dach der kleinen Casita. Wie ein Vorhang legte sich die Sturzflut von außen vor die Fenster. Es war kaum noch etwas zu sehen. Der nächste Blitz trieb ihn vom Fenster fort, und er versuchte, sich wieder auf seine Arbeit zu konzentrieren. Er tippte ein paar Stichworte ins Notebook, aber seine Gedanken schweiften immer wieder ab.

Die Kinder fürchteten sich vor dem Gewitter. Als er selber noch klein war, hatte er sich beim kleinsten Blitzen und Donnern wie ein Hund unter den Tisch verkrochen. Niklas war ein sehr ängstliches Kind gewesen, vielleicht nicht gerade die Sorte Sohn, die sich ein Vater wünscht.

»Der liebe Gott hat Verdauungsbeschwerden«, hatte der ihm jedes Mal geduldig erklärt und ein Klavierkonzert von Tschaikowsky aufgelegt, so laut, dass man das Donnern nicht mehr hörte oder vielmehr für den Paukenschlag hielt. Dann hatte er dem Jungen unterm Tisch Gesellschaft geleistet, bis alles vorbei war. Die Angst vorm Gewitter hatte Niklas bis heute nicht verloren, aber damals war der Grundstein für seine spätere Liebe zur klassischen Musik gelegt worden und in der Folge auch für sein Außenseitertum, denn als Teenager brauchte er seinen Mitschülern gar nicht mit Bach oder Beethoven zu kommen, dabei hätte er doch gerade zu jener Zeit Freunde gebraucht.

»Verdauungsbeschwerden!«, schnaubte Niklas verächtlich und wollte endlich ein paar Ideen in den Computer hacken, als mit einem weiteren Blitz das Licht in der Casita erlosch. Der Donner ließ nicht lange auf sich warten, wie ein angriffslustig knurrender Hund streunte er durchs Tal und machte vor jeder Tür Radau. Mit einem kläglichen Piepen schaltete sich das Notebook aus. Der Akku war seit einiger Zeit defekt. Unterbrach man die Stromzufuhr, war binnen Sekunden alles aus; was nicht gespeichert war, war fort, als hätte es nie existiert. Fluchend klappte er das Notebook zu und sprang ans Fenster. Draußen war es dunkel, es war Nacht geworden am Nachmittag. Überall im Dorf brannten die Lichter. Die anderen waren offenbar vom Stromausfall verschont geblieben. Der Regen prasselte unaufhörlich auf das Dach der Casita.

Dass Oliver sein Handy unbrauchbar gemacht hatte, ärgerte ihn; nun konnte er nicht mal in Erfahrung bringen, wo sie waren. Er wollte ein Feuer machen, doch er fand keine Streichhölzer. So hüllte er sich in eine Wolldecke und starrte in den dunklen Kamin.

Für einen Moment musste er eingeschlafen sein, denn er wurde von einem Geräusch geweckt. Benommen sah er hinaus. Ein Blitz ging hernieder. Niklas erschrak, als er seine Schwester am Fenster entdeckte. Eine Sekunde, vielleicht zwei schien sie hineinzuspähen, als suche sie ihre Kinder. Dann war es wieder dunkel.

Niklas zog sich die Decke über den Kopf und verfluchte seinen Freund, der ihn hier allein gelassen hatte. Plötzlich hielt er inne. Hatte er Schritte gehört? Unmöglich, nicht bei diesem Wetter, sagte er sich. Da spürte er eine Hand auf der Schulter.

Mit einem Aufschrei fuhr er herum. Er konnte die Umrisse eines Mannes erkennen, ein wenig kleiner als Oliver.

»Was wollen Sie hier?«

»Der Strom ist ausgefallen, falls Sie es noch nicht bemerkt haben.«

Es war der Freund der Vermieterin, keine dreißig Jahre alt und rote Wangen wie ein kleiner Junge. Seine Kleidung war durchweicht, das nasse Haar klebte ihm im Gesicht. Er brachte Niklas eine Packung Teelichter und ein Feuerzeug.

»Passiert Ihnen das oft mit dem Strom?«

»Ich muss ins Dorf, neue Sicherungen besorgen.«

»An Ostern?!«

»Haben Sie eine bessere Idee?« Damit verschwand er wieder.

Entnervt ließ sich Niklas zurück auf den Sessel fallen und überlegte einen Moment, alle Sachen zu packen, um in ein zivilisiertes Hotel überzusiedeln, sobald Oliver mit den Kindern zurückkehrte. Das Gewitter schien langsam abzuziehen, nachdem es genug Unheil angerichtet hatte. An die Flut erinnerte nur noch ein leises Tröpfeln, und der trübe Tag verwandelte sich langsam in nächtliche Dunkelheit. Nun würde es hoffentlich nicht mehr lange dauern, bis die drei wieder zurück waren.

Doch bis zum Abend gab es immer noch kein Lebenszeichen. Und keinen Strom. Wo auch immer Oliver, Hannes und Lotte Schutz vor den Wassermassen gefunden hatten, jetzt konnten sie ihre Zuflucht langsam wieder verlassen. Vielleicht hatten sie bereits bei Ellen angerufen. Niklas lief zum Haus. Der Weg war eine einzige Pfütze, keine Chance, trockenen Fußes oben anzukommen.

Der Hund begrüßte ihn mit einem feindseligen Bellen. November strich um sein Bein, als er das Haus betrat. Überall brannten Kerzen. Ellen hielt ihr schlafendes Baby im Arm. Von Oliver hatte sie nichts gehört, das Telefon funktionierte leider nicht. Aber sie wusste zu berichten, dass die Küstenstraße gesperrt sei, weil der Sturm Bäume entwurzelt und auf die Straße gezerrt hätte.

»Mach dir keine Sorgen, es geht ihnen sicher gut.«

Doch leider konnte Ellen ihn nicht beruhigen. Sein schlechtes Gewissen plagte ihn, weil er seine Familie weggeschickt hatte. Er wollte aufbrechen und suchen gehen, aber seine Gastgeberin bestand darauf, dass er blieb. Widerwillig ließ er sich ins Wohnzimmer führen, wo eine ältere Dame vor dem Kamin saß, eine Irin, die Ellen als Bildhauerin aus dem Dorf vorstellte. Das weiße lange Haar hatte sie zu einem Zopf gebunden, dazu trug sie eine braune Lederhose und Stiefel, die ihr bis zum Knie reichten.

Sie rückte etwas zur Seite, um Platz zu machen. Im Dämmerlicht wirkte sie wie Ende vierzig, aber ihre Stimme klang älter.

»Zwei süße Kinder habt ihr.« Ihr Englisch hatte einen starken Akzent. Niklas musste sich sehr konzentrieren, um ihr folgen zu können.

»Danke.« Er sah auf die Uhr. Nun waren sie schon seit zehn Stunden fort. Er beschloss wieder hinunterzugehen, doch da reichte Ellen ihm ein Glas Rotwein. Der Höflichkeit halber trank er ein wenig und spürte, wie die Wärme langsam in seinen Körper zurückkehrte. Er nahm einen weiteren, größeren Schluck.

»Selbst gemacht?«, wollte die Irin wissen.

Er sah sie fragend an.

»Die Kinder! Sind Sie der Vater?«

Niklas betrachtete die aufgeregten Flammen im Kamin und schüttelte den Kopf.

»Das Mädchen sieht Ihnen aber sehr ähnlich.«

»Es sind die Kinder meiner Schwester«, sagte Niklas leise. »Sie wäre vor kurzem dreißig geworden.«

Die alte Dame sah ihn erschrocken an.

»Die Arme! War sie krank?«

Und plötzlich hörte sich Niklas die ganze Geschichte erzählen, von Lottes Geburt an. Nichts ließ er aus, weder Inkens Flehen, er möge für die Kinder sorgen, noch die Frau vom Flohmarkt, die ihn bis nach Hause verfolgt hatte und ohne Zweifel auch hinter den anonymen Anrufen steckte. Während er redete, gesellte sich November zu ihm. Schnurrend nahm die Katze auf seinem Schoß Platz, und Niklas begann, sie abwesend zu streicheln. Zwei Weinflaschen später schloss er seine Erzählung mit dem Besuch der Großeltern und den Bedenken seiner eigenen Mutter.

»Unsinn«, sagte Ellen, »ihr seid toll mit den Kindern.«

»Ich habe ein bisschen Angst, dass man sie uns wegnimmt.«

»Angeblich ist doch Deutschland so kinderfeindlich«, ereiferte sich die irische Künstlerin. »Aber wenn dann zwei Menschen Kinder haben wollen, ist es auch wieder nicht richtig?«

Niklas betrachtete sie lange. »Ich fürchte, wenn es zwei männliche Menschen sind, dann finden es die meisten tatsächlich nicht richtig.«

»Aber wieso denn?« Ellen hatte begonnen, ihr Kind, das in der Zwischenzeit aufgewacht war, zu stillen. Niklas wandte sich diskret ab. »Die Spanier haben es doch auch verstanden. Hier könntet ihr inzwischen ganz normal Kinder adoptieren.«

Niklas nickte, davon hatte er gehört. »Es ist nur so, dass ich manchmal selber zweifle, ob es richtig ist, was wir tun.«

Die Irin schüttelte energisch den Kopf. »Als wir nach Spanien kamen, waren meine Kinder fünf und drei Jahre alt – und ich hatte ziemliche Gewissensbisse, weil ich dachte, ich reiße die beiden aus ihrer gewohnten Welt, nur weil ich ein bisschen mehr Sonne haben will. Aber ich habe es einfach nicht mehr ausgehalten zu Hause. Meine Depressionen fingen im Oktober an und gingen bis April, manchmal bis Mai. Und dann habe ich verstanden: Meine Kinder können nur glücklich sein, wenn ich glücklich bin. Das ist nun mal an diesem Fleckchen Erde der Fall. Was ich damit sagen will: Es kann euren Kindern gar nichts Besseres passieren, wenn ihr euch liebt und sie das spüren.«

Niklas lächelte. Der schwere Rotwein und das knisternde Feuer im Kamin hatten ihn müde gemacht. Seit dem Frühstück hatte er nichts gegessen, und so war ihm der Alkohol schnell zu Kopf gestiegen. Außerdem war er das Trinken nicht mehr gewöhnt, seit Lotte und Hannes bei ihm wohnten.

Es war schon kurz vor Mitternacht, als er sich verabschiedete. November begleitete ihn auf seinem kurzen Weg durch die frische Nacht. Der Regen hatte nachgelassen. Am Himmel zogen eilig ein paar Wolken vorüber, als müssten sie pünktlich beim nächsten Unwettergebiet antreten. Der Mond versteckte sich, als ginge ihn all das nichts an.

Niklas dachte über die Worte der Künstlerin nach. Alles klang plötzlich so einleuchtend: Man musste einfach nur glücklich sein. Er hoffte, dass Oliver und die Kinder das Unwetter wohlbehalten überstanden hatten, damit er seine neuen Erkenntnisse auch anwenden konnte. Nicht auszudenken, wenn …

Beim Betreten der Casita stolperte Niklas über mehrere Paar Schuhe, die im Eingang abgestellt waren. Fluchend tastete er sich durch die Dunkelheit und fand Halt an einem Stuhl.

»Geht es auch ein bisschen leiser, oder willst du die Kinder aufwecken?«

Oliver war zurück! Er lag vor dem Kamin und schaltete eine Taschenlampe an. Über den Stühlen hingen nasse Kinderhosen und -jacken. Schlagartig wurde Niklas nüchtern. Er warf schnell einen Blick ins Nebenzimmer und stellte beruhigt fest, dass die Kinder tief und fest schliefen. Niklas schloss die Tür und ließ sich glücklich neben Oliver fallen.

»Wie geht's euch? Ich war oben im Haus, weil ich hoffte, du würdest vielleicht …«

Oliver hielt ihm den Mund zu.

»*… awa daff Tewefon wing niff.*«

»Könntest du für einen Moment aufs Ausatmen verzichten? Du stinkst wie zehn Matrosen.«

Er berichtete, dass er mit den Kindern, statt zum Strand zu gehen, nach Palma gefahren war, wo noch bis zum Nachmittag die Sonne geschienen hatte. Sie waren gerade am Hafen, wo sie einen erstklassigen Wind zum Drachensteigen vorgefunden hatten, als sie der Regen einholte. Sie liefen zurück in die Stadt, wo sie das Auto abgestellt hatten, mussten sich aber unterwegs in ein Einkaufszentrum retten, weil sie kaum noch ein trockenes Stück Stoff am Leib trugen. Oliver kaufte ihnen neue Kleider, und weil es sinnlos schien, den Weg durch das Unwetter fortzusetzen, verbrachten sie den Rest des Nachmittags mit Popcorn und Zuckerwatte im Kino. Als der Regen am Abend nachließ, machten sie sich auf den Heimweg, doch die Küstenstraße war gesperrt. Das Unwetter hatte Bäume umgestürzt, Erdmassen waren vom Regen auf die Fahrbahn gespült worden, stundenlang mussten sie im Stau ausharren, bis die Straße endlich freigeräumt war. Das Schlimmste aber stand ihnen noch bevor: der Fußweg von der Straße zum Haus hinauf. Knöcheltief versank man im Matsch. Lotte weigerte sich nach ein paar Schritten weiterzugehen und musste von Oliver getragen werden. Nur Hannes schien Gefallen an der Schweinerei zu finden und lief tapfer im Schein der Taschenlampe den ganzen Weg zu Fuß.

Am Ende seines Berichtes kuschelte sich Niklas an ihn. »Es war eine doofe Idee, hier zu bleiben und zu arbeiten.«

Oliver nickte versöhnt und gab seinem Freund einen Kuss. »Bist du denn vorangekommen?«

Niklas nickte. Und wie er vorangekommen war! Nach dem Gespräch mit der Bildhauerin hatte er keine Angst mehr, nach Hause zu fliegen. Wenn sich diese Schnüfflerin noch einmal den Kindern nähern sollte, würde sie ihn kennenlernen.

8: *Wiedersehen*

Bei der Rückkehr aus Spanien fand Niklas im Postkasten einen Brief vom Jugendamt. Er zögerte, ihn zu öffnen, und las ihn erst am nächsten Tag in der Agentur. Ein gewisser Herr Lothar bat um Rückmeldung, aber Niklas schob den Anruf hinaus. Oliver erzählte er nichts von dem Brief. Er wollte einfach nur in Ruhe mit seiner Familie leben, zumal die anonymen Anrufe ausblieben, und auch seine Verfolgerin hatte sich nicht mehr gezeigt. Neuerdings zog Lotte ihrer Puppe sogar den schwarzen Trauerrolli aus. So gab sich Niklas der Illusion hin, dass es bis zur Normalität nicht mehr weit war.

Bis er die Kleine eines Tages im Badezimmer dabei erwischte, wie sie sich mit einem Lippenstift schminkte. Ihr Mund leuchtete knallrot, ebenso wie ihre Bäckchen. Abgesehen davon, dass er nicht wusste, wo sie den Lippenstift herhatte, überlegte er, wie er ihr schonend beibringen konnte, dass sie sich mit dem Make-up möglicherweise für den Kinderstrich qualifizierte, aber schön war nun mal etwas anderes.

»Hast du einen Freund?«, fragte er, mehr aus Spaß, und war überrascht, als das Mädchen mit feierlicher Miene verkündete: »Ja, und wir wollen heiraten.«

Er setzte sich auf den Badewannenrand und beobachtete sie. Fing etwa heute die Pubertät an, mit acht? Musste er jetzt Ratgeber zur ersten Menstruation lesen? Er hatte noch nicht einmal die Bettnässer-Fibel durch, die Oliver wegen Hannes gekauft hatte.

»Magst du ihn vielleicht mal mitbringen, damit wir ihn alle kennenlernen können?«

Vor Lachen rutschte Lotte mit dem Lippenstift ab und malte sich einen Haken quer übers Kinn.

»Was denn?«, fragte Niklas.

»Du kennst Oli doch.«

Für einen Moment war er sprachlos. »Den willst du heiraten?«

Lotte nickte ernst und bestimmt.

»Aber er ist mein Freund. Ich werde ganz traurig sein, wenn er nicht mehr bei mir ist.«

»Wir bleiben ja hier wohnen«, versuchte Lotte ihn zu trösten. Dann betrachtete sie sich kritisch im Spiegel und rief: »Ich hasse meine Sommersprossen!«

Niklas wandte sich am Abend an Oliver, der sich gerade für seinen Kneipenjob fertig machte. Die Vorbereitung bestand darin, sich mit einem kleinen Pinsel Lotion in die Geheimratsecken zu streichen, an denen schon längst nichts mehr geheim war. Er hatte das Mittel aus verschiedenen Heilpflanzen im Internet bestellt; es kam aus China und versprach üppigen Haarwuchs.

»Wie würde es dir eigentlich gefallen, wenn ich dein Stiefonkel werde?«

Oliver zuckte mit den Achseln. »Dürfen wir dann noch im selben Bett schlafen?«

»Das müsstest du mit der Braut klären.«

Niklas erzählte ihm von Lottes Heiratsplänen, und Oliver meinte, er freute sich, dass wenigstens ein Mitglied der Tiedemann-Familie sich vorstellen konnte, ihn zu ehelichen.

»Seit heute gibt es zwei«, sagte Niklas beleidigt.

»Ach, Hannes auch?«

Niklas kniff Oliver zur Strafe in seine knubbelige Nase. Dann half er ihm, die Lotion auf seinem Hinterkopf aufzutragen, wo es eine winzige Lichtung gab. Er hatte ihm mehrfach versichert, dass ihn die kahlen Stellen nicht störten, dass er sie im Gegenteil ganz attraktiv fand. Aber er hatte den Eindruck, dass ihn das umso mehr anspornte, jene ›Problemzonen‹ zu bekämpfen.

»Als ich dir einen Antrag gemacht habe, wolltest du nicht, Nik.«

»Damals kannten wir uns kaum.«

»Es war an unserem zweiten Jahrestag!«

»Eben!«

»Da du immer so viel Wert auf deine eigene Wohnung gelegt hast, wollte ich später auch nicht mehr fragen.«

»Warum muss man denn auch gleich zusammenziehen, bloß weil man heiratet?« Niklas verschloss das Fläschchen und gab es Oliver zurück.

»Weil das so wäre, als … als würde man ein Kind adoptieren, aber lässt es trotzdem im Heim sitzen.«

Oliver löschte das Licht, und Niklas stand im Dunkeln. Er bereute, dass er Lottes Hochzeitspläne nicht für sich behalten hatte. Als er seinem Freund in den Flur folgte, hatte der bereits seine Jacke angezogen.

»Köln war also für dich ein Heim, aus dem du befreit werden wolltest.«

Es sollte ein Witz sein, aber beim Thema Köln hörte für Oliver der Spaß auf. Und beim Heiraten sowieso.

»Ich habe einen besseren Vergleich: Das ist so, wie wenn man mit seiner Familie in den Urlaub fährt, aber dann trotzdem arbeitet. Gute Nacht!«

Am nächsten Tag fiel eine Handvoll mittelalter Herren in die Agentur ein. Die Vertreter vom Verkehrsverbund kamen mit mausgrauen Anzügen und ebensolchen Vorstellungen von der »frischen« und »pfiffigen« Image-Kampagne, mit der sie

Schwarzfahrern den Garaus machen wollten. Da Niklas auf endlose Diskussionen gefasst war, sorgte er persönlich dafür, dass reichlich Kaffee und kalte Getränke bereitstanden. Nadja warf kurz vor Beginn der Präsentation einen kurzen Blick in den Konferenzraum und wünschte ihm viel Erfolg. Niklas nickte nur kurz. Inzwischen wusste er, warum Nadja den Auftrag im letzten Moment wieder abgegeben hatte: Hinter der französischen Delikatesse steckte nicht etwa ein neuer Kunde der Agentur, sondern ein Marseiller Austauschstudent, den das Flittchen kurz vor Ostern in seiner Stammkneipe aufgegabelt hatte.

Nach einer kurzen Begrüßung projizierte Wittenberg den ersten Entwurf an die Leinwand, der einen wütenden Kontrolleur mit hochrotem Kopf zeigte, dem es gefährlich aus den Ohren dampfte. »*Wenn Sie schwarzfahren, sehen wir rot*«, hieß es dazu.

Niklas blickte in eine Ansammlung von eingefrorenen Gesichtern, an denen man nicht ablesen konnte, ob sie in Gedanken die Einkaufsliste fürs Wochenende durchgingen oder den letzten Sex mit ihrer Frau Revue passieren ließen, der etliche Jahre zurückliegen musste.

In Entwurf Nummer zwei streckte eine Kolonne zufrieden dreinblickender U-Bahn-Fahrgäste ihre Tickets in die Luft – lässig gezeichnet wie im Comic und überschrieben mit »*Ehrlich fährt am längsten*«.

Keine Reaktion. Die Herren vom Verkehrsverbund saßen starr wie Crash-Test-Dummies in ihren schwarzen Ledersesseln und betrachteten die Vorschläge, ohne mit der Wimper zu zucken.

Nun hatte Wittenberg ihnen genug drittklassige Ideen vorgesetzt; sie waren bereit für Niklas' Lieblingsclaim. Doch gerade als er den Trumpf aus der Tasche zaubern wollte, betrat

Fräulein Schwarzkopf den Sitzungsraum. Verfolgt von den Blicken der grauen Herren lief sie an den Tischen entlang. Als sie bei Niklas angekommen war, bedeutete er ihr, einen Moment zu warten. Wittenberg präsentierte die Zeichnung einer kleinen Gruppe von Kontrolleuren in gutsitzenden Uniformen, die auf einen schuldbewusst dreinblickenden jungen Mann mit Baseballkappe zeigten und ihre loriotmäßig übertriebenen Nasen rümpften. Darunter war zu lesen: »*Wir lassen keinen mehr fahren.*«

Und noch etwas tiefer:

»*Ohne gültiges Ticket.*«

Plötzlich erwachten die grauen Herren zu neuem Leben. Hier war ein interessiertes Räuspern zu hören, dort ein unterdrückter Lacher.

»Ist das nicht ein bisschen zu gewagt?«, fragte jemand unsicher in die Runde, wurde aber sofort von seinen Kollegen zum Schweigen gebracht. Erleichtert zwinkerte Niklas seinem Creative Director zu, der zufrieden nickte; dann beugte sich Niklas zu Helene Schwarzkopf hinüber, die ihm zuflüsterte, dass ihn ein gewisser Wolfram Bayer sprechen wolle.

Aufgebracht knallte Niklas die Tür seines Büros zu. Dies war der Moment, vor dem er sich seit Wochen gefürchtet hatte. Er stützte sich mit beiden Händen am Schreibtisch ab und holte tief Luft. Dann riss er den Hörer vom Telefon.

»Was verschafft mir die zweifelhafte Ehre?«

»Ich möchte die Kinder sehen.«

»Wirst du auf deine alten Tage sentimental? Oder hast du eine unheilbare Krankheit?« Seine Stimme zitterte vor Wut.

»Ich möchte meine Kinder sehen.«

»Das habe ich verstanden, aber warum?«

Wolfram antwortete nicht.

»Bist du noch dran?«

»Ich bin ihr Vater.« Wolfram klang hölzern, als lese er seine Worte von einem Spickzettel ab.

»Musstest du dir das aufschreiben, um es nicht zu vergessen?«

»Passt es euch nächste Woche? Da habe ich Frühdienst, ich könnte nach der Arbeit vorbeikommen.«

Niklas lockerte den Knoten seiner Krawatte und knöpfte sein Hemd auf. Dann schob er eine Hand über die Sprechmuschel, atmete ein paar Mal tief durch und sagte: »Das kann ich nicht alleine entscheiden. Ich muss erst die Kinder fragen. Vielleicht hast du Glück, und sie erinnern sich an dich.«

Wütend legte Niklas auf und ließ sich auf seinen Stuhl fallen. Sein Blick fiel auf das Plakat an der gegenüberliegenden Wand, eine Anti-Landminen-Kampagne, die eine Menschenrechtsorganisation in Auftrag gegeben hatte. Es zeigte eine Szene in einem Krankenhaus, wo eine Kinderschwester mit einem Mädchen Ball spielte, das bei einer Explosion beide Beine verloren hatte. *Wir machen gutes Spiel zur bösen Mine*, war darunter zu lesen. Damit hatte er vor ein paar Jahren den zweiten Preis bei einem Wettbewerb gewonnen.

Er nahm den Hörer erneut ab und wählte die Nummer des Jugendamtes, doch als das Freizeichen ertönte, legte er schnell auf. Er riss sich zusammen und versuchte es wieder. Als am anderen Ende der Leitung abgenommen wurde, ließ er sich verbinden.

»Sie haben nicht auf meinen Brief reagiert«, sagte Herr Lothar.

»Ziehen Sie mal zwei Kinder groß, da kommen die nettesten Korrespondenzen zu kurz.«

Nadja betrat sein Büro mit zwei Sektgläsern und fragte, warum er nicht mit den anderen feierte. Niklas winkte ab.

»Warum haben Sie sich entschieden, doch noch anzurufen?«

»Ich lasse mir von Ihnen nicht die Kinder wegnehmen!«

Nadja rollte mit den Augen und verschwand wieder.

»Das liegt nicht in meiner Hand, Herr Tiedemann, und davon spricht auch niemand. Wir wollen uns lediglich davon überzeugen, dass es den Kindern bei Ihnen gutgeht.«

»Natürlich geht es ihnen gut. Das können Sie auch der Schnüfflerin sagen, die Sie uns auf den Hals gehetzt haben.«

»Wir beschäftigen keine Schnüfflerinnen.«

Niklas beschrieb die Frau, die er beim Großmarkt gesehen hatte und die sich später als Nachbarin ausgegeben hatte. Herr Lothar beharrte darauf, dass sein Amt nicht die Stasi war.

»Angenommen, es gäbe noch einen Vater ...«

»Davon gehe ich aus«, sagte Herr Lothar trocken.

»Er will die Kinder treffen.«

»Wie ist ihr Verhältnis?«

»Von Verhältnis kann gar keine Rede sein. Sie haben ihn seit Jahren nicht gesehen, es würde mich wundern, wenn er sie überhaupt wiedererkennt, falls es zu einem Treffen kommt.«

»Wollen die Kinder das denn?«

In einem Zug leerte Niklas das Glas, das Nadja ihm gebracht hatte.

»Besuchen Sie uns doch mal! Dann werden Sie sehen, wie absurd Ihre Frage ist.«

Als absurd stellte sich bei seinem Besuch vor allem heraus, dass Niklas eine solche Angst vor dem Jugendamt gehabt hatte. Frau Kobayashi putzte das Heim heraus und besorgte frische Blumen, die sie in Küche, Bad und Wohnzimmer drapierte; Niklas verteilte den reichhaltigen Fundus an Erziehungsratgebern zu gleichen Teilen auf ihren Nachttischen, und Oliver ließ noch in letzter Sekunde die Schultafel verschwinden, von deren pädagogischem Nutzwert sein Freund so sehr überzeugt war. Doch dann war ein hagerer Mann in den Fünfzigern erschienen, mit gräulichen lichten Haaren und im schlaff sitzenden Karohemd, der auf Äußerlichkeiten herzlich wenig Wert zu legen schien und auch einen Blick in das Schlafzimmer der Männer dankend ablehnte.

Herr Lothar beschäftigte sich eine Weile allein mit den Kindern. Geduldig ließ er sich von Hannes einen Karnevalsschlager vorsingen, während Lotte versuchte, ihren Bruder mit ihrer LaFee-CD zu übertönen. Der Mann vom Jugendamt hakte ein paar Punkte auf seiner Liste ab und begab sich schließlich zu den Männern ins Wohnzimmer. Dort inspizierte er das Bücherregal und schließlich noch die umfangreiche DVD- und Videosammlung. Er wollte die Sache schon abschließen, sichtlich zufrieden, dass keine Pornos darunter waren, bis Herr Lothar auf Niklas' stolze Sammlung von Grand-Prix-Aufzeichnungen stieß, die zum Teil selber aufgenommen waren, zum Teil zusammengesammelt bei Internet-Auktionen oder direkt als Kopie beim Sender bestellt. Die Sammlung reichte mit wenigen Lücken bis zurück in die Anfangsjahre.

»Sagen Sie, kennen Sie die Sendung von 1963?« Seine Augen begannen zu glänzen, und auf den Wangen erschien ein rosiges Leuchten. »Als doch die Heidi Brühl bei der Vorentscheidung alle fünf Titel selber singen durfte, weil man sie für die Schmach von 1960 entschädigen wollte? Haben Sie die zufällig auch?«

Niklas musste passen und empfand aufrichtiges Bedauern. Schließlich hatte sich Herr Lothar gerade als Mitglied seiner großen Familie geoutet. Damit war es so gut wie sicher, dass sie das Jugendamt auf ihrer Seite hatten.

Am Tag, für den Wolfram seinen lästigen Besuch angekündigt hatte, entführten Niklas und Oliver die Kinder nach der Schule zu ihrem Lieblingsitaliener. Sie hatten ihnen die Entscheidung überlassen, ob man ihrem Vater seinen plötzlichen Wunsch nach einem Wiedersehen erfüllen sollte. Lotte hatte sich so gefreut, als wollte man Weihnachten, Ostern, ihren Geburtstag und den ihrer Lieblingspuppe zusammenlegen.

»Ciao, Bellissima!«, wurden sie von Pino begrüßt. »Wie geht es Prinzessin?«

»Wir wollen die größte und leckerste Pizza haben, die es bei dir gibt«, rief Niklas.

Der Italiener zwinkerte Lotte zu. »Und wie geht es kleine Prinzessin?«

Oliver kicherte, und Niklas bat Pino, den Kindern kein dummes Zeug beizubringen.

Hannes hatte wie immer einen gesunden Appetit und verputzte den großen Haufen Nudeln, den Pinos Frau ihm gebracht hatte, als ginge ihn der bevorstehende Besuch seines Piraten-Vaters nichts an. Der Kleine konnte sich vermutlich gar nicht an Wolfram erinnern. Lotte dagegen bekam kaum einen Bissen herunter, so aufgeregt war sie.

»Und mein Papa kommt wirklich?«, fragte sie wohl schon zum zehnten Mal an diesem Tag.

»Natürlich!«

Niklas fand Olivers Antwort etwas vorschnell. Zwar hatte er sich nach dem erleuchtenden Besuch von Herrn Lothar bestätigt gefühlt, doch nun bereitete ihm Lottes Euphorie ein wenig Sorge. Für alle Fälle hatte Niklas Vorkehrungen für den Nachmittag getroffen; beim Wiedersehen mit Wolfram wollte er nichts dem Zufall überlassen.

»Willst du es denn immer noch?«, fragte er. »Wir können die Sache jederzeit abblasen, weißt du?«

Lotte nickte heftig und äußerte den Wunsch, zur Feier des Tages ein Kleid anzuziehen. Ausnahmsweise erlaubte Niklas ihr auch, sich ein wenig für ihren Vater zu schminken – das war Teil seines Plans.

Die Kleine erkundigte sich, mit wem ihr Papa verheiratet war.

»Wir wissen auch nur, dass sie im Neandertal wohnt«, sagte Oliver.

»Maki sagt, es ist okay, wenn ich sie nicht mag.«

Niklas fühlte sich zum ersten Mal sehr einverstanden mit einem Ratschlag von Lottes kluger Freundin. Er stellte sich die neue Frau Bayer als kleine naive Sexbombe vor, die leicht lispelte und zu allem Ja sagte. Er hätte sein volles Haar dafür gegeben, um zu erfahren, welche Lügen Wolfram ihr über sein Vorleben aufgetischt hatte.

»Vielleicht ist sie ganz nett«, sagte Niklas.

Oliver buchstabierte grinsend das Wort ›Heuchler‹.

Lotte wollte wissen, ob Wolfram die Neue schon damals gekannt hatte, als er von zu Hause abgehauen war.

»Das weiß ich nicht, Schatz. Das musst du ihn selber fragen.«

»Nur vielleicht nicht gleich zur Begrüßung«, riet Oliver.

Sie ließen den Rest von Lottes Pizza einpacken und gingen heim, als die Kirchenglocken schon 14 Uhr schlugen. Die Zeit drängte etwas, Niklas hatte zwei Überraschungsgäste eingeladen.

Mit einer geradezu feindseligen Pünktlichkeit erschien der böse Wolfram bei den beiden Geißlein. Die vergangenen Jahre hatten ihn kaum verändert, er trug noch immer den alten Bürstenhaarschnitt. Allerdings war seine speckige Lederjacke verschwunden; er vergrub seine Hände in den Taschen eines weinroten Seidenblousons. In seiner hilflosen, etwas linkischen Art stand er in der Tür und wünschte der Fußmatte einen guten Tag.

»Wo sind deine Ohrringe und das Kopftuch?«, fragte Niklas.

Sein früherer Schwager sah verwirrt zu ihm auf.

»Hannes wird enttäuscht sein.«

Wolfram, der in seinem Blouson wirkte wie hineingeprügelt, drehte sich zur Seite, und eine zweite Person trat ins Licht. Der Anblick verschlug Niklas für einen Moment die Sprache. Er kannte die Frau, und dieses Mal hatte er keine Probleme damit, sie zuzuordnen.

»Guten Tag.« Sein Schatten vom Trödelmarkt, die angebliche neue Nachbarin, reichte ihm lächelnd eine eiskalte Hand. Er nahm sie zögerlich, um Zeit zu gewinnen. Niklas hoffte, dass ihr Auftauchen nicht seinen schönen Plan durcheinanderbrachte.

»Ich bin Petra, Wolframs Frau.«

»Das tut mir leid.«

Mit spröden Lippen lächelte sie tapfer über die Beleidigung hinweg, doch ihr kleiner spitzer Mund wirkte zickig. Wolframs Neue war nicht hässlich, nur etwas blass, und sie hatte auf Make-up verzichtet. Zwischen den Brüsten, die unter ihrer weißen Bluse durchschnittlich wirkten, baumelte ein silberner Kettenanhänger in Form eines Kreuzes.

»Dürfen wir vielleicht reinkommen?«

Niklas führte die Besucher ins Wohnzimmer, wo Oliver in seinem Schaukelstuhl langsam vor- und zurückwippte.

Petra blickte sich neugierig um. »Wo sind die Kinder?«

»In ihrem Zimmer.« Niklas schenkte Kaffee ein.

»Wir dachten, wir unterhalten uns vorher«, sagte Oliver, ohne das Wippen einzustellen.

»Dann bist du sein Freund?«, erkundigte sich Petra.

»Seit sechs Jahren, fünf Monaten und zwanzig Tagen, wenn du es genau wissen willst. Wir wohnen zusammen, wir schlafen zusammen, und manchmal baden wir auch zusammen.«

Ihr Dauerlächeln war durch nichts zu erschüttern. »Und seit neuestem spielt ihr auch noch Vater, Mutter, Kind.«

»Vater, Vater, Kind«, korrigierte Oliver sie liebenswürdig.

»Ich habe immer noch nicht verstanden, wieso du dich so plötzlich für die Kinder interessierst«, wandte sich Niklas an Wolfram.

»Ich bin ihr Vater«, wiederholte er steif.

»Ja, komischerweise vergesse ich das immer wieder.«

Petra ergriff kurz die Hand ihres Mannes, als müsste sie ihn beschützen. »Gott wollte, dass Wolfram wieder zu seinen Kindern findet. Darum hat er Inken zu sich genommen«, sagte sie, als wäre es das Offensichtlichste.

»So habe ich das natürlich noch gar nicht gesehen«, entgegnete Niklas bitter.

Petra trank ruhig ihren Kaffee. Etwas an der Art, wie sie ihre Tasse zum Mund führte, mit langen Fingern und gespitzten Lippen, wirkte gekünstelt. Niklas versuchte sich Petra beim Sex vorzustellen, wie sie Wolfram mit spitzen Fingern das Gummi überzog. Falls sie einander überhaupt berührten.

Sein Piratenschiff fest umklammert, schielte Hannes neugierig um die Ecke, und Niklas winkte ihn zu sich. Beim Anblick des Jungen begann sich Petra zu verwandeln. Ihr Lächeln schwoll an zu einem Strahlen, ihre Wangen erröteten, und sie schraubte ihre Stimmlage um zwei Oktaven nach oben.

»Hallo, mein kleiner Liebling! Was hast du denn da?«

»Das ist der Rote Korsar«, erwiderte Hannes stolz und fehlerfrei.

»Sehr schön«, freute sich Niklas. Die Sitzungen bei der neuen Logopädin zahlten sich aus.

»Sag ihm guten Tag!«, forderte Petra ihren Mann auf.

Wolfram reichte seinem Sohn etwas ungelenk die Hand. Doch Hannes hielt sich lieber an seinen Patenonkel und verbarg sein kleines Gesicht in Olivers Pulli. Niklas fragte sich, vor wem der Junge größere Angst hatte, als es klingelte. Der erste Überraschungsgast war gekommen: Herr Lothar, dem Niklas an der Tür die Tüte mit den geliehenen Eurovisionsvideos abnahm, um sich nicht dem Verdacht der Bestechung auszusetzen. Dann stellte er ihn den Gästen vor. »Herr Lothar konnte sich bereits ein Bild davon machen, wie gut es die Kinder bei uns haben.«

Petra musterte den Besucher skeptisch, bevor sie ihm die Hand gab. »Gut verglichen mit was?«

»Gut im Sinne von Stabilität und Kontinuität.«

Petra schien über eine Replik nachzudenken, während sie ihr Kreuz zwischen Daumen und Zeigefinger rieb. Dann entschied sie sich, Herrn Lothar zu ignorieren.

»Wo ist denn überhaupt Charlotte?«

Sie schickte sich an, das Kind suchen zu gehen, doch Niklas stellte sich ihr in den Weg.

»Vielleicht sollte der verlorene Vater erst mal allein guten Tag sagen.«

Wolfram stand immer noch wie angewurzelt mitten im Raum und starrte auf seinen Sohn, der Oliver die Funktion des Vorsegels am Roten Korsar erklärte.

»Wie wir sehen, ist die Annäherung zwischen Vater und Kind schwierig genug«, erklärte Herr Lothar. »Darum hätte ich es begrüßt, wenn er alleine gekommen wäre.«

Petras Strahlen ließ langsam etwas nach. Sie ließ sich auf dem Sofa nieder und nippte an ihrem Kaffee. Niklas gab Oliver ein Zeichen, mit Hannes bei ihr zu bleiben, während er Wolfram und Herrn Lothar zum Kinderzimmer führte.

»Du weißt, wie sie war«, sagte Wolfram leise und rieb sich den Nacken.

»Wie wer war?«, fragte Niklas.

»Deine Schwester. Es war unmöglich, neben ihr zu atmen. Alles musste sie kontrollieren.«

»Zum Glück ist deine neue Frau ja ganz anders.«

Niklas klopfte an die Tür zum Kinderzimmer. »Bitte sehr. Wir werden schon erwartet.«

Das Kind saß auf dem Boden, mit dem Rücken zum Eingang, und kämmte Luzie der Zweiten die dreieinhalb Haare, die ihr seit dem Anschlag mit dem schwarzen Färbemittel geblieben waren. Das Mädchen trug einen knallroten Pulli und eine blaue Jeanshose, die zu langen Beine zweimal umgekrempelt.

»Hallo«, sagte Wolfram und klopfte zaghaft an den Türrahmen. »Ich bin dein Vater. Wir … haben uns lange nicht gesehen.«

Daraufhin drehte sich Maki um und blinzelte Wolfram aus ihren schmalen Mandelaugen an. »Lotte ist auf'm Klo und macht sich zurecht. Wer is'n der Spinner, Niklas?«

9: *Der Bruch*

Niklas bereute bald, dass er Wolfram erlaubt hatte, die Kinder zu sehen. Nicht dass sein Auftritt etwas an Herrn Lothars Haltung verändert hätte. Der mahnte die Männer lediglich, Lotte und ihren Bruder nicht in die Auseinandersetzung hineinzuziehen, konnte aber ansonsten keine Gründe finden, warum sie nicht bei Niklas und Oliver bleiben sollten.

Doch Hannes machte seit dem Wiedersehen mit seinem Erzeuger wieder jede Nacht ins Bett, und auch seine Schwester schien mehr darunter zu leiden, dass ihr Vater sich nicht mehr gemeldet hatte, als sie zugeben mochte. Nach einiger Zeit wurde ihre Laune immer schlechter. Morgens musste Niklas die Kleine dreimal auffordern, aufzustehen, bis er ihr beim sechsten Mal die Decke wegnahm. Allerdings weigerte sie sich danach, mit den anderen zu frühstücken. Wenn Lotte etwas nicht sofort gelang, schimpfte sie wie ein Karussellbremser. Als Niklas das falsche Shampoo eingekauft hatte, das angeblich in den Augen ziepte, sprach sie zwei Tage lang kein Wort mehr mit ihm.

Auch Oliver kam nicht mehr mit dem Mädchen klar.

»Wenn ich dich heiraten soll, musst du schon ein bisschen netter zu mir sein«, zog er sie auf. Aber das machte die Sache noch schlimmer.

»Ich will dich gar nicht heiraten«, schimpfte sie. »Du bist ja schwul.«

Niklas sah schon, wie die Hand seines Freundes in die Höhe schnellte, aber dann konnte der sich im letzten Moment noch zurückhalten.

Regeln bedeuteten Lotte nichts mehr. Wenn man sie für einen Fehler rügte, verlangte sie zu ihrem Vater gebracht zu werden, denn der – das stand für sie außer Zweifel – würde nicht mit ihr schimpfen.

Sie war so schlecht gelaunt, dass es sie nicht weiter störte, als sie sich bereits nach drei Tagen uneinholbar ins Minus geflucht hatte. Auf der Tafel, die für alle gut sichtbar oben auf dem Küchenschrank stand, führte sie mit 30 Punkten, und da waren die neueren Kraftausdrücke, die Lotte aus dem unerschöpflichen Fundus ihrer japanischen Freundin bezog, noch gar nicht berücksichtigt. Die alte Schultafel hatte in der Einführungsphase einen einwandfreien Dienst geleistet. Nun erinnerte sie nur noch daran, wie schlecht die Stimmung war. Niklas fiel es immer schwerer, zu Hause zu arbeiten. Erleichterung, und wenn er Glück hatte auch Inspiration, fand er beim Joggen.

Eines späten Nachmittags, es war schon gegen Ende seiner üblichen Runde, hatte sich die gewünschte Entspannung nicht einstellen wollen. Was schlimmer war: Er verspürte nicht die geringste Lust, nach Hause zurückzukehren und die frische Rheinufer-Brise gegen die heimische dicke Luft einzutauschen. Als er sich seinem Traumhaus näherte, überlegte er, eine zweite Runde dranzuhängen. Da entdeckte er das Schild im Fenster. Das Haus stand schon eine ganze Weile leer, aber nun endlich sollte es vermietet werden. Niklas prägte sich die Nummer ein und lief beschwingt nach Hause.

»Wat Ähnlischet finden Se so schnell nit nommal«, schwärmte der Makler am Telefon in breitestem Rheinländisch. »Fünf Wohnräume, schön mit Parkett, zwei Badezimmer, jroßzüjijer Jarten, Blick aufen Rhein – is wie für Ihre Bedürfnisse jemacht. Und se können sofocht einziejen.«

Aufgeregt trommelte Niklas seine kleine Familie zusammen. Hannes lag schon mit einem Bein im Bett und hatte seinen

Schlafanzug verkehrt herum angezogen. Lotte konnte erst mit einer Extra-Einladung vom Fernseher weggelockt werden, war dann aber umso begeisterter von dem Plan einer abendlichen Hausbesichtigung. Leider hatte Niklas schlechte Nachrichten für sie.

»Mit dem Punktestand wird das schwierig, mein Schatz.« Niklas deutete auf die Tafel. »Aber du kannst es dir noch aussuchen: Entweder du bleibst hier, oder deine Freundin LaFee wandert für eine Woche in den Keller.«

Oliver holte tief Luft und versuchte, einzugreifen.

»Oder du lässt dir etwas einfallen, wie die Punkte ganz schnell wieder von der Tafel verschwinden.«

»Nik, findest du nicht …« Oliver wollte für Lotte Partei ergreifen.

»Doch«, unterbrach Niklas ihn schnell, »ich finde, wir sollten sofort aufbrechen und den Makler nicht warten lassen. Er kommt extra aus deiner Lieblingsstadt.«

Lotte teilte ihnen das Ergebnis ihrer Entscheidung mit, indem sie ins Badezimmer lief und die Tür zuknallte, nicht ohne zuvor ihren Punktestand lauthals zu verdoppeln.

Es dämmerte bereits, als sie ankamen, und der Makler, ein kleiner Mann mit üppigem Schnörres und getönter Brille, hatte überall Licht gemacht. Das Haus strahlte aus allen Poren; es wirkte wie eine Vision.

Auf jeder Etage gab es drei Zimmer, den Turmfortsatz noch nicht mitgerechnet. Alle konnten also ihr eigenes Reich haben, sogar Niklas und Oliver, und dann gab es sogar noch Platz für ein Gästezimmer.

»Wo muss ich unterschreiben?«, sagte Niklas aufgeregt, während er versuchte, Hannes davon abzuhalten, Fingerabdrücke an jedem Fenster zu hinterlassen.

Der Makler wies die Männer darauf hin, dass sie nicht die

Einzigen waren, die sich vorstellen konnten, hier zu wohnen, und ließ sich ihre Namen in seinen silbernen Füllfederhalter diktieren.

»Unn … Se würden hier zusammen einziejen?«

Der Makler betrachtete das Paar durch seine bläulichen Brillengläser. Niklas rechnete schon damit, hinauskomplimentiert zu werden. Doch dann hielt der Makler inne, betrachtete ihre Namen und fuhr sich nachdenklich mit Daumen und Zeigefinger über seinen Schnörres.

»Heinze …? Kenn isch Ihre Elltern von den Korsaren?«, wandte er sich an Oliver.

»Korsaren?«, staunten Niklas und Hannes im Chor.

»Seit über vierzig Jahren«, grinste Oliver und fing an zu singen.

»Jetz wäd op de Trumm geklopp, zimm bumm bumm, zimm bumm bumm.

Mer Korsare stonn om Kopp, zimm tärä bumm bumm.«

Hannes klatschte in die Hände und freute sich des Lebens.

»Helau«, sagte Niklas. Er konnte nicht anders.

»Die Korsaren Rot-Grün sin einer der älltesten Karnevallsvereine in Kölln, junger Mann«, klärte der Makler ihn mit todernster Miene auf, nicht ohne eine gewisse Note der Herablassung in seinem Singsang unterzubringen. Dann wandte er sich an Oliver.

»Un wat verschläächt so einen hoffnungsvollen jungen Mann in die verbotene Stadt?«

Oliver machte eine Kopfbewegung in Richtung Niklas, und der Kölner Narr nickte.

»Na, wie jesaacht, mir ejal, wat Se hier veranstallten. Hauptsache, Se können zahlen.« Dann versah er ihre Namen auf seiner Liste mit einem Haken. An diesem Abend beschloss Niklas, Karnevalsvereine etwas wohlwollender zu betrachten.

Leider war der Preis, den der Makler nannte, noch etwas umwerfender als das Haus selbst. Um sein Entsetzen zu verbergen, trat Oliver hinaus auf den Balkon. Niklas folgte ihm und hakte sich mit einem Finger in seiner Gesäßtasche ein. Eine Weile blickten sie schweigend auf den Rhein.

»Das ist zu viel Geld, Nik.«

»Da unten auf der Wiese könntest du mit Hannes immer eure Drachen steigen lassen.«

»Tun wir ja schon.«

»Aber von hier aus kann ich euch besser dabei beobachten.«

Ein Vergnügungsdampfer kroch den Fluss entlang, strahlend wie eine Sternschnuppe. Lichterketten schmückten das Deck. Samba-Rhythmen im Hammondorgelsound, verquirlt mit überdrehtem Gelächter und ausgelassenem Geschrei, plätscherten ans Ufer. Gegenüber reckte sich der Fernsehturm in den Himmel, schlank und stolz. Mit Beginn der Dämmerung wurde die Kuppel allabendlich blau beleuchtet. Niklas betrachtete die roten Lämpchen. Wenn man sie von unten nach oben addierte, war es kurz nach acht.

»Ich bin gleich wieder da«, sagte er plötzlich zu Oliver und wischte sich übers Gesicht.

»Was hast du denn?«

Niklas rannte die Treppe hinunter, zwei Stufen auf einmal.

»Wat is? Jefällt ihm die Wohnung nit?«, fragte der ahnungslose Makler.

Niklas bereute, dass er Lotte nicht mitgenommen hatte. Es war falsch gewesen, sie von der Wohnungsbesichtigung auszuschließen. Sie musste sich ausgestoßen und allein fühlen. Die Kleine machte ohnehin eine schwere Zeit durch. Was sie brauchte, war Verständnis, nicht Bestrafung. Schließlich ging es auch um ihr neues Heim. Das konnte man nicht über ihren

Kopf hinweg entscheiden. Das Kind sollte sich doch wohl fühlen in der neuen Umgebung.

Während er mit Vollgas durch die engen Straßen jagte, beschloss er, die Entscheidung in Lottes Hände zu legen. Sie dürfte sich als Erste ein Zimmer aussuchen, das größte und schönste. Warum nicht den Turm? Die Kleine sollte sich wie eine Prinzessin fühlen. Und endlich den Kummer vergessen, den ihr Vater ihr bereitet hatte.

Ihr Weinen war schon im Treppenhaus zu hören, es brach ihm das Herz. Seine Hand zitterte bei dem Versuch, die Tür zu öffnen. Niklas rief Lottes Namen, doch sie schien ihn nicht zu hören. Ihr Wimmern und Weinen brach nicht ab.

»Lotte, es tut mir leid!« Er stürmte in die Wohnung. Hinter der offenen Küchentür entdeckte er sie gleich. Zusammengekrümmt lag sie auf dem Boden, das rechte Bein seltsam von sich gestreckt. Zu ihren Füßen ein zusammengefalteter Klappstuhl und, zwei Armlängen entfernt, die Schultafel.

»Grünholzfraktur.« Der Arzt, weißhaarig, dickbebrillt und mit einem Schmiss quer über der eingefallenen Wange, deutete mit seinem wurstigen Finger auf die Röntgenaufnahme. »So ein Beinbruch ist bei Kindern kein großes Ding, die haben elastische Knochen. Ihre Tochter hat Glück gehabt.«

»Ich hätte sie nicht allein lassen dürfen«, sagte Niklas leise.

Der Arzt knipste das Licht aus und nahm die Röntgenbilder vom Schirm.

»Ach was. Gehen Sie zu ihr und sagen Sie ihr, dass Sie sie gern haben. Sie hat den Schreck sicher längst überwunden.«

Mit einem großväterlichen Lächeln legte er Niklas seine Hand auf die Schulter und schob ihn sanft aus seinem Zimmer.

»Machen Sie sich keine Sorgen, junger Mann. Bald ist

wieder alles wie neu, und die Kleine wird Ihnen davonrennen.«

Als Niklas Lottes Zimmer betrat, war eine breitschultrige Schwester namens Andrea damit beschäftigt, die Frühstückswünsche des Kindes zu notieren.

»Ah, da kommt dein Papa.«

Lotte drehte sich demonstrativ weg.

»Wir sind gleich so weit«, sagte Andrea entschuldigend.

Niklas ließ sich erschöpft auf die Bettkante sinken und wünschte, Oliver wäre hier, aber der war mit Hannes zu Hause geblieben. Die beiden waren kurz vor dem Notarztwagen eingetroffen, der Makler hatte sie gefahren. »Das hast du jetzt von deinen blöden Regeln!«, hatte Oliver geschimpft. Dann nahm er die Tafel und warf sie in den Müll.

»Herr Tiedemann, wir brauchen noch Ihre Unterschrift, dass Sie einverstanden sind mit der Operation«, sagte Schwester Andrea, nachdem Lotte ihren Speiseplan zusammengestellt hatte, und Niklas begleitete sie hinaus.

»Dein Papa ist gleich wieder da«, raunte sie dem Kind noch zu.

»Das ist nicht mein Papa!« Lotte verschränkte ihre kleinen Arme vor der Brust.

Andrea warf Niklas einen mitleidigen Blick zu und schloss die Tür. Dann gingen sie ins Stationszimmer. An der Wand hing ein Kalender mit Katzenfotos. Den Mai schmückte ein besonders freches Exemplar mit rotem Fell, das es sich in einem alten Schuh gemütlich gemacht hatte.

»Bitte hier unten«, sagte Andrea.

Unterschrift des Erziehungsberechtigten, las Niklas.

»Ist das unbedingt nötig?«

»Nur eine Formsache.« Die Schwester drückte ihm einen Kugelschreiber in die Hand.

Niklas zögerte. Das schlechte Gewissen nagte an ihm. Lottes Unfall hätte nicht passieren dürfen. Er war ein schlechter Vater. Nein, das Kind hatte recht: Er war gar kein Vater.

»Ich kann das nicht unterschreiben.«

»Aber die Kleine muss operiert werden. Das hat Ihnen der Doktor doch sicher erklärt.« Die Schwester sprach wie zu einem Schwachsinnigen und baute sich mit ihren breiten Schultern bedrohlich vor ihm auf. Sie hatte es nicht gerne, wenn ihre Arbeit unnötig erschwert wurde.

Schweren Herzens gab Niklas ihr den Kugelschreiber zurück.

»Kann ich mal telefonieren?«

Nachdem er mit Wolfram gesprochen hatte, ging er zu Lotte zurück, doch die weigerte sich, mit ihm zu reden. Alle Versuche, sie aufzumuntern, schlugen fehl. Als er ihr von der Hausbesichtigung vorschwärmte, funkelte sie ihn an.

»Ich will nicht in dieses beschissene Scheiß-Haus einziehen, ich will zu meinem Papa!« Das Kind hatte Tränen in den Augen und steckte Niklas damit an.

»Dein Papa ist unterwegs, er muss gleich hier sein.«

Lottes Augen begannen zu leuchten.

»Nimmt er mich und Hannes dann mit zu sich nach Hause?«

In Niklas' Hals bildete sich ein Kloß. »Ich weiß nicht … Würdest du das denn wollen?«

Lotte nickte heftig.

»Obwohl er dich und deinen Bruder damals verlassen hat?«

Lotte nickte wieder, wenn auch etwas weniger überzeugt.

»Und es deine Mama sehr traurig gemacht hat?«

Lotte hörte auf zu nicken.

»Sei nicht allzu enttäuscht, falls es nicht passiert.« Niklas drückte die Hand der Kleinen und beeilte sich, das Zimmer zu verlassen.

Es war immer noch angenehm warm draußen, und die Luft roch nach Sommer. Niklas ließ seinen Blick am Krankenhausgebäude emporwandern, das klobig und hässlich in den dämmrigen Himmel ragte. Die Tage hier endeten früh, doch aus einigen Zimmern drang noch Licht. Hinter einem der Fenster im fünften Stockwerk entdeckte er jemanden. Es war seine Schwester. Sie sah wunderschön aus, ihr schwarzes Haar glänzte, und ein stilles Lächeln schmückte ihren Mund. Inken öffnete das Fenster.

»Warum hast du nicht einfach unterschrieben?«

»Es tut mir leid, es ging nicht.«

Inken schwang ihre Beine über das Sims.

»Dafür bin ich jedenfalls nicht gesprungen, dass du die Kinder einfach ihrem Erzeuger überlässt.«

»Hatten Sie ein Taxi bestellt?«, rief plötzlich eine Stimme hinter ihm, und Niklas sprang schnell in den Wagen. Durch die Heckscheibe sah er, dass seine Schwester verschwunden war.

Lotte überstand die Operation sehr gut. Der Knochen wurde mit Schrauben fixiert, damit er wieder genau zusammenwachsen konnte. Wer immer ihr Zimmer betrat, wurde genötigt, den Gips zu unterschreiben – und wenn es die Putzfrau war. Auf Lottes wiederholtes Quengeln hin wurde auch das Bein von Luzie der Zweiten eingegipst. Nachdem jedoch Maki, Oliver und Niklas das Puppenbein signiert hatten, fand sich dort kein Platz mehr für weitere Autogramme.

Der Heilungsprozess bei den Männern gestaltete sich schwieriger. Oliver gab Niklas die Schuld für Lottes Sturz. Er warf ihm vor, Entscheidungen, vor allem solche, die die Kinder beträfen, über seinen Kopf hinweg zu fällen. Diese Vorhaltungen fand Niklas kleinlich, zumal es sich um die Kinder seiner Schwester handelte, mit denen er auch weiterhin in das Haus mit Turmfortsatz ziehen wollte.

»Warum hast du es so eilig?«, fragte Oliver am Tag nach der Operation. Es war sein freier Abend; im Fernsehen lief eine Quizshow, und Niklas suchte Unterlagen für den Makler zusammen.

»Du hast doch gesehen, wie viele Leute auf der Liste stehen. Gefällt dir das Haus nicht?«

»Bei einem anderen Preis würde es mir besser gefallen.«

»Mach dir darum keine Sorgen.« Niklas versuchte Oliver zu küssen, doch der wies ihn zurück.

»Vielleicht fragst du mich auch mal, ob ich das will, Niklas? Du entscheidest immer, und mir bleibt nicht viel übrig, außer ja zu sagen. Hat es dich jemals interessiert, ob ich Ersatzpapi spielen will für die Kinder deiner Schwester?«

Niklas schloss die Tür, damit Hannes nicht Olivers Geschrei mit anhören musste.

»Mal willst du Kinder, dann wieder nicht. Mal passt es dir nicht, dass ich alleine wohne. Dann finde ich ein Haus für uns, und es ist wieder nicht richtig?«

Oliver starrte auf den Bildschirm, als hoffte er, die Quizshow-Leute würden jeden Moment eine passende Antwortmöglichkeit einblenden. Doch den Gefallen taten sie ihm nicht, und so zuckte er nur frustriert mit den Schultern.

10: *Tapetenwechsel*

Endlich kam der Tag, an dem Lotte aus dem Krankenhaus entlassen werden sollte. Niklas war froh, sie wieder nach Hause zu holen, und plante ein kleines Fest. Bei Pino reservierte er einen Tisch, auch seine Mutter und sogar Maki lud er zum Essen ein. Dann verabredete er einen Termin mit dem Makler, den er bislang hingehalten hatte, um Lotte das Haus zu zeigen. Bevor er irgendetwas unterschrieb, sollte sie das haben, was er ihr gerne manchmal abgewöhnt hätte: das letzte Wort.

Die Luftballons, die er in einem Spielzeugladen in der Altstadt besorgt hatte, passten kaum in den Aufzug, und die Schwestern machten große Augen, als er die Station betrat. Ein Pfleger mit blonden Rastalocken schob gerade einen Jungen mit eingegipsten Armen im Rollstuhl über den Flur.

Niklas lief gutgelaunt zu Lottes Zimmer. Die Tür war angelehnt. Er klopfte kurz an und trat ein. Schwester Andrea stand mit ihrem breiten Kreuz vor dem Bett und zog es ab. Sie sortierte Kissen und Bettdecke in einen fahrbaren Wäschesack, die Bezüge und das Bettlaken landeten in einem zweiten.

»Hat sie was vergessen?« Andrea drehte sich halb zu Niklas herum, sodass sein Blick auf das Fenster fiel. Es stand sperrangelweit offen. Eine kurze Panik überkam ihn.

»Wo ist Lotte?«

Die Schwester betrachtete ihn, als hätte er den Verstand verloren. Langsam kam er sich albern vor mit seinen Luftballons.

»Haben Sie sie nicht gerade abgeholt?«

Die Lautstärke, in der Niklas zum wiederholten Mal nach Lottes Verbleib fragte, war möglicherweise etwas übertrieben, aber immerhin hörte die Schwester auf, Fragen zu stellen, deren Antworten offensichtlich waren.

»Kommen Sie!« Schwester Andrea rauschte an ihm vorbei. Er wollte ihr folgen, hatte aber Schwierigkeiten, die Luftballons so schnell durch die Tür zu bekommen. Einige rieben sich gefährlich quietschend am Rahmen.

»Lassen Sie doch die verdammten Dinger hier!«, herrschte Andrea ihn an. Niklas tat wie ihm geheißen und musste mit anhören, wie die Stationsschwester in der Anmeldung die gleichen dummen Fragen stellte wie zuvor Andrea.

»Aber ist sie nicht gerade abgeholt worden?«, flüsterte die ältere Kollegin in der Annahme, Niklas könnte sie nicht verstehen, und fixierte ihn verstohlen aus den Augenwinkeln.

»Dann wäre ich kaum hier«, sagte Niklas wütend.

Die Stationsschwester räusperte sich und erhob sich von ihrem Stuhl. Dabei strich sie eine Kittelfalte glatt. »Lotte wurde ordnungsgemäß entlassen, Herr Tiedemann. Ich habe hier ihre Akte auf dem Schreibtisch.«

»Die Akte interessiert mich nicht. Ich will wissen, was mit dem Kind passiert ist!«

»Lotte ist vor einer Viertelstunde abgeholt worden«, war plötzlich eine Männerstimme zu hören. Niklas fuhr herum und schaute in das Gesicht des Pflegers mit den verfilzten Rastalocken. Er hatte die Hände in den Hosen vergraben und kaute auf dem Stiel eines Lutschers herum, der in seinem Mundwinkel steckte. »Hey, sind Sie nicht ihr Onkel?«

Dann sah er zur Stationsschwester und deutete mit einer kurzen Kopfbewegung hinter sich, wo eine ältere Dame im Rollstuhl saß, die eine karierte Reisetasche umklammerte. »Das ist der Neuzugang für die 17. Ist das Zimmer fertig?«

»Wer hat Lotte abgeholt?«, fragte Niklas, bevor Schwester Andrea etwas antworten konnte.

»Ihre Mutter.« Der Pfleger kaute weiter auf dem kleinen weißen Plastikrohr herum.

Niklas hätte ihn am liebsten geohrfeigt. »Lottes Mutter ist tot.«

»Dann eben ihre Stiefmutter.«

»Hallo? Schwester?«, quengelte der Neuzugang für die 17.

»Diese Frau hatte kein Recht, das Kind abzuholen.« Niklas begann langsam zu verzweifeln. Offenbar hatte er Petra unterschätzt. Nun stand er hier in diesem Irrenhaus und verlor kostbare Zeit.

»Okay, ganz ruhig!« Der Gescholtene hob die Hände abwehrend in die Luft. »Lotte hat mich gebeten, ihren Vater anzurufen. Weil sie wollte, dass er sie abholt. Aber der konnte nicht, also hat er seine Frau geschickt. Klar?«

Das Einzige, was Niklas klar fand, war die Tatsache, dass hier jemand versuchte, seinen Kopf aus der Schlinge zu ziehen.

»Warum hätte Lotte gewollt, dass ihr Vater sie abholt?«

»Weil sie sauer ist auf Sie, Mann!«

»Junger Mann? Ich kann nicht mehr sitzen«, rief die Dame im Rollstuhl und wurde endlich erhört. Andrea schlug vor, sie vorübergehend in einem anderen Zimmer unterzubringen, wo schon ein sauberes Bett bereitstand.

Niklas war so sprachlos, dass er sie ziehen ließ.

»Tut mir leid.« Die Stationsschwester bügelte mit flachen Händen an den Hüften ihres Kittels entlang. »Kann ich noch irgendetwas für Sie tun?«

Niklas ließ sie ohne eine Antwort zurück und fand sich fünf Minuten später vor dem Krankenhaus wieder und starrte hinauf zu dem Zimmer, in dem Lotte noch bis vor Kurzem gelegen hatte. Er wusste nicht, was er tun sollte. Vielleicht war alles nur ein Spiel, und das Kind würde sich jeden Moment zeigen und dem Spuk ein Ende machen?

Am Fenster tat sich etwas. Niklas erkannte den Pfleger an seinen Rastalocken. Er spuckte den Plastikstiel aus, auf dem er unentwegt herumgekaut hatte, und verschwand wieder. Dann kamen die Luftballons, sie waren gelb und lila, Lottes Lieblingsfarben. Einer nach dem anderen wurde in die Freiheit entlassen. Die Ballons stiegen langsam, aber stetig in den blauen Maihimmel. An ihrer Oberfläche spiegelten sich die Strahlen der Mittagssonne, die ein funkelndes Leuchten in ihnen entfachten. Die meisten Luftballons blieben dicht beisammen, als trauten sie sich nicht recht hinaus in die Welt, weil sie nicht wussten, was sie erwartete. Doch vereinzelt rissen ein paar Exemplare aus. Ein kleiner gelber Ballon entfernte sich von der Truppe und zog direkt zur Sonne, als wäre sie seine große Schwester.

Niklas schaute ihnen noch eine Weile nach, bis sie zu winzig kleinen Punkten geworden waren, die sich schließlich in himmelblaues Nichts auflösten. Von irgendwo trug der Wind das Läuten von Kirchenglocken herüber, und Niklas stellte fest, dass es Zeit war, Hannes vom Kindergarten abzuholen. Unterwegs rief er Oliver an, doch der schlief offenbar noch. Er hinterließ ihm eine Nachricht und überlegte fieberhaft, wie man Lotte aus den Fängen ihres Vaters und seiner neuen Frau befreien konnte. Während er versuchte, einen Plan ins Auge zu fassen, wurde er parallel von einem anderen Gedanken überholt. Es war mehr ein Gefühl, das sich langsam manifestierte, eine Art Vorahnung. So wurde er automatisch schneller. Er hatte viel zu viel Zeit im Krankenhaus vertan.

Niklas raste durch Oberkassel. Auf der Luegallee ließ er zwei dunkelrote Ampeln hinter sich. Einem Bus nahm er beim Linksabbiegen so haarscharf die Vorfahrt, dass er noch den

Windstoß spürte, den er beim Vorbeifahren seinem Heck versetzte.

Er erreichte den Kindergarten in einer Rekordzeit von acht Minuten. Als ihn die Erzieherin mit offenstehendem Mund und großen Augen empfing, wusste er, dass er zum zweiten Mal an diesem Tag verloren hatte.

Niklas war dafür, sofort nach Mettmann zu fahren und die Kinder zurückzuholen. Er war so zornig, dass Oliver Mühe hatte, ihn aufzuhalten. Auch seine Mutter, die mit Maki bei Pino gewartet hatte, appellierte an seine Vernunft.

»Willst du Wolfram die Kinder wieder wegnehmen, wie ein Spielzeug im Sandkasten?«

»Charlie würde sowieso nicht mitkommen«, sagte Lottes Freundin.

Zerknirscht blickte Niklas in die Runde.

»Was sollen wir sonst tun? Abwarten, bis sie mir verzeiht?«

Er rief beim Jugendamt an, doch Herr Lothar hatte Urlaub, und Niklas mochte sich niemandem sonst anvertrauen. Da schlug Oliver vor, einen Anwalt einzuschalten.

Den massiven ledernen Dreisitzer im Wartezimmer von Tiggelkamp & Gesell mochte eine saftige Unterhaltsklage finanziert haben. Das Honorar eines zähen und langen Sorgerechtsprozesses hatte sich vermutlich in die traumhafte Chippendale-Kommode in der Ecke verwandelt, die Niklas neidisch betrachtete. Und von irgendeiner schmutzigen Vaterschaftsklage hatte sich die mandeläugige Sekretärin das Nadelstreifenkostüm gegönnt, in dem sie die Männer nach einer halben Stunde endlich zum Büro von Tomas Gesell führte.

»Kaffee? Tee? Sherry?«

Sie wurden von einem Mann mit energischem Gesicht

und kantigen Zügen empfangen. Der Anwalt saß an einem ordentlich aufgeräumten Schreibtisch aus Plexiglas, auf dem sich ein Tablett mit Kaffee und verschiedenen alkoholischen Getränken befand. Beim Nähertreten stellte Niklas fest, dass Herr Gesell sich nachlässig rasiert hatte, unter seinen Augen verliefen dunkle Ringe. Er war offenbar nicht in bester Verfassung.

Während Niklas schilderte, was am Vormittag geschehen war, machte der Anwalt Notizen mit einem goldenen Füller.

»Okay. Und wer von Ihnen beiden ist der Vater?«

»Niemand«, erklärte Niklas. »Die Kinder sind jetzt beim Vater.«

Wie in Zeitlupe legte Gesell seinen Füller neben einem verchromten Bilderrahmen nieder. Niklas fragte sich, was für ein Foto darin steckte.

»Spricht etwas dagegen, dass sie beim Vater leben? Ist das Wohl der Kinder gefährdet? Gibt es handfeste Gründe, sich Sorgen zu machen?«

»Ich weiß gar nicht, wo ich anfangen soll. Reichen für den Anfang zehn?«

Herr Gesell lehnte sich zurück und verschränkte seine Hände hinter dem Kopf. Erwartungsvoll zuckten seine Augenbrauen.

»Sie haben Lotte regelrecht aus dem Krankenhaus entführt«, sagte Niklas, doch der Anwalt wollte ihn nicht verstehen.

»Besteht die Gefahr, dass der Vater die Kinder schlägt? Misshandelt oder vernachlässigt er sie? Betrinkt er sich, während die Kinder noch nach Sonnenuntergang auf der Straße spielen und … sagen wir … Autos klauen?«

»Lotte geht in die zweite Klasse!«, warf Niklas aufgebracht ein.

»Es ist doch nur ein Beispiel, Nik.« Oliver schob ihm die

Hand auf den Oberschenkel – eine Geste, die der Anwalt interessiert zur Kenntnis nahm.

»Wolfram und die Kinder sind praktisch Fremde«, erklärte Niklas. »Wir sind ihre Familie.«

»Wie ist es damals zur Trennung gekommen?«

Dankbar für diese Frage berichtete Niklas ausführlich, wie Wolfram kurz vor Weihnachten seine Familie ihrem Schicksal überlassen hatte.

Gesell unterdrückte ein Gähnen, und Niklas glaubte, eine leichte Fahne zu riechen.

»Haben die Kinder seitdem jemals den Wunsch geäußert, beim Vater zu sein?«

»Nicht ernsthaft.«

Das Telefon klingelte. Genervt hob der Anwalt ab und horchte in die Leitung.

»Da kann ich nicht. Sagen Sie ihr, das geht so kurzfristig nicht.«

Er knallte den Hörer auf und schenkte sich Sherry ein, entschied sich aber dann doch für Kaffee.

»Wie gesagt«, brachte sich Niklas in Erinnerung, »fast zweieinhalb Jahre kein Wort.«

»Hat Ihre Schwester zu Lebzeiten den Kontakt zum Vater gefördert?«

»Warum hätte sie das tun sollen?«

»Sie sollten sich wirklich gut überlegen, ob Sie einer Versöhnung der Kinder mit ihrem Vater weiterhin im Wege stehen wollen.«

Niklas sprang auf. »Auf welcher Seite sind Sie eigentlich?«

»Eltern, also Mütter und Väter, haben in diesem Land das natürliche Recht, ihre Kinder zu erziehen und sie zu pflegen. Aber abgesehen davon …«

»In dieser Republik vergeht kaum ein Monat, in dem nicht

irgendwo verwahrloste oder verhungerte oder zerstückelte Kinder gefunden werden. Kinder von ach so tollen Eltern, die Sie hier verteidigen!«

»Das Grundgesetz garantiert …«

»Ich pfeife auf das Grundgesetz, wenn es gegen mich verwendet wird!«

Es fehlte nicht mehr viel, und Niklas hätte dem Anwalt die Augen ausgekratzt. Behutsam zog Oliver seinen Freund zurück auf den Stuhl und nahm den Faden wieder auf.

»Abgesehen davon?«

Gesell stützte seine Ellenbogen auf den Schreibtisch und presste die Fingerspitzen aufeinander. Er schien nach den richtigen Worten zu suchen.

»Sie sagten doch, dass Sie eine Familie sind?«

»Ist das so absurd?«

»Besuchen Sie die Kinder ab und zu bei Ihrem Schwager, das ist besser als nichts. Vor allem stressfrei. Ich weiß, wovon ich rede.«

Nun trank der Anwalt doch noch seinen Sherry, und Niklas griff in seinem Zorn nach dem verchromten Bilderrahmen. Das Foto zeigte den Anwalt gemeinsam mit einem kleinen stupsnasigen Mädchen auf einer Schaukel.

»Sie wissen überhaupt nichts!«

Schweigend saßen die Männer im Auto, jeder war in seinen eigenen Gedanken gefangen. Oliver hatte sich eine Zigarette angesteckt, vergaß jedoch daran zu ziehen. Der Scheibenwischer quälte sich hin und her. Es hatte wieder zu regnen begonnen. Der April wirkte noch nach, obwohl seine Zeit seit ein paar Tagen abgelaufen war.

»Wo fahren wir eigentlich hin?«, fragte Oliver nach einer Weile.

Niklas antwortete nicht und starrte stur geradeaus. Seine Kiefer arbeiteten wie wild, als sei er dabei, den Anwalt zu zermalmen. Dann passierten sie das Hinweisschild: *Mettmann 15 km.*

»Nik, wir haben immer noch Eva.«

Niklas stellte das Radio an, doch Oliver drehte den Ton leise.

»Du mochtest sie doch auch!«

»Das ist nicht dein Ernst!«

Ohne zu blinken, fuhr Niklas rechts ran. Hinter ihm wurde aufgebracht gehupt.

»Ich kann nicht glauben, dass du so schnell aufgibst!« Niklas stieg aus und lief ein paar Schritte die Straße entlang. Oliver warf seine Zigarette fort und folgte ihm.

»Du hast gehört, was der Anwalt gesagt hat.«

»Der Anwalt war ein Idiot!«

Sie schrien sich über den Lärm der vorbeifahrenden Autos an, und der feine Nieselregen sickerte langsam in die Fasern ihrer Kleidung.

»Er war betrunken und parteiisch, Oliver!«

»Sei nicht hysterisch!«

»Ach, hat er dir vielleicht gefallen?«

»Du spinnst ja!«

Damit war der Punkt gekommen, an dem ihnen die Argumente ausgingen und sie auf alte Auseinandersetzungen zurückgriffen, die sie leider nie zu Ende geführt hatten.

»Die ganze Aufregung wäre nicht nötig, wenn Lotte nicht auf die Leiter gestiegen wäre, um diese saublöde Tafel runterzuholen.«

»Ohne diese saublöde Tafel würdest du heute noch mit deinen Witzchen versuchen, das Kind zur Vernunft zu bringen.«

»Mit dir habe ich es mir jedenfalls längst abgewöhnt, vernünftig zu reden. Seit wir uns kennen, kriege ich einen Tritt nach dem anderen. Vom ersten Tag an.« Wütend trat Oliver in die Luft.

»Es hat dich ja damals nicht abgeschreckt. Offenbar brauchst du das hin und wieder.«

»Ohne die Kinder würden wir doch immer noch getrennt wohnen!«

»Ach?!« Niklas, der auf dem Seitenstreifen weitergelaufen war, wischte sich die Regentropfen aus dem Gesicht und machte kehrt. »Und warum bin ich wohl bei dir geblieben, obwohl du seit Jahren andere Männer vögelst?«

Oliver war inzwischen blass vor Wut. »Du hast Angst, niemanden mehr zu finden, der bereit ist, deine Macken zu ertragen.«

Bevor Niklas wusste, was er tat, flog ihm die Hand davon, und das Echo ließ nicht lange auf sich warten. Nach einem kurzen Schlagabtausch landete eine Faust in seinem Magen und nahm ihm die Luft zum Atmen. Er sackte in die Knie. Es war das erste Mal, dass sie sich prügelten. Sie warfen sich auf den Boden und rollten in den Straßengraben, wo Niklas zu einem weiteren Schlag ausholte, aber Oliver rappelte sich auf und rannte los. Immer weiter, bis ihn der dichte Regen verschluckte.

Niklas setzte sich ins Auto und startete den CD-Player.

»Bitte geh endlich weg, denn es hat keinen Zweck. Nochmal verarschst du mich nicht«, sang LaFee.

Niklas hatte keine Ahnung, wie Lotte ihre CD ins Auto schmuggeln konnte, aber er ließ sie geduldig weiterlaufen, während er seine Fahrt nach Mettmann fortsetzte. Sollte Oliver doch im Morast versinken!

Der Regen ließ langsam nach, als er die Stadtgrenze erreichte. Abgesehen davon, dass Steinbrucharbeiter dort in der Mitte des 19. Jahrhunderts Überreste des Neandertalers gefunden hatten, war Mettmann nicht eben reich gesegnet mit Attraktionen. In der Dämmerung wirkte die Stadt besonders trostlos.

Vor einem mattgelben Zweifamilienhaus endete seine Fahrt. Wettergegerbte, vormals rote Betonplatten teilten den ordentlich gestutzten Vorgartenrasen in zwei ungleich große Hälften. In der Einfahrt stand ein alter Polo mit Jesus-lebt-Aufkleber. An den Fenstern der oberen Etage hingen halbe Gardinen, die die ganze Spießigkeit der Bewohner verrieten. Dahinter zeichnete sich die Silhouette von Petra ab, die in der Wohnung auf und ab ging. Ab und zu bückte sie sich, um mit den Kindern zu reden, wie Niklas vermutete.

Er wollte aussteigen, doch ein Blick in den Spiegel hielt ihn zurück. Sein linkes Auge war zugeschwollen, und aus seiner Nase tropfte immer noch Blut. So konnte er nicht vor die Kinder treten.

Erschöpft fuhr er nach Düsseldorf zurück und landete am späten Abend vor dem Haus seiner Mutter.

»Sag nicht, du warst in Mettmann!« Frau Tiedemann war schon im Nachthemd und führte ihn in die Küche. »Wie du aussiehst!«

»Du solltest mal Oliver sehen.«

Zur Antwort knallte sie ihm eine kalte Kompresse auf sein geschwollenes Auge.

»Aua!«

»Wer streiten kann, muss auch aushalten können.«

Die klugen Sprüche seiner Mutter waren das Letzte, was er jetzt gebrauchen konnte. Inken hätte ihn verstanden.

»Ich habe nie gesagt, dass es einfach ist, mit mir zusammen zu sein. Aber ich zwinge ja auch niemanden. Du weißt schon, das, was man zu deiner Zeit heiraten nannte.«

»Lass gut sein, Niklas.«

Sie verließ die Küche, und da Niklas annahm, dass sie ins angrenzende Wohnzimmer gegangen war, folgte er ihr nach einer Weile, doch dort war sie nicht. Dafür entdeckte er ein Bild von Inken, das neuerdings neben der Nähmaschine stand; das Gleiche trug Lotte in ihrer Brusttasche. Er griff nach dem Foto und lehnte sich ans Nähtischchen seiner Mutter.

»Weißt du eigentlich, wie einfach ihr Frauen es habt, wenn ihr ein Kind kriegen wollt?«, rief er. »Sperma gibt's an jeder Straßenecke, wenn man es braucht.«

Er stellte das Bild zurück und lauschte in die Stille der Wohnung.

»Mutter?«

Niklas machte sich auf die Suche. Es kam ihm merkwürdig vor, dass sie nicht antwortete. Der Rest der Wohnung lag im Finsteren; die Kinderfotos im Flur waren nur noch ein Schatten ihrer selbst.

Im Schlafzimmer endlich fand er sie; seine Mutter war ins Bett gegangen. Er schloss die Tür hinter sich und fuhr nach Hause.

Es war beinahe Mitternacht. Oliver lag mit Dosenbier in der Badewanne, vertieft in ein Fitness-Magazin. Auf dem Wannenrand glomm eine Zigarette im Aschenbecher, es war nicht die erste. Niklas hasste es, wenn sein Freund in der Wohnung rauchte, aber er wollte keinen neuen Streit anfangen.

»Wie geht's?«

»Ich hab's überlebt …«

»Hm.«

»Und selber?«

»Weiß ich noch nicht.«

Auf dem Toilettendeckel stand ein Sixpack, der bereits auf

ein Threepack reduziert war. Die übrigen Dosen und eine leere Zigarettenschachtel lagen zusammengeknickt auf dem Boden verstreut. Wortlos öffnete Niklas ein Bier und setzte sich aufs Klo.

»Der Makler hat angerufen«, sagte Oliver hinter dem Muskelmann, der den Titel seiner Zeitschrift zierte.

»Scheiße, den habe ich in der Aufregung total vergessen.«

»Macht nichts.« Oliver nahm einen letzten Zug von seiner Zigarette. »Ich hab ihm gesagt, dass sich das mit dem Haus erledigt hat.«

»Du hast was?«

Zum ersten Mal, seit sie sprachen, ließ Oliver die Zeitschrift sinken. Dahinter wurde ein leicht geschwollenes Auge sichtbar, über der Oberlippe klebte ein breites Pflaster. Ohne eine Miene zu verziehen, verschwand er wieder hinter seinem Magazin.

Seine Feindseligkeit verschlug Niklas die Sprache. Dass Oliver die Kinder kampflos ihrem Vater und der Neandertalerin überlassen wollte, machte ihn wütend. Er sprang auf und warf die offene Bierdose ins Wasser.

Er holte LaFee aus dem Auto und zog sich ins Kinderzimmer zurück. Dann drehte er die Lautstärke von Lottes CD-Player bis zum Anschlag auf.

Als ihn die Türklingel am nächsten Morgen weckte, wusste Niklas zunächst nicht, wo er war. Dann stellte er fest, dass er in Lottes Bett lag. Er lief am Schlafzimmer vorbei, doch Oliver war nicht da. Beim Blick durch den Spion traf ihn fast der Schlag: Mit einem selbstzufriedenen Lächeln stand da die Neandertalerin und rieb an ihrem Kettenanhänger.

Eilig riss Niklas die Tür auf, halb aus Wut, halb in der Erwartung, sie brächte die Kinder zurück, die zappelnd unterhalb des beschränkten Radius des Spions darauf warteten, endlich eingelassen zu werden. Doch Wolframs Frau kam allein.

»Guten Morgen, Niklas. Ich …« Petra unterbrach sich, als sie die Wunde an seinem Auge entdeckte. »Was ist denn da passiert?«

Sie streckte die Hand aus, um die Braue zu berühren, doch er trat einen Schritt zurück. »Was wollen Sie?«

»Hast du mal auf die Uhr gesehen?« Petra lachte, als hätte Niklas einen Witz gerissen. »Ich habe die Kinder zur Schule gebracht, und ich dachte, ich komme bei der Gelegenheit gleich vorbei, um ein paar Sachen abzuholen, die sie dringend brauchen. Wo finde ich Lottes Ranzen?«

Niklas verstand nicht, was sie wollte, und während er noch ins Treppenhaus starrte, als spielten Lotte und Hannes Verstecken hinter dem Aufzugschacht und warteten nur auf ein Signal, um sich zu zeigen, marschierte Petra schon zielstrebig ins Kinderzimmer.

»Hast du vielleicht eine große Tasche oder besser einen Koffer?«

»Wo sind die Kinder?« Niklas folgte ihr und schloss unterwegs die Tür zum Bad, wo noch Olivers Bierdosen herumlagen.

»Es geht ihnen gut.«

Schon hatte sie den Kleiderschrank geöffnet und sortierte T-Shirts und Pullover aus, die sie auf Lottes Bett warf. Niklas griff nach ihrem Arm und riss sie herum.

»Wo?!«

»Würdest du mich bitte loslassen, Niklas.«

»Ich kann mich nicht erinnern, Ihnen das Du angeboten zu haben.«

»Du. Tust. Mir. Weh.«

Niklas schloss seine Hand noch etwas fester um ihren Arm und zog sie langsam zu sich. »Es wird Sie überraschen, aber genau das ist meine Absicht.«

Die Neandertalerin warf ihren Kopf in den Nacken und setzte ihr Kampflächeln wieder auf.

»Du kannst es mir natürlich verweigern, ihre persönlichen Sachen mitzunehmen, aber du weißt: Damit triffst du vor allem die Kinder.«

Niklas war für einen Moment so perplex, dass es Petra gelang, ihren Arm aus seiner Umklammerung herauszuwinden.

»Sie hatten kein Recht, die Kinder zu holen!«

»Hattet ihr denn das Recht, die Kinder zu behalten?« Sie musterte ihn mitleidig. »Du hast alles versucht, zu verhindern, dass Wolfram von Inkens Tod erfährt, nicht wahr?«

Ihr ruhiger, verständnisvoller Tonfall brachte Niklas nur noch mehr auf.

»Sie werden Inkens Namen in meiner Gegenwart nicht benutzen.«

»Es war auch ziemlich clever, ihr Konto nicht aufzulösen, damit die Unterhaltszahlungen nicht zurückkommen und wir anfangen, uns Gedanken zu machen.«

Niklas verspürte große Lust, sie in den offenen Kleiderschrank zu schubsen, abzuschließen und den Schlüssel zu verschlucken.

»Nehmen Sie die Sachen und verschwinden Sie aus meiner Wohnung!«

Er beeilte sich, das Kinderzimmer zu verlassen, und konsultierte die Gelben Seiten auf der Suche nach einem Anwalt für Familienrecht. Diesmal entschied er sich für eine Frau. Nachdem er einen Termin ausgemacht hatte, versuchte er noch Oliver zu erreichen, doch da entdeckte er Petra in der Tür. Unter dem Arm trug sie eine rote Spielzeugkiste, die randvoll mit Kleidern gefüllt war.

»Kein Mädchen in dem Alter braucht drei Winterjacken, Niklas!«

»Die rosa Jacke passte nicht zu Lottes Wildlederstiefeln.«

»Die Kleine hat euch ja perfekt eingewickelt.« Petra lachte mitleidig.

»War's das?«

Sie nahm kurz seine Hand und drückte sie fest.

»Danke für eure Barmherzigkeit. Ihr wart da, als Charlotte und Hannes euch brauchten.«

»Wenn Sie so scharf sind auf Kinder, dann lassen Sie sich doch von Wolfram ein eigenes machen! Sind Sie da noch nicht drauf gekommen? Oder brauchen Sie eine Anleitung?«

Zufrieden beobachtete Niklas, wie sich Petras Körper samt ihrem Lächeln versteifte. Sie holte tief Luft, dann verließ sie mit eiligen Schritten seine Wohnung.

11: *Kinderspiel*

Als sich die ersten müden Gestalten über den Hof zum Schulgebäude schleppten, war es kurz nach halb acht. Offenbar gab es auch unter den Kindern Frühaufsteher. Aus seinem Auto, das er gegenüber dem Haupteingang abgestellt hatte, beobachtete Niklas, wie sich nach und nach der Lehrerparkplatz füllte. Gegen Viertel vor acht tauchte Lottes Klassenlehrerin auf: Frau Domenicus entstieg einem alten Mercedes und verabschiedete sich mit einem für ihr Alter recht langen Kuss von Herrn Domenicus, sodass es bereits zehn vor acht war, als Niklas erneut zur Uhr sah. Die Kinder strömten inzwischen massenweise über den Hof, die einen laut krakeelend, andere noch in Gedanken an ihr warmes Bett, aber immer noch keine Spur von Petra.

»Das fängt ja gut an«, raunte Niklas seinem Doppelgänger im Rückspiegel zu. Um fünf vor acht würde Mathe Lottes Tag eröffnen, und Herr Voges, der frisch von der Uni kam, hasste es, wenn man auch nur eine Sekunde seines wertvollen Unterrichts versäumte, auf den er jahrelang hingearbeitet hatte.

Das Quietschen von Autoreifen ließ Niklas aufschrecken. Der alte Polo mit Mettmann'schem Kennzeichen kam kurz hinter ihm zum Stehen. Umständlich kletterte Lotte aus dem Wagen, und Petra reichte ihr die Krücken. Die Kleine wollte schon loshumpeln, als Niklas zu ihr trat. Mit Jubelgeschrei fiel sie ihm in die Arme; ihr Groll schien vergessen.

»Geht es dir gut?« Niklas hielt sie fest umschlungen und küsste ihr Haar. Es duftete nach Erdbeere. Lotte nickte und strahlte, dass es ihm fast die Beine wegschlug.

»Bist du noch böse auf mich?«

Die Kleine schüttelte den Kopf. Dann entdeckte sie den Schorf an seinem Auge. »Hast du dir wehgetan?«

»Ich bin gegen so eine Art Wand gelaufen. Ist mir auch noch nie passiert.«

Sie kicherten, dann wurde Niklas wieder ernst.

»Wenn es dir nicht bei deinem Papa gefällt, kannst du jederzeit zurückkommen, weißt du? Wir haben die blöde alte Tafel entsorgt.«

»Hm.«

Er gab ihr einen letzten Kuss und ließ sie los. »Jetzt musst du dich aber beeilen! Grüß mir deinen Mathelehrer!«

Das Kind verabschiedete sich und verschwand mit einer Gruppe von Nachzüglern im Schulgebäude.

»Was für eine Überraschung!« Petra lächelte ihm mit einer Mischung aus Spott und Anerkennung zu.

Kommentarlos tippte Niklas auf seine Armbanduhr. Zwei nach acht.

»Ich habe mich verfahren!« Wolframs Frau stieg zurück in den Wagen.

»Wo ist Hannes?«, rief er.

»Wo er um diese Zeit hingehört!« Mit einem lauten Knall zog sie die Tür zu und richtete den Rückspiegel, an dem ein schlichtes Plastikkreuz baumelte. Dann stieß sie zurück. Auch Niklas setzte sich ans Steuer und startete den Motor. Er rief Fräulein Schwarzkopf an und ließ ausrichten, dass er heute etwas später käme. Die Kinder seien krank.

Sie quälten sich durch den Berufsverkehr, der in der Gegenrichtung deutlich dichter war, weil es kaum einem Düsseldorfer eingefallen wäre, zum Arbeiten nach Mettmann zu fahren. Kurz hinter der Stadtgrenze bog Petra auf den Parkplatz eines Supermarktes, und Niklas blieb ihr auf den Fersen.

»Glauben Sie wirklich, dass Sie damit durchkommen?«, rief er ihr zu, als sie einen Einkaufswagen auslöste und Richtung Geschäft schob. Petras Gang beschleunigte sich.

»Wir haben nur den Normalzustand wiederhergestellt, Niklas.«

Den ersten Halt machte sie bei den Frühstückscerealien, wo sie zwei Tüten vom billigsten Müsli einpackte. Niklas hielt sich dicht hinter ihr.

»Was tun Sie da?«

»Lotte soll ihren Tag mit einem gesunden Frühstück beginnen.«

»Dann muss sie wohl bei Ihnen verhungern. So was isst sie jedenfalls nicht. Sie wird jede Rosine einzeln wieder ausspucken.«

Niklas nahm die Tüten aus dem Einkaufswagen und ersetzte sie durch zwei Packungen von Lottes Lieblingsmüsli, das etwa doppelt so teuer war. Schnaufend machte die Neandertalerin den Tausch rückgängig, und Niklas ließ sie mit einem Schulterzucken gewähren. Aus der Entfernung beobachtete er, wie sie sich über das Brotregal zum Obststand vorarbeitete. In unaufmerksamen Momenten, wenn sie Preise verglich oder Äpfel mit Druckstellen aussortierte, gelang es Niklas, Lottes Lieblingsmüsli zurück in den Wagen zu schmuggeln, und er entsorgte auch die Haselnussnougatcreme aus dem Sonderangebot und tauschte sie gegen das Original ein, das Hannes blind unter sämtlichen Nachahmerprodukten herausschmecken konnte.

Petra erschrak, als sie sich an der Kühltheke wiedertrafen.

»Hör auf, mir nachzuspionieren!«

Niklas ersparte es sich, Wolframs Frau daran zu erinnern, wer mit dem Spionieren angefangen hatte. »Ich meine es nur gut! Offensichtlich brauchen Sie ja einen Einkaufsberater.«

Nachdem sie sich mit Milch, Butter und Käse eingedeckt hatte, schritt sie weiter zu den Joghurts und studierte die Auswahl.

»Für Hannes bitte den mit Kokosnuss.«

Trotzig beförderte Petra eine Palette Himbeerjoghurt in den Einkaufswagen und sah Niklas mit einem herausfordernden Lächeln an.

»Wollen Sie den Kleinen umbringen? Davon bekommt er Durchfall!«

Petra beeilte sich, ihren Einkaufsberater hinter sich zu lassen. Geduldig ließ er sie ziehen und gesellte sich erst wieder zu ihr, als sie alle Artikel auf das Band räumte, und half ihr dabei. In der Aufregung schien es ihr zu entgehen, dass fast die Hälfte der Produkte gar nicht auf ihrer Liste gestanden hatte. Doch als die Kasse den Preis ausspuckte, merkte sie, dass sie von Niklas gelinkt worden war.

»Wer soll das alles bezahlen?«

Niklas zückte gönnerhaft sein Portemonnaie. »Sie sind eingeladen!«

Schnaufend zwängte sich Petra an ihrem Wagen vorbei und stürmte zur Tür, verfolgt von bösen Blicken der Kassiererin.

»Es hat mir Spaß gemacht, mit Ihnen einkaufen zu gehen«, rief Niklas ihr nach. »Das sollten wir öfter machen!«

Die Stille in der Wohnung war das Schlimmste. Seit Monaten hatte Niklas es nicht mehr so ruhig erlebt. Zum ersten Mal hörte er wieder die Autos, die am Haus vorbeifuhren. Ein Nachbar, der sich vor Ewigkeiten ein Klavier gekauft und schonungslos Tonleitern geübt hatte, spielte mit einem Mal verträumte Nocturnes. Niklas sehnte sich nach Lottes Gejammer, weil ihr Lieblingspulli in der Wäsche war. Kein Hannes da, der rebellierte, weil er früher ins Bett musste als seine Schwester, und gerne Hunger vorschob, um sich fünf wertvolle Minuten zu ergaunern.

Am Sonntag wurde die Stille von einem Anruf seiner Mutter unterbrochen. Niklas, der die Nächte neuerdings in Lottes Bett verbrachte, torkelte benommen ins Wohnzimmer, wo er seinen Freund entdeckte. Er schlief auf dem Sofa und ließ sich vom Klingeln des Telefons nicht stören.

»Hallo, Niklas«, dröhnte es aus dem Hörer.

»Morgen.«

»Ich bin's, deine Mutter.« Ihre Stimme war ein einziger Vorwurf.

»Ja, ich erinnere mich dunkel.«

»Erinnerst du dich auch, was für ein Tag heute ist?«

Niklas ging mit dem Telefon und seiner Mutter in die Küche, um Oliver nicht zu wecken.

»Sonntag?«

»Muttertag.«

»Glückwunsch.«

»Danke.«

Niklas machte sich an der Kaffeemaschine zu schaffen. Da er nun einmal wach war, lohnte es sich nicht mehr, ins Bett zu gehen.

»Noch was?«

Frau Tiedemann holte tief Luft. »Hier ist jemand, der dich sprechen möchte.«

Dann reichte sie den Hörer weiter, und zu seiner großen Freude hörte Niklas die Stimme von Lotte. Sie plauderte munter drauflos und erzählte, dass sie mit Hannes das Wochenende bei ihrer Großmutter verbrachte. Bevor diese einschreiten konnte, hatte das Kind die Männer bereits zum Mittagessen eingeladen. Überglücklich legte er auf und schlüpfte voller neu entfachter Energie in seine Joggingsachen.

Sein Weg führte ihn zuerst zum Heiligenhäuschen, einer kleinen Kapelle kurz vorm Rhein, wo er eine Kerze für Inken anzündete. Dann lief er weiter zum Fluss und ließ das Haus mit Turmfortsatz links liegen. Sosehr Niklas sich auf das Wiedersehen mit den Kindern freute, so sehr ärgerte es ihn, wie es zustande gekommen war. War er nun von der Kooperationsbereitschaft seiner Mutter oder der Neandertalerin abhängig, wenn er die Kinder sehen wollte? Warum hatte er sich nur von Petra einschüchtern lassen?

Bei seiner Rückkehr versuchte er Oliver zu wecken. Doch sein Freund ignorierte ihn. Selbst als Niklas behauptete, Köln sei in der Nacht von einer plötzlichen Sturmflut heimgesucht und dem Erdboden gleichgemacht worden, erntete er kaum mehr als ein verschlafenes Seufzen. Erst als Niklas eine halbe Stunde später frisch rasiert aus dem Bad kam, schlug Oliver die Augen auf. Er quittierte die Essenseinladung mit einem Gähnen und begann sich anzuziehen. Es überraschte Niklas, dass sein Freund mitkommen wollte. Seit ihrem Streit hatten sie nicht viel geredet. Die Stimmung war immer noch gereizt, die Verletzungen nicht vollends verheilt.

Lotte, die den Männern ohne Krücken entgegenhumpelte, fiel Oliver stürmisch um den Hals und bestimmte, dass er beim Essen neben ihr und Luzie der Zweiten zu sitzen hätte. Hannes bereitete ihnen einen etwas zurückhaltenderen Empfang; er spielte mit seinem Piratenschiff in der Ecke des Wohnzimmers, aus der er sich erst locken ließ, als er die Schokolade entdeckte, die die beiden mitgebracht hatten.

»Petra sagt, Süßigkeiten sind nicht gut für unsere Zähne«, klärte Lotte Niklas auf.

»Da hat sie recht«, sagte ihre Großmutter und nahm den Kindern die Schokolade wieder ab. »Und vor dem Essen sind sie nicht gut für den Appetit. Alle Mann Hände waschen!«

Lotte schien aus irgendeinem Grund nicht gehen zu wollen. Sie betrachtete ihren Onkel eingehend, dann schaute sie länger zu Oliver und schließlich wieder zu Niklas.

»Das war keine Wand, oder?«

»Das?« Oliver deutete auf seine Unterlippe. Dabei warf er Niklas einen unsicheren Blick zu, als wollte er sich rückversichern, was sie den Kindern erzählen sollten.

»Ist beim Rasieren passiert«, sagte Niklas.

Lotte ließ nicht locker und deutete auf ihre linke Augenbraue, als wäre sie Niklas' Spiegelbild. »Hier oben?«

»Ich wollte helfen und bin abgerutscht«, kam ihm Oliver zu Hilfe. »Ich bin aber auch manchmal echt blöd.«

»Ich habe doch was von Händewaschen gesagt, oder?«, mahnte Frau Tiedemann.

Erleichtert begleitete Niklas die Kleine ins Badezimmer, um ungestört mit ihr sprechen zu können. »Es ist ganz schön langweilig zu Hause ohne euch.«

Sie sah ihn mit großen Augen an.

»Dafür kann ich deine LaFee-CD inzwischen auswendig.«

Das Kind kicherte. »Vermisst du uns ein bisschen?«

Niklas spürte, wie sein Herz schwer wurde. Er strich Lotte übers Haar und drückte sie für einen Moment fest an sich.

»Petra sagt, das geht vorbei.«

Die Maki-sagt-Phase war offenbar beendet. Niklas erschrak, wie schnell Lotte eine neue Heldin gefunden hatte, und ließ das Kind los.

»Wie ist sie denn so, die Frau, die euer Papa lieber hat als eure Mutter?«

»Voll nett.«

Dann rief ihre Großmutter, und Lotte humpelte zurück zu den anderen.

Beim Essen beobachtete Niklas Hannes ganz genau. Er fand,

dass das Gesicht des Jungen schmal geworden war, schmaler jedenfalls, als es die Fotos belegten, die haufenweise an der Wand hinter ihm hingen.

»Kann denn Petra überhaupt kochen?«, erkundigte er sich bei Hannes, worauf seine Mutter ihm einen mahnenden Blick zuwarf, den er sofort erwiderte, als sie sich über die Teller der Kinder beugte, um ihre Schnitzel zu schneiden.

»*Gampf gup*«, urteilte Hannes, der einen halben Kloß auf einmal verdrückte.

»Aber es gibt nur einmal die Woche Fleisch«, erklärte Lotte. »Petra sagt, zu viel Fleisch ist nicht gesund.«

»Und euer Papa? Findet der das auch?«, wollte Niklas wissen.

»Er muss doch stark sein, wenn er beim Fußball gegen dich gewinnen will«, fing nun auch Oliver an. Hannes erklärte ihm, dass sein Papa zu müde sei, mit ihm zu spielen, wenn er von der Arbeit heimkäme.

»Jetzt wird nicht geratscht! Das Essen wird kalt.«

Die schmalen Lippen seiner Mutter und das missbilligende Auf und Ab ihrer Mundwinkel machten Niklas klar, dass sie vor den Kindern keine Diskussion von Petras Erziehungsmethoden wünschte.

Nach dem Essen fuhren sie raus nach Kaiserswerth, dem nördlichsten und nach Oberkassel zweitschönsten Flecken Düsseldorfs. Dort wollte Oliver mit den Kindern zum Vergnügen auf einer Fähre zur anderen Rheinseite übersetzen. Es war keine spektakuläre Reise, der Fluss kannte breitere Stellen, doch Oliver liebte das Wasser; er war von allem fasziniert, was darin schwamm oder darauf fuhr, und hatte die Kinder längst angesteckt. Bevor sie die Fähre betraten, fing er plötzlich an, sich zu schütteln und steckte sich eine Zigarette an.

»Wisst ihr, was ich heute Nacht geträumt habe? Köln ist im Meer versunken. Eine Riesen-Welle – und schwupps!«

Niklas unterdrückte ein Grinsen und kraulte zärtlich Olivers Bart.

»Zum Glück warst du hier, in Sicherheit.«

Da Niklas' Mutter auf Schiffen schlecht wurde, blieben die beiden zurück und schlenderten am Ufer entlang.

»Was wird jetzt aus den Kindern?«, erkundigte er sich.

Seine Mutter ließ sich Zeit mit ihrer Antwort. Dann erzählte sie, dass sich für Hannes auf die Schnelle kein Platz im Kindergarten und für Lotte keine Schule in Mettmann finden ließ, warum die Kinder bis zu den Sommerferien ihre Vormittage am gewohnten Ort verbrachten. Da die beiden nie zur gleichen Zeit fertig waren und der Neandertalerin nicht der Sinn danach stand, sich länger als nötig in Düsseldorf aufzuhalten oder gar zweimal am Tag ihre Höhle zu verlassen, oblag es Frau Tiedemann, die Kinder eins nach dem anderen aufzulesen und abzufüttern, damit Petra sie später bequem einsammeln konnte. Einen Nachmittag pro Woche verbrachten die Kinder sogar vollständig bei ihrer Großmutter, wenn Petra in einer katholischen Gemeinde einem Sekretärinnenjob nachging.

»Den Kindern geht es gut bei ihrem Vater«, schloss Frau Tiedemann und strich langsam den Scheitel zurück, den der Wind ihr zerzaust hatte. Sie liefen an der Kaiserpfalz vorbei, einer alten Burgruine, die dort lag wie ein hohler Zahn. Man konnte sie das halbe Jahr besichtigen und in ihr herumklettern, doch Niklas kam sein eigenes Leben schon ruinös genug vor.

»Weißt du, was diese Miesepetra gesagt hat: Gott hätte es so gewollt, dass die Kinder bei ihnen leben. Wo war denn dieser Gott, als Wolfram Inken verlassen hat? Hat er ihm vielleicht geholfen, die Wohnzimmercouch rauszutragen?«

»Jeder verdient eine zweite Chance im Leben.«

Ein fröhlich lachendes Pärchen kam ihnen entgegen. Es war eine für das feine Kaiserswerth typische Kombination: Er war alt genug, um ihr Vater zu sein, doch sie hing zu sehr an seinen Lippen – und in seinem Arm –, um diese Deutung zuzulassen. Frau Tiedemann verfolgte sie mit feindseligen Blicken, als sie sie passiert hatten. Dann hakte sie sich bei ihrem Sohn ein.

»Vielleicht war es ein Fehler, dass ich damals nicht wieder geheiratet habe. Vielleicht wäre Inkens Ehe nicht gescheitert, wenn sie ein intaktes Familienleben gekannt hätte.«

»Jetzt ist es Inkens Schuld?«

Er konnte nicht fassen, wie leichtfertig seine Mutter an der Vergangenheit herumpfuschte. Wolfram hatte den Schwanz eingezogen und war desertiert. Wer etwas anderes behauptete, hatte keine Ahnung.

»Es sind immer beide schuld, Niklas. In einer Partnerschaft beziehen immer beide Prügel.«

Er beschloss, ihre Anspielung zu ignorieren, und studierte eine Schautafel, die man an einem alten Gemäuer angebracht hatte. Hier waren die historischen Hochwasserstände seit 1795 abzulesen. Damals, im Februar, hatte die so genannte ›Eiswasserfluth‹ den Rhein so hoch getrieben, dass Niklas nicht einmal mit dem ausgestreckten Arm die Marke erreichte.

»Wie kommt es überhaupt, dass sie die Kinder zu dir bringen?«, wollte er wissen.

»Sie besuchen Petras kranke Mutter in Krefeld und wollten ihr nicht gleich die Kinder zumuten.«

»Sie nutzen dich aus.«

»Nach Inkens … Du bist nie auf die Idee gekommen, dass auch ich ihnen eine gute Mutter hätte sein können?«

»Du wärst ihnen vor allem eine alte Mutter gewesen. Eine Großmutter.«

Niklas spürte, wie jemand an seiner Jacke zog. Hannes stand

hinter ihm, der Ausflug war vorüber. Oliver hatte den Kindern ein Eis gekauft, bemerkte aber nicht, dass die Kugeln schon halb geschmolzen waren und die Soße an Hannes' kleinen Fingern herablief. Niklas leckte das Eis wieder in Form und erkundigte sich, für welche Sorten er sich entschieden hatte.

»Vanille«, antwortete der Kleine strahlend. »Und Trotant.«

Niklas tauschte einen fassungslosen Blick mit Oliver. Der nahm seine Hand und ließ sie für den Rest des Spaziergangs nicht mehr los.

Die Kanzlei Parese lag in einem Hinterhof, in einer Seitenstraße der Königsallee, und bestand im Wesentlichen nur aus einem Wartezimmer, in dem auch die Sekretärin untergebracht war, und einem kleinen, dämmrigen Büro, das vollgestopft war mit Büchern. Sein einziger Schmuck bestand aus einem Plakat, das ungerahmt an der Wand hing und eine erschrocken dreinblickende Katze zeigte, die ihre kleine Zunge herausstreckte.

Man kann im Leben auf vieles verzichten, aber nicht auf Katzen und Literatur, stand darüber.

Das Büro wurde von einem weiblichen Kobold bewohnt, der sich als Dr. Tita Parese vorgestellt hatte: Ihr Kopf, der in Relation zum Körper zu groß geraten war, saß auf schmächtigen Schultern. Was aus der Entfernung wie eine russische Fellmütze erschien, war in Wirklichkeit die Frisur. Frau Kobold hatte sich barfuß im Schneidersitz in einem riesigen alten Ohrensessel niedergelassen, in dem sie fast völlig versank. Auf ihrem Schoß schnurrte ein Kater. Oliver, der mit Niklas auf einem altmodisch geblümten Sofa saß, starrte unverholen auf die nackten Koboldfüße.

Während die Männer die Lage schilderten, lauschte Parese aufmerksam und kraulte die träge Katze. Am Ende quittierte sie den Bericht mit einem scheinbar unbeteiligten Nicken und fragte:

»Mögen Sie eigentlich Katzen?«

Niklas hasste Katzen. Hunde mochte er, weil sie als Haustier funktionierten und den einfachen Handel verstanden: Der eine gibt dem anderen zu fressen, dafür lässt sich der andere von dem einen streicheln. Eigensinnigkeit gehörte zu den Eigenschaften, die er schon bei Menschen nicht mochte.

Ratlos sah er zu Oliver. Sein Blick sprach ihm aus der Seele: Wir vergeuden unsere Zeit!

Niklas rutschte an die vorderste Kante des Sofas. »Wenn Sie ein Problem mit uns haben, wäre es nett, wenn Sie uns kurz ein Zeichen geben könnten.«

Tita Parese zuckte zusammen, als sei sie aus dem Tiefschlaf gerissen worden. »Haben Sie ein Foto von den beiden?«

»Bitte?«

»Von Hanna und Otto? Wie sehen sie aus?«

Niklas ließ sich erschöpft ins Sofa zurücksinken, während Oliver der Anwältin seinen Schlüsselanhänger demonstrierte. Es war ein runder Plastikrahmen, in dem Minifotos der Kinder steckten: Lottes Gesicht über und über verschmiert mit weißer Creme, und ihre blonden Haare, die sie mit der gleichen Substanz versehen hat, standen in alle Himmelsrichtungen. Sie musste zwei oder drei Jahre alt gewesen sein, als Inken sie einen Moment zu lang ohne Aufsicht im Badezimmer gelassen hatte. Die Rückseite des Rahmens zeigte ihren Bruder in einer kleinen Plastikwanne, wie er eine rote Spielzeugente in die Luft streckte und sich des Lebens freute.

»Warum haben Sie sie überhaupt gehen lassen?«, fragte Tita Parese.

Olivers Brauen hoben sich kaum merklich. Niklas, der es satt hatte, dass sich jeder das Recht herausnahm, zu beurteilen, was er unternommen und unterlassen hatte, wurde deutlicher.

»Sollten wir an den Kindern zerren, Petra auf der einen Seite, ich auf der anderen?«

»Kennen Sie den kaukasischen Kreidekreis von Brecht?«

Niklas und Oliver zuckten mit den Achseln.

»Zwei Frauen streiten um ein Kind, und ein Dorfrichter hat zu entscheiden, ob er es der Frau des Gouverneurs zuspricht, die zwar die leibliche Mutter ist, die den Jungen aber in unsicheren Zeiten im Stich gelassen hat – oder ob der Kleine bei der Magd Grusche bleiben soll, die ihn vor dem sicheren Tod bewahrte und aufopferungsvoll und unter großen Entbehrungen aufgezogen hat. Der Richter lässt einen Kreidekreis auf den Boden malen, in den sich der Junge zu stellen hat; dann bittet er die beiden Frauen, das Kind bei der Hand zu nehmen. Die richtige Mutter werde schon die Kraft haben, das Kind zu sich zu ziehen, sagt er. Zweimal spielt er dieses Spiel, und jedes Mal lässt Grusche los. Sie will das Kind nicht zerreißen, erklärt sie, und daraufhin entscheidet der Richter zur allgemeinen Überraschung, den kleiner Hosenscheißer ihr zuzusprechen.«

Niklas spürte, wie seine Anspannung einer gewissen Befriedigung entwich. »Kluger Mann.«

»Wissen Sie, man kann versuchen, dem Vater die Biester abzujagen, aber es ist heikel.« Die Anwältin wirkte mit einem Mal sehr agil. »Man muss genügend Argumente finden. Dass er keinen Unterhalt geleistet hat, nicht an ihnen interessiert war und so weiter. Es handelt sich ja um einen Rechtsstreit. Je mehr man vorträgt, umso mehr wird beachtet. Und geprüft.« In den dunklen Augen der Anwältin funkelte es.

»Sie trauen sich das zu?«, fragte Niklas.

»Die Frage ist: Können Sie das durchhalten? Die Sache kann sich hinziehen. Bis man einen Termin vor Gericht bekommt, vergeht schon mal ein ganzes Jahr. Manchmal läuft es schneller. Fünf Monate vielleicht. Das ist Risiko.«

»Schneller wäre schön«, sagte Niklas.

Tita Parese schubste die Katze von ihrem Schoß und öffnete ihr die Tür.

»Esther, gibst du Sozius sein Abendessen?!«, rief sie nach ihrer Sekretärin. »Und in der nächsten halben Stunde bitte keine Anrufe durchstellen!«

Dann klatschte sie in die Hände und sprang mit ihren nackten Füßen über die abgeschliffenen Dielen. »Wohlan! Dass der Vater den kleinen Sonnenschein zwei, drei Jahre nicht gesehen hat, reicht in der Regel nicht. Es könnte ja sein, dass die Mutter das Umgangsrecht sabotiert hat.«

Auf Niklas' Lippen formierte sich Widerspruch, den die Anwältin mit ihren zu groß geratenen Händen abwehrte.

»Nicht meine Meinung, aber ein mögliches Argument der Gegenseite. Unsere Nachbarn sind uns da übrigens ein gutes Stück voraus: Wer in Frankreich als Elternteil den Umgang mit den kleinen Knirpsen verweigert, kommt in Beugehaft. Und in Amerika landet das FBI mit Hubschraubern direkt in Ihrem Garten, wenn Sie einen Monat den Unterhalt geprellt haben.«

Unbeeindruckt hielt Niklas dem Blick der Anwältin stand.

»Bei uns können sich die Väter winden, hin und her, vor und zurück: ›Immer wenn ich meine Frau getroffen habe, konnte ich mich nicht mehr beherrschen.‹ ›Sie war nie damit einverstanden, dass ich meine Blagen allein sehe.‹ ›Meine Ex-Frau hatte was gegen meine neue Partnerin.‹«

»Das könnte ich nur allzu gut verstehen«, sagte Niklas bitter.

»Wie auch immer.« Die Anwältin lief weiter in ihrem engen Büro auf und ab, zog hier und da ein Buch aus dem Regal und blätterte darin.

»Wie alt sind Hansi und Lotte?«

»Han-nes wird im Sommer sechs.« Niklas war genervt von ihrer Herumlauferei. Dass sich die Anwältin die Namen der Kinder nicht merken wollte, machte ihn zusätzlich wütend. Oliver hatte seine blaue Mütze abgesetzt und fuhr sich abwesend durchs Haar.

»Sechs ist gut, mit Beginn der Schulpflicht nimmt man die Wünsche der Racker ernster. Es ist ein Indiz, was sie sagen. Aber nicht allein ausschlaggebend, weil sie schließlich noch beeinflussbar sind.« Die Anwältin stellte das dicke Buch zurück ins Regal. »Wenn Sie sich monatelang mit ihnen treffen und schöne Sachen unternehmen, zum Beispiel lecker bei McDonald's essen gehen, ist klar, dass die Krümel zum Onkel wollen.«

»Es war der letzte Wille meiner Schwester«, sagte Niklas. »Ich werde nicht aufgeben, bis man ihn respektiert.«

Tita Parese blieb stehen, als hätte sie der Schlag getroffen. Dann fuhr sie ihren Zeigefinger aus und deutete auf Niklas wie eine Lehrerin, die einen vorlauten Schüler zur Ordnung rufen wollte. »Haben Sie das schriftlich?«

Niklas spürte ein Kribbeln im Magen, jenes Kribbeln, das ihm signalisierte, dass er kurz vorm Ziel war.

»Und wenn?«

Tita Parese schnippte mit den Fingern. *Kinderspiel*, sollte das heißen.

12: *Mattis*

Während Magda Tiedemann nach dem Verschwinden ihres Mannes alles vernichtet hatte, was sie an ihn erinnern konnte, hatte ihr Sohn eine geradezu obsessive Sammelleidenschaft entwickelt. Sein Keller stand voll mit Kisten, in denen sich Inkens Nachlass befand: alte Tagebücher, Zeitschriften mit Kreuzworträtseln, die sie im Krankenhaus begonnen hatte, auch ihr letzter Einkaufszettel war darunter, der mit einem Magneten an ihrem Kühlschrank befestigt gewesen war.

Niklas hatte nach dem Besuch bei Tita Parese eine Flasche Rotwein geöffnet und nahm ein Bad in einem Meer aus Fotos sowie alten Briefen und Postkarten, die Inken im Laufe der Jahre geschrieben hatte.

Die Flut der Erinnerung hatte ihn schon weit hinausgetrieben, als Oliver nach Hause kam. Niklas musste tief Luft holen, als er das Ufer erreichte. So früh hatte er nicht mit seinem Freund gerechnet, aber nun war es zu spät, die Sachen verschwinden zu lassen.

»Eva lässt grüßen!«, rief er schon von der Tür.

»Danke.«

»Wir sind nächste Woche zu ihrer Premiere eingeladen.«

Oliver schenkte sich ein Glas Rotwein ein und setzte sich zu Niklas.

»Wenn Inken nur ein Testament gemacht hätte.«

»Denkst du immer noch an diese verrückte Anwältin?«

In der Hand hielt Niklas eine Ansichtskarte aus Südfrankreich. Dort hatten Inken und Wolfram mit den Kindern Urlaub gemacht, den letzten, bevor er sich davonstahl.

›Lotte ist begeistert vom Atlantik, sie hat gar keine Angst vor dem Wasser. Ich habe alle Mühe, sie davon abzuhalten, sich als Wellenbrecherin zu betätigen‹, hatte seine Schwester in ihrer leicht nach rechts geneigten Handschrift, die keinen Unterschied zwischen n und u machte, berichtet. ›Ansonsten geht es uns gut, wir schlafen lange.‹ Dass es vor allem Wolfram war, der den halben Tag im Bett zugebracht und Inken die Kinder überlassen hatte, verstand Niklas erst jetzt. Bis zur Selbstverleugnung hatte seine Schwester versucht, das Bild einer intakten Familie mit Postkartenglanz zu malen.

›Was stimmt bloß nicht mit den Leuten hier?‹ Nach Oxford hatte sie ihre Jahrgangsfahrt geführt, mit 17. In ihrer Beschreibung der Stadt deutete sich früh ihre Begeisterungsfähigkeit für historische Daten und architektonische Spezialitäten an. Daneben besaß sie aber stets auch ein Auge für menschliche Schwächen und Eigenheiten: ›Bei 1 Grad plus und Nieselwetter laufen sie mit kurzen Hosen durch die Straßen – vielleicht ist Regen gut für die Haut? In unserer Gastfamilie gab es heute Pizza mit Erbsen. Nicht auf der Pizza, sondern als Beilage! Als meine Gastschwester Arwen versuchte, das Wort ‚Erbse' auszusprechen, klang es mehr wie ein Rülpser, aber nicht wie ein deutsches Wort.‹

Vier Jahre zuvor hatte Inken erstmals ohne Bruder die Sommerferien in ihrer hamburgischen Heimat verbracht. Dass Niklas beschlossen hatte, sich von Mattis fernzuhalten, gab seiner Schwester die Gelegenheit, sich ungestört seinem besten Freund zu nähern. Unter Androhung der Todesstrafe, sollte Niklas jemals ein Sterbenswörtchen ausplaudern, verriet sie ihm in einem Brief, dass Mattis sie, als Prämie für ein haushoch gewonnenes Federballmatch, geküsst habe – oder was er damals darunter verstanden hatte. ›Es war total ekelig, er hat mir die Schneidezähne abgeleckt, von vorne und von hinten.

Wenn es das ist, wovon alle reden, dann kann ich gut darauf verzichten!‹

Oliver musste laut lachen, als sein Freund ihm die Stelle vorlas. Überrascht ließ Niklas den Brief sinken. Dann begann auch er zu lachen und versuchte die Tränen zu ignorieren, die ihm die Wange hinunterliefen. Plötzlich spürte er eine Hand in seinem Nacken und verstummte. Oliver war wieder ganz ernst geworden. Sie hörten die Stille über sich hereinbrechen. Es war eine bedeutungsvolle Stille, voller Verheißung – ein Moment, wie es ihn lange nicht gegeben hatte, nicht zuletzt, weil sie sich mehr um die Kinder gekümmert hatten als um sich selbst. Oliver legte seinen Kopf schief und schob sich langsam näher. Niklas konnte schon seinen warmen Atem auf seinen Lippen spüren, und sein Herz begann zu rasen. Da sagte er: »Lass uns heiraten, ja?«

Oliver hielt verblüfft inne.

»So plötzlich?«

»Gar nicht plötzlich.« Es ärgerte Niklas, dass Oliver das Diskutieren anfing, statt einfach Ja zu sagen, den Kalender zu holen und nach einem Termin zu suchen. »Ich war mir nur bislang nicht sicher.«

Lächelnd kraulte Oliver das Haar in Niklas' Nacken. »Und was macht dich nach sechs Jahren und sechseinhalb Monaten jetzt so sicher?«

»Ich weiß es einfach.«

Oliver schien nicht überzeugt. Sein forscher Blick veranlasste Niklas zu einer unüberlegten Antwort.

»Es wäre vielleicht ein gutes Zeichen, dass wir es ernst meinen mit den Kindern.«

Oliver zog seine Hand zurück, als hätte er einen elektrischen Schlag bekommen.

»Es ist für dich also nur ein Schachzug?«

»Natürlich nicht! Aber … es wäre eine gute Gelegenheit. Man könnte zwei Fliegen mit … mit einer …«

Niklas starrte auf die Hand, die ihn nicht mehr streichelte. Sie begann sich zu entfernen, wurde immer kleiner und legte sich schließlich auf die Türklinke.

»Ich meine es ernst, Oliver!«

Aber da war er schon draußen.

Eine halbe Stunde später saß Niklas an einem kleinen Tisch vor Pinos Restaurant, einen schwarzen Schuhkarton im Schoß, den er mit beiden Händen festhielt. Der Italiener erkundigte sich, was er ihm bringen könnte, doch Niklas sagte, er werde jeden Moment abgeholt.

»Stimmt was nicht mit deine Freund?«

Pino legte ihm seine Hand auf die Schulter und drückte aufmunternd zu. Dann erzählte er, wie Oliver vor einer halben Stunde in seinen Laden gestürmt sei, eine Flasche Ramazotti verlangt habe und damit Richtung Rhein gelaufen war.

»Er wird feiern wollen. Ich habe ihm einen Heiratsantrag gemacht.«

»Na endlich!« Pino klatschte vor Freude in die Hände und lief hinein.

Da bemerkte Niklas das Taxi, das langsam herangerollt kam. Als es vor dem Restaurant anhielt, wurde das Fenster heruntergefahren.

»Du?«, fragte Mattis und würgte vor Schreck den Motor ab.

»Lange nicht gesehen.«

»Woher wusstest du, dass ich im Einsatz bin?« Nervös fummelte Mattis am Zündschloss herum und versuchte, den Wagen wieder zum Laufen zu kriegen.

»Wusste ich nicht.« Niklas ging zu ihm. Er stellte den Karton auf den Beifahrersitz, stieg aber noch nicht ein. »Aber es war die einzige Möglichkeit, dich zu finden.«

Mattis ließ für einen Moment vom Wagen ab und steckte sich eine Zigarette an. »Hey Mann, das mit Inken tut mir echt …«

»Ja, mir auch. Aber wir müssen jetzt nach vorne schauen.«

»Ich glaube, ich bin nicht ganz unschuldig, dass sie … Wir hatten was geraucht.«

»Ich weiß«, sagte Niklas leise.

Mattis fuhr sich durch seine Mähne, die schon fast wieder altes Niveau erreicht hatte. »Wir haben nicht irgendeinen Kinderkram geraucht. Sie war so fertig wegen der Operation, und ich wusste nicht, wie ich sie aufheitern sollte …«

Niklas setzte sich in den Wagen und schnallte sich an.

»Es gibt da einen Weg, wie du die Sache wiedergutmachen kannst.«

Mattis startete den Motor.

»Wo soll's denn hingehen?«

»Zu dir.«

Mit einer Flasche Ramazotti und zwei Gläsern betrat Pino die Terrasse, Niklas war verschwunden. Vom Taxi sah man nur noch die Rücklichter.

Mattis hätte sich damals nicht in Pia verlieben dürfen, oder Pia hätte es wenigstens ignorieren sollen. Natürlich bemerkte sie, dass er zu stottern anfing und ihm die Ohren klingelten, sobald sie die Agentur »Knipper and friends« betrat, wo sie sich zur Graphikerin ausbilden ließ. Selbstverständlich fielen ihr auch seine sinnlichen Lippen und die verträumten Augen auf. Das blonde, lockige Haar, das Mattis bis zur Schulter wuchs und das zu einem anständigen Männerhaarschnitt zu stutzen, wie sein Vater es verlangte, er sich hartnäckig sträubte, interpretierte Pia als süßes Versprechen ungezähmter Leidenschaft. Doch dummerweise war sie die Freundin seines Vaters und wusste, was sie an Knipper senior hatte. Wenn Mattis sie in der Dunkelkammer im Keller vögelte oder im engen Kopierraum an ihren Schenkeln schleckte, sorgte sie immer dafür, dass niemand Verdacht schöpfte, und wenn Pia in voller Ekstase wieder einen Knopf berührt hatte, musste Mattis manchmal Hunderte Farbkopien ihres plattgedrückten Hinterns in den Reißwolf geben, auch wenn er gerne einige davon demonstrativ über seinem Schreibtisch aufgehängt hätte. Mattis arbeitete damals als Aushilfe in der väterlichen Agentur, allerdings nicht als Graphiker. Dieses Talent – wie auch die Affäre mit Pia – blieb dem Vater lange verborgen, und Mattis gab sich keine Mühe, an diesem Zustand etwas zu ändern. Stattdessen verdiente er sich etwas Geld mit Botendiensten, kleineren gärtnerischen Tätigkeiten und indem er den Jaguar seines Vaters wusch und reparierte. Auf eine Ausbildung hatte er keine Lust, und ohne einen vernünftigen Haarschnitt hätte er die beim Senior auch nicht bekommen. Mattis und sein Vater taten alles, um Pia den Himmel auf Erden zu bereiten, jeder auf seine Weise: Der Alte mit exklusiven Urlauben und Besuchen in schicken Restaurants, für die man schon Wochen im Voraus einen Tisch reservieren musste, der Junior bezahlte in einer anderen, durchaus harten Währung.

Aber nach ein paar Monaten reichte das Mattis nicht mehr. Er wollte Pia mehr bieten als schnelle Orgasmen auf dem väterlichen Farbkopierer. Er wollte seine erste große Liebe in schnellen Autos, die er sich nicht leisten konnte, durch die Gegend chauffieren. Nur um zu sehen, wie der Fahrtwind mit ihren rotblonden Haaren spielte. Und so entführte er sie eines Tages in einem knallroten Porsche, der ihm so wenig gehörte wie Pia selbst. Sie verbrachten ein Wochenende in Paris, in einem eleganten Hotel in der Rue Chauveau Lagarde im achten Bezirk, wo man kein Wort Deutsch verstand, aber die Kreditkarte akzeptierte, die er aus dem Portemonnaie seines Vaters entwendet hatte. Das Fälschen der Unterschrift fiel ihm leichter als vermutet.

Sie liebten sich stundenlang, und wenn sie Hunger hatten, ließen sie sich unaussprechliche Köstlichkeiten aufs Zimmer kommen und aßen sie im Bett. Anschließend wurden sie träge, kifften, wovon sie noch träger wurden, und schliefen ein, und wenn sie erwachten, liebten sie sich wieder. Samstagmittag, als Pia vor Erschöpfung erneut eingenickt war, schlich sich Mattis leise aus dem Zimmer.

In seinen Ohren schwirrten verträumte Akkordeon-Melodien, als er die Treppen hinuntereilte, drei Stufen auf einmal, den Aufzug ignorierend, der vom Übergang vom ersten in den zweiten Stock so verdächtig knarzte. Nicht auszudenken, wenn er ausgerechnet heute in diesem Ding steckenbleiben würde! In einem Blumenladen, gleich vor dem Hotel, kaufte der alte Romantiker einen üppigen Strauß roter Rosen, und auf dem Rückweg verführten ihn die funkelnden Auslagen von Swarowski in der Hotellobby zu einer weiteren Dummheit.

Mattis hätte ewig in Paris bleiben mögen, ein Leben lang an der Seite der wundervollen Pia in der Rue Chauveau Lagarde. Als sie ihn am Sonntagmorgen bat, zurück nach Hamburg zu fahren, stimmte er erst zu, nachdem er ihr ein Versprechen abgerungen hatte.

»Du darfst ihn nicht wiedersehen.«

Mattis fuhr mit der Hand durch Pias Haare. Sie lag mit dem Kopf auf seiner Brust und betrachtete den Stuck an der Decke.

»Wen denn?«, fragte sie beiläufig.

»Den Alten.« Mattis zog liebevoll an ihrem Ohr.

Mit einer flinken Bewegung schob sich Pia auf seinen Bauch.

»Mattis, ich arbeite für deinen Vater. Schon vergessen?«

Er griff nach dem Telefon, das auf dem Nachtschrank stand, und hielt ihr den Hörer vors Gesicht. »Kündige!«

»Du bist verrückt.« Sie verschränkte ihre Arme und stützte sich damit auf seine Brust.

Mattis bekam keine Luft mehr. »Ich kann für uns beide sorgen«, sagte er atemlos.

»Indem du am Wochenende sein Auto wäschst?«

Mattis schob sie unsanft von sich und setzte sich auf die Bettkante.

»Entschuldige!« Pia umschloss ihn von hinten mit den Armen und küsste die zerzausten Haare auf seinem Hinterkopf. »Ich will nur nicht, dass du oder irgendjemand für mich sorgt. Ich bin doch schon ein großes Mädchen.«

Mattis schwieg eine Weile und genoss die Zärtlichkeiten, mit denen Pia ihn um Vergebung bat. Dann nickte er und zog langsam die Schublade des Nachtschranks auf, in dem er die Ringe aufbewahrte, die er am Vortag gekauft hatte.

»Also gut. Du darfst ihn noch zweimal sehen: Bei der Kündigung und bei unserer …«

Der Rest seines Satzes ging in Pias Freudengeschrei unter.

Kurz hinter der deutschen Grenze wurden sie von der Polizei angehalten. Der Autohändler, bei dem Mattis am Freitag offiziell zur Probefahrt aufgebrochen war, verlangte seinen Porsche zurück. Zwar genoss Vater Knipper in Hamburg einen tadellosen Ruf, und so konnte er das geschädigte Autohaus dazu bringen, die Anzeige gegen seinen Sohn fallenzulassen und die Angelegenheit als großes Missverständnis zu begreifen. Doch damit war Mattis lange nicht aus dem Schneider.

Denn sein Vater warf ihn zunächst aus der Firma und dann aus dem Haus, wo Mattis seit der Scheidung der Eltern immer noch wohnte, und bestand obendrein auf der Rückzahlung sämtlicher Kosten, die er binnen zwei Tagen verursacht hatte: umgerechnet etwa zwölftausend Mark. Der finanzielle Schaden schmerzte ihn dabei weniger als die Entdeckung, dass Pia schon seit geraumer Zeit mit Mattis unter einer Decke gesteckt haben musste.

Auf Drängen seines Freundes Niklas bewarb sich Mattis endlich für eine Ausbildung zum Graphiker. Doch der alte Knipper hatte bei allen größeren Agenturen seinen Einfluss geltend gemacht und dafür gesorgt, dass niemand seinem Sohn auch nur einen Kaffee anbieten würde, geschweige denn einen Job. Umso verwunderter registrierte man in den Personalabteilungen die überschwänglichen Empfehlungsschreiben des Vaters, die Mattis eigenhändig gefälscht und seinen Bewerbungen beigelegt hatte.

Knipper senior wurde es nun zu bunt: Er zeigte seinen Sohn an, und Mattis wurde zu einer Geldstrafe verurteilt. Doch er besaß keinen Pfennig. Außerdem weigerte sich dieser sture Hund, den Verlobungsring von Pia zurückzufordern, die ohnehin kein Wort mehr mit ihm redete seit dem peinlichen Vorfall an der deutsch-französischen Grenze. Mit weiteren Betrügereien und Urkundenfälschungen versuchte er, das nötige Geld zusammenzuschwindeln. So wurde Mattis wieder erwischt und schließlich sogar eingesperrt. Der arme Kerl verbrachte seinen dreißigsten Geburtstag hinter Gittern. In seiner Zelle reifte in ihm der Entschluss, seine spätere Freiheit auf jeden Fall außerhalb von Hamburg verbringen zu wollen, irgendwo, wo sein Vater ihm nicht dazwischenfunken konnte. In seinen zahlreichen Briefen ermunterte Niklas ihn, nach Düsseldorf zu kommen, um hier ein neues Leben anzufangen. Stattdessen hatte eine seiner ersten Amtshandlungen dazu geführt, ein anderes Leben zu beenden.

Der schwarze Schuhkarton stand geöffnet auf dem Tisch. Daneben lagen verschiedene Briefe von Inken und ihr Tagebuch, aufgeschlagen beim letzten Eintrag, kurz bevor sie ins Krankenhaus eingeliefert wurde, das sie lebend nicht wieder verlassen sollte.

Widerstrebend hatte Mattis seinen alten Kumpel mit in seine WG genommen, gleich hinter dem Bahnhof, wo er mit einem Taxifahrer-Kollegen wohnte. Offenbar schämte er sich für sein neues Zuhause. Sein Zimmer bestand aus nicht viel mehr als einer Matratze und einem Fernseher, also hatten sie sich mangels Sitzgelegenheiten in der Küche niedergelassen. Stühle gab es hier zwar auch nicht, aber immerhin einen Tisch, um den herum leere Bierkästen standen.

Mattis hielt Inkens Brief aus jenem Sommer in den Händen, da sie von seinem unbeholfenen Kuss berichtet hatte.

»Es war mein erstes Mal!« Seine Augen überkam ein trüber Glanz, und er nuckelte an seiner Bierflasche. »Ich war total verknallt in deine Schwester. Es war sehr anständig von dir, Mann, dass du damals zu Hause geblieben bist. Ich glaube, du hast das irgendwie gerochen.«

Ein rotbärtiger Koloss, der sich als Hartwig vorstellte, betrat die Küche und ersparte Niklas eine Antwort. Mattis' Mitbewohner setzte sich ins Fenster, um seine Fußnägel mit einem Clipper zu bearbeiten.

»Du hast gar nichts davon erzählt, dass wir Besuch kriegen. Ich hätte was Leckeres zaubern können.«

Niklas beobachtete, wie abgeknipste Nägel in alle Himmelsrichtungen flogen, und hielt eine Hand schützend über sein Bier. Er hatte gehofft, ungestört mit Mattis reden zu können, und sah seinen alten Freund fragend an. Doch der zuckte nur entschuldigend mit den Schultern.

»Und was treibt ihr so?«, erkundigte sich Hartwig nach einer Weile und widmete sich seinem anderen Fuß.

»So eine Art Vergangenheitsbewältigung«, sagte Niklas.

»Und Zukunftsbewältigung«, schniefte Mattis, wofür er einen strafenden Blick von seinem alten Freund erntete.

»Verstehen kann man das Leben nur rückwärts. Leben muss man es vorwärts«, brummte es aus Hartwigs Bart.

»Was soll das heißen?«

»Ist von Kierkegaard. Denkt mal drüber nach.« Hartwig verließ seinen Fensterplatz und ging zum Kühlschrank. Er klemmte sich eine Tüte Toastbrot unter den Arm, versorgte sich außerdem mit einer Packung Salami und Ketchup und schob die Tür mit dem pedikürten Fuß wieder zu. Dann ließ er sie endlich allein.

»Was sollte das?«, rief Niklas.

»Lass ihm doch seine Freude, Mann. Er hat siebzehn Semester Philosophie studiert. Irgendwann muss er das doch mal loswerden.«

Abwesend widmete er sich wieder Inkens Brief.

»Ich meine nicht Hartwig.«

»Ich habe doch nichts verraten«, flüsterte Mattis entschuldigend und ließ Inkens Brief sinken.

»Trotzdem sollten wir vorsichtig sein.« Niklas klappte das Tagebuch zu, sammelte Inkens Briefe ein und verstaute alles wieder im Schuhkarton.

»Und du bist ganz sicher, dass ich nicht mit Hartwig nach Mettmann fahren und Wolfram eins auf die Nuss geben soll?«

Grinsend öffnete Mattis eine weitere Flasche Bier an der Tischkante und reichte sie Niklas.

»Nein, bin ich nicht.« Er wartete nicht, bis auch Mattis sein neues Bier geöffnet hatte, und nahm einen großen Schluck. »Aber ich bin dafür, dass wir uns das Beste bis zum Schluss aufsparen.«

Es war lange nach Mitternacht, als Mattis ihn wieder zu Hause absetzte. Pino hatte bereits geschlossen, alle Lichter waren aus.

»Was meinst du, wie lange wirst du brauchen?«, fragte Niklas zum Abschied.

»Was ist heute für ein Tag?«

Niklas sah auf sein Handy. »Donnerstag inzwischen.«

»Ich melde mich am Wochenende. Grüß mir deinen Kerl!«

Dann fuhr er davon.

In der Wohnung wurde Niklas von Dunkelheit und grässlicher Stille empfangen. Nur das Brummen des Kühlschranks war aus der Küche zu hören. Wahrscheinlich schlief Oliver schon, doch er musste ihn wecken und die gute Nachricht überbringen: Bald kehrten die Kinder zu ihnen zurück. Oliver würde hoffentlich zur Vernunft kommen und den Heiratsantrag einfach annehmen.

Niklas beschloss, seinen Freund zu überraschen, und ging zunächst in die Küche, um Schokoladenpudding zu kochen. Es dauerte eine halbe Ewigkeit, bis die ersten Milchbläschen an die Oberfläche stiegen. In der Zwischenzeit versammelte er ein paar Kerzen auf einem Tablett, zündete sie an und stellte schließlich den duftenden Pudding dazu. Dann marschierte er aufgeregt ins Schlafzimmer.

Das Bett war unberührt, aber der Kleiderschrank stand offen. Olivers Lieblingspullover fehlte, einige Hemden und ein Paar Schuhe. Im Badezimmer stand eine Zahnbürste einsam und verlassen im Glas.

Niklas kippte den Schokoladenpudding ins Klo und sah in

den Spiegel, wo ihm ein alter Mann begegnete. Erschrocken löschte er das Licht.

»Was ziehst du denn für ein Gesicht?«, stieß ihn Nadja am nächsten Morgen beim Briefing mit den Kollegen an. Sie trug ein weiträumig ausgeschnittenes Oberteil in Pink, das einen Knutschfleck in derselben Farbe offenbarte, und wirkte unverschämt gutgelaunt. »Hat Oliver aus Versehen deine Grand-Prix-Bänder gelöscht, oder hat unser Lieblingskurier über Nacht eine Latex-Allergie bekommen?«

»Oliver«, sagte Niklas nur und versuchte, sich auf seinen Chef zu konzentrieren, der neue Kunden an Land gezogen hatte. Wittenberg trug weiße Hosen zu teuren dunklen Hemden. Seine vollen schwarzen Locken waren von dunkel- bis hellgrauen Strähnen durchzogen. Es machte keinen Unterschied, ob man ihm im Sommer begegnete oder an einem regnerischen, dunklen Herbsttag – im Haar steckte eine Sonnenbrille, sonst war es nicht Wittenberg.

»Hat er sie mit Absicht gelöscht?«

»Nein.«

»Hättest du vielleicht die Güte, einen Satz zu bilden mit Subjekt und Prädikat? Ein Objekt wäre auch schön.«

»Ich habe Oliver einen Heiratsantrag gemacht, aber er will nicht, und jetzt ist alles vorbei.«

»Störe ich?« Wittenberg hatte seinen Vortrag unterbrochen, und alle Augen waren auf Niklas und Nadja gerichtet.

»Geht es auch ein bisschen weniger melodramatisch?«, flüsterte sie schnell noch.

»Davon verstehst du nichts, du bist eine Frau«, gab Niklas zurück.

Nadja drehte ihm demonstrativ den Rücken zu, und Wittenberg beendete in Ruhe das Briefing. Dann verteilte er Aufträge an die verschiedenen Teams. Unter anderem wollte ein Kölner Autobauer die Markteinführung eines neuen Stadtwagens mit einer Kampagne begleiten, die gezielt Frauen ansprechen sollte; verschiedene Agenturen wurden dafür in den Wettbewerb geschickt, und Niklas sollte den Sieg holen.

Nach ihrem Meeting beeilte er sich in sein Büro zu kommen, doch Nadja verfolgte ihn.

»War ja klar, dass du das Frauenauto kriegst! Wäre auch eine crazy Idee gewesen, die Sache einer Frau zu überlassen!«

Niklas hatte keine Lust, darüber zu reden, und lief einfach weiter.

»Geht's dir jetzt wenigstens besser?«

»Ich schnapp über vor Freude.«

»Dann wirst du wahrscheinlich auch Wittenbergs Nachfolger.«

»Ich hab gerade andere Sorgen, Nadja!«

Sie fasste ihn am Arm und zwang ihn dazu, stehen zu bleiben.

»Wieso willst du Oli überhaupt heiraten? Jetzt wo ihr die Kinder verloren habt …«

»Von verloren kann gar keine Rede sein.«

»Verstehen sie sich nicht mit ihrer neuen Mutter?«

»Nein, ich verstehe mich nicht mit ihrer neuen Mutter.«

Niklas machte sich los und ging weiter, doch Nadja ließ sich nicht abschütteln.

»Darf ich an dieser Stelle nochmal das Thema Hund ins Gespräch bringen?«

»Was sollte ich nochmal nehmen? Einen Mops, richtig?«, entgegnete Niklas sarkastisch.

»Warum fährst du nicht für ein paar Tage weg und erholst dich ein bisschen? Eine Woche Mykonos, und der Kummer ist wie weggeblasen.«

»Aua. Das macht fünf Euro für die Kalauerkasse.«

Nadja grinste, und der Brilli zwischen ihren Zähnen funkelte. »Das war's mir wert.«

13: *Kind im Brunnen*

Niklas war spät dran, als er das kleine Theater endlich erreichte. Am Nachmittag war er beim Friseur gewesen und hatte sich danach mit Mattis getroffen, um das Ergebnis seiner Arbeit zu begutachten. Dort war er schon mit leichter Verspätung losgefahren und hatte dann noch in Köln die richtige Abfahrt verpasst. Er hielt das für ein Zeichen, dass er in dieser Stadt nichts verloren hatte – als ob es dafür noch eines weiteren Beweises bedurft hätte.

Er fuhr nicht zu Evas Premiere, um sich von ihren schauspielerischen Fähigkeiten zu überzeugen. Vielmehr hoffte er, Oliver dort zu treffen, der seit dem missglückten Antrag untergetaucht war. Es gab etwas Wichtiges zu besprechen.

Die Vorstellung hatte schon begonnen, als ihn ein Mitarbeiter des Theaters in den Saal führte und auf den reservierten Platz in der zweiten Reihe deutete. Plüschige Sessel waren in bunten Vierergruppen um kleine Tischchen drapiert. Schon von weitem konnte Niklas seinen Freund an der Mütze erkennen. Ein grünes Modell. Vielleicht ein Zeichen der Hoffnung, dachte Niklas.

Eva steckte sich gerade auf der Bühne eine Zigarette an. Sie trug einen roten Daunenmantel und darunter einen weißen Kapuzenpulli. Von oben rieselte Kunstschnee auf sie herab.

»Und in Bett-lehem habe ich gelernt, was ›gibbet nicht‹ auf Hebräisch heißt.« Sie setzte die Kapuze auf und stellte ihren Fuß auf eine Gießkanne aus rotem Plastik. »Nämlich *lehem*, denn alle Hotels waren ausgebucht, bis aufs letzte Bett.«

Ein Teil des Publikums kicherte. Nur die Zuschauer in der

zweiten Reihe, an denen sich Niklas vorbeiquetschte, machten ein böses Gesicht.

»Ich musste den Jungen dann in einem Stall zur Welt bringen. Jesus, war das ein Dreck!«, schimpfte Eva weiter. »Aber ich konnte mich sowieso nicht mehr rühren. Die letzten Meter musste mich der Esel tragen, weil mir die Füße wehtaten … Klar hat der lamentiert, aber ich hab zu ihm gesagt: Josef, beschwer dich beim Papst! Der hat die Pille verboten. Nicht ich.«

Vor allem die weiblichen Zuschauer quietschten vor Vergnügen. Auch Oliver strahlte, als Niklas den Platz neben ihm erreichte.

»Das ist Mary Christmas«, flüsterte er und deutete stolz auf die Bühne.

»Auf jeden Fall besuche ich jetzt seit fast zweitausend Jahren einmal die Woche Jesu Grab. Aber der Bus nach Jerusalem fährt nur morgens und abends und hält an jeder Oblate!« Ärgerlich drückte Mary Christmas ihre Zigarette an ihrer Gießkanne aus. »Ja, da hätte er sich mal drum kümmern sollen! Aber nein, Jesus musste ja immer die ganzen Behinderten anfassen und so. Ach, es war ein Kreuz mit dem Jungen!«

Unterdrücktes, unentschiedenes Lachen machte die Runde, weil man nicht sicher war, ob man über einen Behindertenwitz lachen durfte – wenn es denn einer war.

»Deine Haare sind schon wieder ab«, flüsterte Oliver vorwurfsvoll und schob seine Hand auf Niklas' Oberschenkel.

Der griff glücklich danach und hielt sie fest. »Ich weiß.«

»Kommst du deshalb so spät?«

»Nein, aber das erzähle ich dir nachher. Es gibt tolle Neuigkeiten.«

»Gleichfalls.«

Die Frau in Rot trat ab, und das Publikum applaudierte.

»Bravo!«, rief Oliver.

Verstohlen musterte Niklas seinen Freund. Es freute ihn, dass er sich so prächtig amüsierte. Aus einer rheinländischen Selbstverständlichkeit heraus würde Oliver das Programm später in den höchsten Tönen loben. Niklas war immer wieder aufs Neue gerührt von der Begeisterungsfähigkeit seines Freundes.

Die folgende Szene spielte in einer Art Kaufmannsladen mit recht homogenem Sortiment: Kondome in allen Größen und Farben. Eva, eine Verkäuferin mit polnischem Akzent und einem T-Shirt mit dem Konterfei des Papstes, klärte das vergnügte Publikum auf, was das Angebot an Rillen, Noppen und sonstigen Widerhaken hergab. Ihr Spielpartner Christoph, der in Gummistiefeln und einem Cordsakko mit viel zu kurzen Ärmeln einen Kunden gab, entschied sich für zwei Modelle und wurde von der Verkäuferin zur Anprobe in eine Kabine geschickt. Nach geraumer Zeit erkundigte sie sich, ob er noch lange brauchte.

»Ich komme!«, lautete die Antwort.

Worauf die Verkäuferin erbost aufsprang und rief: »Wenn Sie die Modelle schmutzig machen, müssen Sie sie bezahlen.«

Auf diesem schlüpfrigen Niveau spielten sich auch die Auftritte weiterer Kunden in der Kondomerie ab. Das Publikum zeigte sich dankbar und belohnte die beiden Comedians mit Szenenapplaus – je tiefer die Schublade, umso höher der Genuss.

Niklas bedauerte, dass er eingeladen war, weil es ihn um das Vergnügen brachte, sein Eintrittsgeld zurückzuverlangen. So wartete er geduldig bis zur Pause. Die letzte Szene gehörte Christoph allein: Er trug eine fiese Hornbrille, hinter deren Gläsern seine Pupillen schwammen wie Quallen in einem Aquarium. Der so unvorteilhaft Bebrillte erschien mit einer klobigen schwarzen Fernbedienung und veranstaltete größeres Aufhebens davon, den Stuhl, den er unter dem Arm trug, auf der Bühne zu platzieren. Anschließend begann er mit Leidensmiene, seine letzten Worte an eine imaginäre Videokamera zu richten. Er las sein Testament flüssig von einem Zettel ab, bis er kurz vor dem Ende ins Stocken geriet.

»Ihr könnt mich mal«, rief er einigen namentlich erwähnten Verwandten zum Abschied zu, stutzte und fügte nach einem hektischen Blick auf sein Manuskript schnell die Worte »... auf dem Friedhof besuchen!« hinzu.

Das Publikum kicherte.

Niklas erstarrte. Er fühlte nach dem Umschlag in seiner Jacke und spürte, wie ihm immer heißer wurde. Nervös öffnete er den obersten Knopf seines Hemdes und sehnte die Pause herbei.

Der Selbstmord-Kandidat war nach seinem Patzer gezwungen, mit der Aufnahme von vorne zu beginnen, doch dem armen Tropf kam kein Satz mehr wie geplant über die Lippen. Immer wieder musste er von neuem beginnen, er produzierte Versprecher an Versprecher, die den Sinn seiner Worte ins Groteske zogen, vor allem, als er versuchte, seinen Nachlass zu regeln, der im Wesentlichen aus einer seltenen Sammlung von Kreuzschlitzschrauben und Knebelknöpfen bestand. Leider war er mit diesen Zungenbrechern restlos überfordert, und so brach er schließlich in einen Lachanfall aus, von dem nicht sofort klar war, ob der zur Rolle gehörte oder ob Christoph gerade aus derselben gefallen war. Die Zuschauer jedenfalls hatten ihren Spaß und giggelten lauthals mit. Geschüttelt von Lachkrämpfen rief er, dass er jetzt dringend eine Pause brauchte, und torkelte von der Bühne.

Nach kurzem Blackout, in dem begeisterter Beifall losbrach, erstrahlte das Saallicht, und Menschen mit vergnügten Gesichtern beeilten sich, an die Bar oder auf die Toilette zu gelangen. Oliver blieb sitzen, um den ersten Ansturm abzuwarten, doch Niklas hielt es nicht auf seinem Stuhl. Er war unruhig und wollte etwas trinken.

»Sollen wir nicht warten, bis Eva rauskommt?«, schlug Oliver vor.

Niklas hielt es nicht für wahrscheinlich, dass sie sich in der Pause zeigte. Außerdem zog er es vor, mit seinem Freund alleine zu reden.

»Du wolltest mir was erzählen.«

Oliver grinste. »Du zuerst.«

Niklas zog ihn an einen Stehtisch, der etwas abseits stand. Während die anderen Gäste in den Innenhof strömten, um den warmen Juniabend zu genießen, überreichte Niklas seinem Freund den Briefumschlag.

»Was ist das?«

»Es ist unsere letzte Chance!«

Gespannt beobachtete er Oliver beim Lesen.

Hiermit verfüge ich, Inken Bayer, geb. Tiedemann, dass meine Kinder Charlotte und Hannes Bayer nach meinem Tod in die Obhut meines Bruders Niklas Tiedemann kommen. Auf gar keinen Fall wünsche ich, dass sie in die Hände meines Ex-Mannes Wolfram Bayer gelangen. Das wenige »Vermögen«, das ich besitze, und alle Wertsachen gehen auf meine Kinder über; bis zu deren 18. Geburtstag soll es mein Bruder gemeinsam mit meiner Mutter Magda Tiedemann verwalten.
Inken Bayer

Mechanisch faltete Oliver das Testament zusammen und gab es wortlos zurück. Dann ging er zur Bar und orderte ein Bier. Niklas folgte ihm.

»Und?«

»Wo hast du das her?«

»Die offizielle Version lautet: Man hat es erst jetzt beim Großreinemachen gefunden. Es hatte sich unter der Schublade des Nachtschranks verfangen. Wie klingt das?«

Oliver bestellte ein zweites Bier.

»Eva spielt das jetzt ungefähr ein halbes Jahr lang. Danach hätte sie noch drei Monate.«

»Wofür?« Niklas verstand nicht, worauf Oliver hinauswollte.

»Ich will das jetzt mit Eva machen. Bist du dabei?«

Der Barmann reichte ihm ein Bier, das Oliver an Niklas weitergab. Doch der trank nicht.

»Das?«

»Das Kind. Eva hat mir auch angeboten, bei ihr wohnen zu bleiben.«

Niklas stellte das Bier zurück. »Hast du das Testament nicht gelesen? Wir werden Hannes und Lotte zurückholen.«

»Ohne mich, Nik. Du hast gehört, wie lange so was dauert. Und am Ende ist nicht mal klar, ob du gewinnst.«

Das Pausenzeichen ertönte. Die ersten Leute kehrten auf ihre Plätze zurück. Niklas wusste schon, dass er den zweiten Teil des Programms nicht erleben würde.

»Ich muss es versuchen.«

Oliver rutschte von seinem Barhocker. »Dann musst du es leider ohne mich versuchen.«

»Soll das heißen, das war's dann?«

Oliver drehte sich noch einmal um. Der Ausdruck seiner blauen Augen ließ sich nur vage erahnen, weil sie im Schatten seiner Schirmmütze lagen. Dann lächelte er, scheu wie ein kleiner Junge, und kehrte zurück auf seinen Platz.

»Sapperlot!« Tita Parese schob Niklas unter einen Treppenvorsprung. Er hatte die Anwältin nach einer Verhandlung bei Gericht abgefangen, weil sich ihre Vorzimmerdame weigerte, ihm einen Termin vor Monatsfrist zu geben. Aber so lange konnte er nicht warten.

Ihre großen Hände umfassten das Testament, wendeten es mal in diese, mal in jene Richtung; dann hielt sie es gegen das Licht. Sie trug einen dunkelgrünen Hosenanzug mit zu kurzen Ärmeln, was ihre koboldhafte Erscheinung unterstrich.

»Sie geben nicht auf, was.« In ihrer spitzen Stimme klang leise Anerkennung mit.

»Ich habe einen eindeutigen Auftrag meiner Schwester.«

Tita Parese studierte jeden Buchstaben, als verberge sich dahinter eine geheime Botschaft, mit unsichtbarer Tinte verfasst.

»Verstehen Sie mich nicht falsch, Herr Tiedemann, aber warum haben Sie die schriftliche Verfügung Ihrer Schwester bei Ihrem letzten Besuch nicht erwähnt?«

»Ganz einfach: Da hatte ich sie noch nicht.«

Er folgte der Anwältin in den Keller, wo sich die Kantine befand. Es war Mittagszeit, und das halbe Gericht schlug sich hier den Bauch voll. Manche studierten nebenbei Akten, andere lasen Zeitung. Ein Boulevardblatt berichtete in großen Lettern über den Tod eines bayrischen Kleinkindes, das von seiner Mutter und ihrem Lebensgefährten so lange mit Rotkohl überfüttert wurde, bis es starb. Niklas verging der Appetit.

Tita Parese versammelte ein großes Glas Schokoladenpudding mit Sahne und einer Flasche Kakao auf ihrem Tablett. Ihr Mandant folgte mit einem Kaffee und bestand darauf, die Rechnung zu begleichen.

»Können Sie sich vorstellen, Herr Tiedemann, dass mich das

plötzliche Auftauchen eines so entscheidenden Dokuments überrascht?«

Sie nahmen Platz, und die Anwältin begann ihr Dessertglas auszulöffeln.

»Sicher nicht mehr, als es mich überrascht hat.« Für den Bruchteil einer Sekunde fragte sich Niklas, ob sein Gegenüber selber Kinder hatte. Doch im selben Moment schien ihm die Frage völlig abwegig: Konnten sich Kobolde überhaupt fortpflanzen?

»Ich glaube, Sie verstehen mich nicht«, sagte sie mit vollem Mund. »Die Frage ist: Kann ich Ihnen vertrauen?«

Niklas schob den Kaffee beiseite und fegte ein paar Krümel von der blau-weiß karierten Tischdecke. Dann zog er Inkens Tagebuch hervor und platzierte es feierlich in der Mitte des Tisches.

»Das hatte meine Schwester im Krankenhaus mit dabei. Vergleichen Sie die Schrift, und Ihre Frage ist beantwortet.«

Tita Parese wischte sich einen Rest Schokopudding aus dem Mundwinkel, dann faltete sie ihre großen Hände und stützte ihr Kinn darauf.

»Mag sein, dass ich pathetisch klinge«, fuhr Niklas fort. »Alles, was ich will, ist Gerechtigkeit. Der Ex-Mann meiner Schwester hat diese Kinder nicht verdient. Ihn verbindet nichts mit den beiden außer ein paar Tropfen Körperflüssigkeit, die er verloren hat, als er vor ein paar Jahren in meiner Schwester steckte. Und jetzt sind die Kinder den ganzen Tag lang in der Obhut einer völlig fremden Frau, zu der sie noch weniger Bezug haben. Sie unterbindet sogar den Kontakt zu uns!«

»Eines muss Ihnen klar sein, wenn wir vor Gericht ziehen: Die Gerechtigkeit – oder das, was Sie darunter verstehen – hat mit dem Aufkommen meines Berufsstandes durchaus ein wenig gelitten.«

Die Anwältin sprach leise, fast gurrend, und strich mit den Fingerspitzen über den Deckel des Tagebuchs.

»Das Ganze ist nur ein Spiel, und es geht um die Frage: Wer hat die meisten Trümpfe?« Sie durchblätterte die ersten Seiten, als handelte es sich um ein Daumenkino.

»Und?«

Der Kobold lächelte und fächerte sich mit dem Testament Luft zu. »Ich spiele ungern mit gezinkten Karten, Herr Tiedemann.«

Niklas setzte sein Pokerface auf. »Ein gutes Gefühl, wenn einem die eigene Anwältin vertraut.«

Sie musterte ihn einen Moment lang. Dann wanderten Tagebuch und Testament zusammen mit dem Kakao in ihre Aktentasche. Schließlich erhob sich Tita Parese. »Ich warne Sie vor zu großen Hoffnungen. Inge hat Ihnen vielleicht die Vormundschaft übertragen, nicht das Sorgerecht.«

»Ihr Name war Inken.« Niklas folgte dem Kobold, der mit kleinen schnellen Schritten und wehender Robe das Gerichtsgebäude verließ. »Aber was bringt mir so eine Vormundschaft?«

»Ein Vormund oder Tutor, wie man früher dazu sagte, ist der gesetzliche Vertreter der Eltern, entweder weil sie tot sind oder sich tot stellen, sprich: Sie wollen mit dem kleinen süßen Fratz nichts zu tun haben.«

Tita Parese winkte ein Taxi heran. »Nun leben sie aber bei ihrem Vater, man könnte sagen, das Kind ist bereits in den Brunnen gefallen. Niemand wird die kleinen Pflänzchen schon wieder umtopfen wollen.«

»Was ist mit dem Kreidekreis, von dem Sie uns erzählt haben? Ich habe losgelassen, als Wolframs Frau anfing zu zerren.«

»Brecht hat große Literatur verfasst, Herr Tiedemann. Aber leider nicht das BGB.«

Ein Taxi fuhr heran, und Niklas hielt Tita Parese die Beifahrertür auf.

»Sind Sie auf meiner Seite?«, fragte er zum Abschied.

»Warten wir den Schriftvergleich ab. Ich melde mich bei Ihnen.«

Dann kletterte sie durch die Hintertür und versank im großen ledernen Rücksitz.

14: *Freunde und Helfer*

Einsam blinkte der Cursor vorm weißen Hintergrund. Niklas hatte die Schlagzahl mit seiner Armbanduhr abgeglichen, weil er den schwarzen Balken in Verdacht hatte, ein verkappter Sekundenanzeiger zu sein, und musste feststellen, dass der Cursor langsamer war. Er zeigte sich nur 57-mal pro Minute.

Sein Gehirn war leer. Oder vielmehr war es voll, übervoll, nur mit den falschen Gedanken. Er vermisste die Kinder, und seit einer Woche schon ließ ihn seine Anwältin zappeln. Damit ließ sich umgehen, solange er aktiv etwas unternahm, das ihn seinem Ziel näher brachte. Die Kampagne für den Frauenversteher aber, wie der zu bewerbende Kleinwagen in der Agentur abfällig genannt wurde, lenkte ihn nicht einmal ab.

Unter dem Motto *Der erste Frauenversteher auf vier Rädern: Ein Auto zum Verlieben* hatte er verschiedene Motive geplant, die eine junge Frau zusammen mit ihrem Freund dem Kleinwagen mal im Bett, mal in der Disko oder im Autokino zeigte. Der Urlaub am Meer war sein Lieblingsmotiv, weil Niklas hier zugleich gelungen war, die Sparsamkeit des Autos herauszuarbeiten. Während die Frau sich an der Strandbar einen leckeren Cocktail gönnte, sagte sie zu einer Bikini-Schönheit: *Und das Tolle an ihm: Er trinkt fast nie.*

Am Wochenende hatte Oliver seine Sachen abgeholt; nun erinnerte nur noch das Klingelschild an ihn. Niklas brachte es nicht übers Herz, den Namen ›Heinze‹ zu streichen. Er vermisste seinen Freund, aber sein Stolz ließ es nicht zu, erneuten Kontakt aufzunehmen.

Frustriert rief er in Nadjas Büro an und ließ sich Schweinereien von ihrem aktuellen Freund erzählen, aber ihre Geschichten von Fesselspielen, Federn und Franzosen deprimierten ihn noch mehr. Er versuchte Jay kommen zu lassen, unter irgendeinem Vorwand, damit er ihn vom Fenster aus beobachten konnte, wie er in seinen engen Latexhosen aufs Fahrrad stieg, aber der Kurier hatte gerade am anderen Ende der Stadt zu tun.

Niklas schaltete den Computer aus und beschloss, für heute Feierabend zu machen. Eine Stunde später überfuhr er die Düsseldorfer Stadtgrenze Richtung Mettmann. Er hatte Überraschungen für die Kinder dabei. Das Paket für Hannes war aufwendig verpackt und lag neben ihm auf dem Fahrersitz. Lottes Geschenk saß im Fond des Autos und wackelte mit dem Kopf zur Musik, die aus den Lautsprechern kam, eine Art japanischer Punkrock. Mit einem fordernden »Spiel das mal!« hatte ihm Maki die CD in die Hand gedrückt, nachdem sie es sich auf dem Rücksitz bequem gemacht hatte; den Platz an seiner Seite hatte er ihr nur mit viel Überzeugungsarbeit ausreden können. Nach einer halben Stunde akustischer Folter mittels nervtötender Gitarren und leierndem Gesang – Musik, die den stärksten Neandertaler umgehauen hätte – war Niklas froh, als sie am Ziel waren. Er parkte den Wagen in einer Seitenstraße und ging mit Lottes Freundin noch einmal den Plan durch, um sicherzugehen, dass sie ihre Rolle verstanden hatte.

»Bin ja nicht blöde!«, stöhnte sie und blies unter ihren blondierten Pony.

»Hast du sie dabei?«

Die kleine Japanerin klopfte auf ihre Hosentasche und erhielt eine metallisch klickende Antwort.

»Sollen wir's nochmal üben?«

»Ich schaff das schon.«

»Auf in den Kampf!«

Es war ein wenig voreilig von Petra, den Türöffner zu betätigen, ohne eine namentliche Identifikation der Besucher zu verlangen. Die Wohnungstür stand offen, als sie oben ankamen. Niklas glaubte schon, leichtes Spiel zu haben, als die Neandertalerin vor ihrer Höhle auftauchte.

»Du gibst wohl nie auf.« Mit verschränkten Armen baute sie sich in der Tür auf. Vor lauter Erstaunen hatte sie vergessen, ihr falsches Lächeln aufzusetzen.

»Keine Angst, ich fahre gleich wieder. Aber ich habe Lottes beste Freundin mitgebracht.« Er deutete auf Maki, die sich wie verabredet ein kleines Stück hinter ihm hielt. »Ich dachte, die Kleine würde sich vielleicht über einen Besuch freuen.«

Petra holte tief Luft, als wollte sie die Besucher in die Flucht brüllen, ein zigtausend Jahre alter Reflex, mit dem sich die Neandertaler der Angriffe wilder Tiere erwehrt hatten. Stattdessen schnaufte sie, ging etwas in die Knie und streckte ihre Hand zum Gruß aus.

»Hallo, junges Fräulein! Ich bin die Petra.« Ihr falsches Lächeln legte das gesamte Gesicht in unschöne Falten.

Das junge Fräulein näherte sich zunächst mit kleinen Schritten. Als Maki dann unmittelbar vor ihr stand, schlug sie einen Haken und verschwand durch die angelehnte Wohnungstür.

»Charlie!!! Wo bist du?«

»Ganz. Große. Klasse.« Petras Mund wurde so spitz, dass kaum noch Lippen zu erkennen waren.

Niklas warf demonstrativ seine Hände in die Luft. Er hatte niemanden gegen seinen Willen angefasst, hatte keine verbotenen Schwellen übertreten und würde dies auch nicht tun, es sei denn, man bäte ihn darum. So blieb er an seinem Platz, während die Neandertalerin dem kleinen japanischen Marder hinterherjagte.

»Die Chinesin sagt, du hast den Schlüssel«, sagte sie bei ihrer Rückkehr.

»Sie kommt nicht aus China.«

»Dann eben Vietnam.«

»Kalt.«

»Korea!« Petra sagte es wie ein Schimpfwort.

»Süden oder Norden?«

»Der Schlüssel, Niklas!«

Er tastete unschuldig seine Hosen ab. Dabei vergaß er auch die Gesäßtaschen nicht und zog schließlich einen kleinen silbernen Schlüssel hervor. Petra wollte danach greifen, doch er war schneller.

»Wollen wir mal sehen, ob er passt?«

Petra schnaufte ihr Schnaufen. Dann trat sie ein Stück zurück und winkte ihn in ihre Höhle.

Niklas versuchte, sich beim Eintreten einen schnellen Überblick zu verschaffen. Das Neandertalerheim war ohne viel Geschmack eingerichtet. Überall wimmelte es von einfachen Kiefernregalen. Aus dem Wohnzimmer strahlte ihn ein blaues Sofa an, das vielleicht ein wenig zu breit war für den schlauchförmig geschnittenen Raum. Immerhin waren die Wände frei von Wischtechnik.

Es war auffallend frisch in der Wohnung, fast ein wenig kühl, und Niklas zog den Reißverschluss seiner Jacke etwas höher.

»Ist Ihre Heizung ausgefallen?«

Die Wohnung war etwas kleiner als seine, aber sie wirkte durchaus sauber und aufgeräumt. In der Garderobe standen diverse Schuhpaare ordentlich in einer Reihe, auf der Hutablage lag ein schwarz eingebundenes Gesangbuch mit goldener Kordel.

Niklas fand die Mädchen im Kinderzimmer. Sie saßen grinsend neben einem Stockbett aus einfachem Holz und versuchten, Luzie der Zweiten einen Bikini überzuziehen, ohne ihr die letzten Haare auszureißen. Das gestaltete sich jedoch schwierig, da Lotte durch ein paar Handschellen an Maki gekettet war.

»Eine Verkettung unglücklicher Umstände!« Niklas zwinkerte Maki zu, dann wandte er sich wieder an Petra.

»Es ist kalt hier!«

Mit einem dumpfen Knall schloss sie das Fenster. Niklas setzte sich zu den giggelnden Mädchen und ergriff Lottes freie Hand. »Wo steckt eigentlich dein Bruder?«

»Er ist bei den Nachbarn spielen«, erklärte Lotte.

»Warum bist du nicht mitgegangen?«, wollte Niklas wissen. Die Kleine zuckte mit den Schultern.

»Stimmt ja!« Er schlug sich vor die Stirn. »Du bist an Maki gefesselt.«

Lotte kicherte wieder.

»Okay, Vorstellung beendet. Kannst du die jetzt bitte aufschließen?!« Wütend zerrte die Neandertalerin an den Handschellen, bis Lottes Freundin sie daran erinnerte, dass ihre Hände noch drinsteckten.

»Soll ich?« Niklas fragte Lotte zuerst. Die schien sich nicht ganz sicher zu sein, ob sie sich gegen Petra stellen sollte. Also blinzelte er Maki zu.

»Erst, wenn sie verspricht, dass wir uns häufiger sehen können. Das ist doch voll Scheiße so«, sagte der kleine Sonnenschein.

»Ja!!!« Lotte hatte das Spiel offenbar verstanden.

»Was soll man machen?«, sagte Niklas. »Die Kinder hängen aneinander.«

Wolframs Frau zog ein Gesicht, als würde sie ihn am liebsten an die Mädchen ketten und das ganze Paket im Rhein ertränken. Doch schließlich willigte sie ein, Lotte einmal die

Woche zu ihrer Freundin zu lassen. Nach dieser Zusage händigte Niklas der Neandertalerin die Schlüssel aus.

Bevor er sich verabschiedete, deutete er auf das Geschenk, das er Hannes zu seinem bevorstehenden sechsten Geburtstag mitgebracht hatte.

»Nicht noch eine Piratenburg!«, stöhnte Petra und holte ein identisch großes Paket aus dem Schrank.

Verblüfft sah Niklas zu Lotte.

»Das hat Oli gestern geschickt!«, erklärte das Kind strahlend.

Niklas trottete enttäuscht die Stufen hinab. Kaum hatte er den Vorgarten betreten, als über ihm ein Fenster geöffnet wurde, in dem Petras hochroter Kopf erschien.

»Wenn du dich noch einmal hierher wagst, hole ich die Polizei!«

Niklas setzte nie wieder einen Fuß in ihre Höhle, denn nach ein paar Tagen erhielt er einen Anruf seiner Mutter, die sich etwas umständlich nach seinem Arbeitspensum erkundigte und für ihre Verhältnisse ein sehr starkes Interesse an einem Auftrag äußerte, den die Agentur durch eine Ausschreibung der Landesregierung erhalten hatte. Bis Niklas nach dem eigentlichen Grund ihres Anrufs fragte und erfuhr, dass Petra sie gebeten hatte, die Kinder, die sie heute eigentlich nur zum mittäglichen Abfüttern bei ihrer Großmutter parkte, noch etwas länger zu hüten: Ihr Auto sprang nicht an.

»Normalerweise ist das überhaupt kein Problem, aber ich muss noch zwei Kleider ändern, und da kann ich es nicht gut haben, wenn mir ständig jemand zwischen den Füßen herumwuselt.« Im Hintergrund ratterte ihre Nähmaschine. »Und wenn ich nachher zum Kunden fahre, kann ich sie schlecht mitnehmen.«

»Hast du das Petra auch gesagt?«

»Ihr Auto ist kaputt, Niklas.«

Niklas betrachtete die Mappen auf seinem Schreibtisch. Berge von Arbeit lagen vor ihm. Das Land erwartete einen ersten Entwurf bis Ende der Woche, und um fünf kamen die Kölner, wegen des Frauenautos. Er konnte unmöglich weg.

»Ich bin in einer halben Stunde bei dir.«

Zehn Minuten später verschloss er sein Büro und schlich aus der Agentur, gerade als Jay sein Fahrrad vor dem Haus abstellte. Im Rückspiegel beobachtete er, wie der Kurier mit seinen strammen Waden die Stufen hinaufsprang, und Niklas versuchte, sich den Anblick so gut wie möglich einzuprägen.

Als Niklas die letzten Stufen des Treppenhauses erklomm, drang aus der Wohnung bereits das Rattern der Nähmaschine und wildes Kindergeheul. Lotte stand pfeifend in der Tür, das Lied vom schlechten Gewissen.

»Habt ihr euch gestritten?«, fragte er und machte sich auf die Suche nach ihrem Bruder. Die halb offene Wohnzimmertür gewährte einen Blick auf seine Mutter, die hinter ihrer Maschine saß und wie eine Wahnsinnige das Pedal trat.

»Hannes hat mich an den Haaren gezogen!«, klagte Lotte und führte ihn ins Schlafzimmer. Ihr Bruder lag bäuchlings auf dem Bett und schluchzte. Im Arm hielt er Luzie, die seine Schwester ihm zum Trost überlassen hatte.

»Und? Woran hast du ihn gezogen?« Niklas nahm den Kleinen auf den Arm und wischte seine Tränen fort. Lotte fand, es war an der Zeit, ihre Lieblingsluzie wieder in ihren Besitz zu bringen, und riss die Puppe an sich.

»Nichts«, sagte sie, grammatikalisch nicht ganz korrekt, und auch ihr gewollt argloser Tonfall strafte sie Lügen.

»Warum tut ihr euch gegenseitig weh?«

»Oliver und du, ihr habt euch doch auch geschlagen.«

Niklas seufzte. Man konnte dem Kind nichts vormachen; es war gescheiter als ihre Lügen. So beschloss er, das Thema zu wechseln, und schlug vor, einen Ausflug zu unternehmen.

»Kommt Oli auch?«, fragte Hannes, der sich wieder beruhigt hatte.

»Wir … können ihn ja mal anrufen.« Er brachte es nicht übers Herz, den Kindern von ihrer Trennung zu berichten.

»Geil!«, jubelte Lotte lauthals, und Niklas bereute schon, sich für die Wiederaufnahme der Beziehungen mit Maki eingesetzt zu haben.

Von den Beinen seiner Mutter fiel meterlange weiße Seide, die sich bei näherem Betrachten als Brautkleid entpuppte, dessen Trägerin sich zwischen Spitzen und Pailletten offenbar nicht hatte entscheiden können. Das Haar, sonst streng gescheitelt, hing ihr wild in die Stirn; die Brille, die sie nur zum Lesen und Arbeiten benutzte, thronte auf ihrer Nasenspitze und drohte jeden Moment herunterzurutschen.

Wie Niklas sie da sitzen sah, umringt von den Kindern, die voller Neugier ihre Arbeit bestaunten, vor sich die Jahrzehnte alte Nähmaschine, mit der sie damals aus Hamburg geflohen waren und mittels derer sie die Kinder durchgebracht hatte, bis sie einen richtigen Job in einer Schneiderei gefunden hatte, beschlich ihn ein wehmütiges Gefühl. Hannes und Lotte – das waren er und Inken. Bitterlich hatten sie sich manches Mal darüber beklagt, dass die Mutter noch nach Feierabend zu Hause an diesem merkwürdig ratternden Ding saß, anstatt mit ihnen zu spielen oder etwas aus einem Buch vorzulesen. Dass diese Maschine sie ernährte, hatten sie lange nicht begriffen.

Frau Tiedemann erschrak, als sie plötzlich seine Hand auf ihrer Schulter spürte. Sie steckte sich die Brille ins zerzauste

Haar und ermahnte ihren Sohn, nicht auf den Stoff zu treten.

»Ich ziehe mit Hannes und Lotte ein bisschen um die Häuser, dann hast du hier deine Ruhe.«

»Fahrt nicht zu weit weg, falls Petra sich meldet.« Dann trat sie wieder in die Pedale.

»Du erreichst mich auf dem Handy.«

Seine Mutter nickte abwesend. Sie unterbrach ihre Arbeit erneut und suchte mit ärgerlichen Blicken den Tisch ab, an dem sie saß.

»Wo ist denn diese verdammte Brille schon wieder?«, schimpfte sie, aber als sie sich seitlich über den Boden beugte, wo sie ihre Sehhilfe vermutete, rutschte diese ihr vom Kopf. Hannes und Lotte kicherten, doch Frau Tiedemann zog die Brille schnell wieder auf und funkelte die Kinder böse durch ihre dicken Gläser an.

»Was steht ihr noch hier herum und haltet Maulaffen feil? Ich dachte, ihr wolltet was mit eurem Onkel unternehmen! Na los!«

Im Auto wählte Niklas Olivers Nummer und bat die Kinder, leise zu sein; er wollte ihn überraschen. Lotte und Hannes hielten einander den Mund zu und begannen zu kichern.

Zunächst war Oliver nicht sonderlich erbaut von der Idee eines spontanen Treffens. »Ich weiß nicht. Deine Überraschungen machen mir neuerdings Angst.«

»Heute ist es anders«, versprach Niklas und drängelte so lange, bis Oliver sich ergab und einem Treffen im Café zustimmte. Niklas legte auf und gab seinen kleinen Beifahrern das Zeichen loszujubeln.

Er hoffte, dass Oliver das Wiedersehen mit den Kindern vor Augen führte, dass er einen Fehler begangen hatte; vielleicht würde er dann auch zu ihm zurückkehren und mit ihm für das

Sorgerecht kämpfen. Vor lauter Aufregung konnte es Niklas gar nicht erwarten und nahm erschrocken den Fuß vom Gas, als er feststellte, dass die Tachonadel mit der 200 flirtete.

Er reihte sich hinter einem LKW ein und überzeugte sich im Rückspiegel, dass die Kinder nichts bemerkt hatten.

Lotte bohrte in der Nase, und Hannes lehnte mit dem Kopf am Fenster.

»Et Schönste, wat m'r han, es unser Veedel«, sang er leise vor sich hin.

»Wie läuft es eigentlich beim Ballett?«, erkundigte sich Niklas bei Lotte, die erschrocken den Finger aus der Nase zog. »Oder macht dein Bein da noch nicht mit?«

Das Mädchen zuckte mit den Schultern.

»Macht es dir keinen Spaß mehr?«

Lotte rümpfte die Nase. »Ich geh da nicht mehr hin.«

»Es scheitert hoffentlich nicht am Geld! Ich bezahle das natürlich weiter. Und wenn die Neander... Wenn deine Stiefmutter dich da nicht hinfahren will, mache ich das gerne.«

Traurig ließ das Mädchen den Kopf hängen.

»Willst du es dir nicht nochmal überlegen?«

»Petra sagt, Ballett bricht kleinen Kindern den Rücken.«

»Ich fürchte, ich muss mal ein ernstes Wort mit dieser Frau reden.«

»Nicht schon wieder streiten, bitte!«

Den Rest der Fahrt verbrachten sie schweigend. Niklas verließ die Autobahn und konzentrierte sich auf den Weg. Zu seinem Erstaunen fand er ganz ohne Probleme zu ihrem Treffpunkt und wertete dies als gutes Omen.

Im Café angekommen, bestellten sie Eis und Kuchen. Niklas bekam keinen Bissen hinunter, doch Hannes schmetterte mit vollem Mund seinen alten Karnevalsschlager, und Lotte fuhr ihn genervt an, er möge endlich damit aufhören.

Oliver erschien nicht zur verabredeten Zeit. Auch nicht zehn Minuten später, wie es seine Art war. Hannes hörte auf zu singen. Nach einer halben Stunde begann Lotte zu quengeln; Eis und Kuchen waren längst verputzt. Niklas rief seinen Ex-Freund erneut an, doch der ging nicht dran. Als eine geschlagene Stunde vorüber war, wusste Niklas nicht mehr, welche Ausflüchte er erfinden sollte, und verlangte die Rechnung.

Auf dem Weg zum Auto entdeckte Lotte ein Kino, in dem ein alter Pippi-Langstrumpf-Film lief. Gemeinsam mit Hannes schlug sie so lange Krach, bis Niklas, ohnehin nicht in bester Verfassung, nachgab. Die Vorstellung begann um 14 Uhr 30, bis zum Termin in der Agentur würde er es rechtzeitig schaffen. Also verbrachten sie die nächsten anderthalb Stunden gemeinsam im Taka-Tuka-Land, aber dennoch sah jeder seinen ganz eigenen Film. Voller Wehmut erinnerte sich Niklas, dass er als Kind in Annikas Bruder verliebt war, und fragte sich, ob er heute zufriedener wäre, wenn er damals seinen geheimen Plan ausgeführt hätte und nach Schweden ausgerissen wäre, um Tommy zu heiraten. Lotte dagegen gefiel sich in der Vorstellung, eines Tages ihrem Idol nacheifernd mit Affe und Pferd in einem Haus zu wohnen und nach Belieben mit Heißluftballons in den Urlaub zu fliegen, während Hannes wie wild Popcorn in sich hineinschaufelte und gegen Piraten-Boss Blutfehde und seine Mannen pöbelte.

Niklas lehnte sich unauffällig zu Lotte herüber, um zu erfahren, was der Grund für die plötzliche Verstimmung sein mochte.

»Hannes sagt, Piraten sind langweilig und doof«, flüsterte Lotte.

Ungläubig betrachtete er den Jungen und schüttelte den Kopf. Eher noch hätte man ihm weismachen können, dass

Oliver aufgehört hatte, Karneval zu feiern. Sein halbes Leben lang waren die Piraten für Hannes eine Art Religion gewesen, aber kaum lebte er ein paar Wochen bei seinem biologischen Vater, hatte er seinen Glauben verloren.

Niklas nahm sich vor, noch intensiver daran zu arbeiten, die Kinder zurückzuholen. Er durfte sich nicht mehr so einfach von Petra abwimmeln lassen.

Beim Verlassen des Kinos schaltete er sein Handy wieder ein, und vermutete zunächst nichts Böses, als ihm die Hüterin der Mailbox mitteilte, dass man in den vergangenen zwei Stunden 13-mal versucht hätte, Kontakt mit ihm aufzunehmen. Zunächst vermutete er Oliver dahinter, doch schon die ersten beiden Anrufe kamen aus der Agentur, von Nachrichten hatte man abgesehen. Dann folgte die Stimme von Frau Tiedemann.

»Niklas …? Niklas …! Petra hat gerade angerufen. Sie ist in einer Viertelstunde hier. Wo seid ihr denn bloß?«

Als Nächstes hatte sich Nadja verewigt. Sie flüsterte, dass man sie kaum verstand.

»Wittenberg hat nach dir gefragt. Es geht um das Meeting mit den Kölnern, die sind offenbar von 15 Uhr ausgegangen statt von fünf. Vielleicht kannst du es ja noch einrichten … Ich mache dann auch gleich Feierabend, der Franzose wartet. Adieu mit ö.«

Der nächste Anrufer sprach ungleich lauter.

»MANN, TIEDEMANN! ES IST ZWANZIG NACH DREI! WIR SITZEN HIER OHNE SIE! WAS BILDEN SIE SICH EIGENTLICH EIN? ICH WILL SIE MORGEN FRÜH IN MEINEM BÜRO SEHEN! PUNKT NEUN! ENDE DER DURCHSAGE!«

»Wer war das?«, fragte Lotte, die das Geschrei problemlos hatte mithören können.

»Nur mein Boss.« Niklas scheuchte die Kinder zum Auto,

während er weiter seine Mobilbox abhörte, die ihm nun wieder die verzweifelte Stimme seiner Mutter vorspielte.

»Niklas, komm bitte nach Hause! Ich weiß nicht mehr, was ich Petra noch alles erzählen soll. Meldet euch bitte … hörst du?«

Auch hinter den nächsten Anrufern vermutete er seine Mutter, obwohl sie keine Nachricht hinterlassen, sondern noch kurz nach dem Signalton in die Leitung gehorcht und resigniert aufgelegt hatte. Dann meldete sich die Stimme von Mattis.

»Hey, Alter! Hat sich deine Anwältin wegen des Testaments schon gemeldet? Ich habe irgendwie kein gutes Gefühl bei der Sache. Es muss doch noch einen anderen Weg …«

Wütend legte Niklas auf und befahl den Kindern die Augen zu schließen. Dann raste er durch die Stadt, wobei er dunkelorange Ampeln großzügig als hellgrün interpretierte. Er jagte über die Autobahn und kam um fünf vor fünf atemlos in der Agentur an. Fräulein Schwarzkopf teilte ihm mit, dass die Kölner bereits verschwunden waren, ebenso wie Wittenberg. Dann wandte sie sich entzückt an die Kinder und holte ihnen Schokoladenkekse aus der Küche.

Bevor Niklas die Sekretärin darüber informieren konnte, dass die Kinder für heute genug Süßigkeiten genascht hatten, klingelte schon wieder sein Telefon.

»Eins kann ich dir versprechen«, sagte seine Mutter. »Das gibt Ärger. Ich verstehe dich nicht.«

Dann polterte Petra heran und riss ihr den Hörer aus der Hand. »Hast du ihn erreicht …? Niklas? Niklas, kannst du mich hören? … Jetzt ist der Spaß vorbei. Die Polizei muss jeden Moment hier eintreffen. Dann gnade dir Gott!«

»Scheiße!«, entfuhr es ihm, als er das Handy ausstellte.

In diesem Moment übergab sich Hannes direkt vor Fräulein

Schwarzkopfs Füße. Die Kekse, die er in jeder Hand zahlreich gebunkert hatte, ließ er dabei nicht los.

»Scheiße!«, fluchte Niklas wieder und nahm den Jungen auf den Arm.

»Scheiße sagen nur Leute, die an der roten Ampel Windschutzscheiben putzen wollen«, informierte Lotte ihn.

»Das ist eine Ausnahme!«

Als er endlich das Haus seiner Mutter erreichte, stand Petra auf dem Bürgersteig und redete wild gestikulierend auf zwei Uniformierte ein. Wolfram in seinem roten Seidenblouson hielt sich etwas abseits, wie ein Anhalter, den die Neandertalerin unterwegs an der Bergischen Landstraße aufgegabelt hatte und den das alles nichts anging.

Lotte lief direkt zu ihrem Vater, während sich Hannes, noch etwas wackelig auf den Beinen, an Niklas hielt.

»Sind Sie Niklas Tiedemann?«, fragte ein Beamter mit bläulich-roter Säufernase.

»Gibt es ein Problem?«, fragte Niklas ruhig.

Petra schnaufte und presste ihre Hände in die Hüfte, sodass ihre Ellenbogen sie seitlich überholten. Der Polizist mit der unansehnlichen Nase zog ein ernstes, aber nicht unfreundliches Gesicht.

»Gegen Sie liegt eine Anzeige vor.«

Frau Tiedemann schlug vor, sie werde mit Hannes und Lotte im Haus warten. Stattdessen befahl Petra ihrem Mann, die Kinder ins Auto zu bringen.

»Musst du jetzt ins Gefängnis, Niklas?«, erkundigte sich der Junge aufgeregt, und Lotte begann zu weinen, als ihr Vater sie packte und zum Auto schleppte. Sie klebte sofort an der Heckscheibe, um die Szene zu beobachten, von der man sie ausschloss. Mit etwas Verzögerung erschien neben ihr das runde Gesicht ihres Bruders.

Niklas klärte die Beamten über den Verlauf des Nachmittags auf und dass alles nur damit begonnen hatte, dass niemand wusste, wann die Stiefmutter der Kinder die Güte haben würde, sich nach Düsseldorf zu begeben.

»Das Auto sprang nicht an«, rief Petra.

»Kein Wunder, wenn man das Licht anlässt«, ätzte Wolfram.

Petras giftiger Blick machte Niklas Angst, dabei galt er nicht mal ihm.

»Ihre Familie dachte, Sie hätten die Kinder entführt«, schaltete sich die junge Kollegin der Knollennase ein.

»Das ist nicht meine Familie.« Niklas fühlte sich erschöpft und wollte nur noch ins Bett. Er hasste Oliver dafür, dass er nicht bei ihm war.

»Haben Sie mich verstanden, Herr Tiedemann?«, beharrte die Polizistin. »Frau Bayer hat Sie wegen versuchter Entführung angezeigt.«

Bevor Niklas etwas erwidern konnte, petzte Petra die Geschichte seines Besuchs mit Maki. Als sie die Handschellen erwähnte, fing der Polizist an zu grinsen.

»Ich glaube«, sagte seine Kollegin, die nun auch nicht mehr ganz so ernst schaute, »Sie sollten mal in Ruhe miteinander reden. Vielleicht lassen Sie sich einen Termin bei der Familienberatung geben.«

»Wollen Sie die Anzeige aufrechterhalten?«, erkundigte sich der knollennasige Beamte bei Petra.

»Wir fahren jetzt nach Hause!« Wolfram, dem die Sache unangenehm zu sein schien, griff nach Petras Arm, doch die machte sich los und marschierte zu ihrem Wagen. Lotte winkte Niklas zu, und auch Hannes fuchtelte zum Abschied wild mit seinen kleinen Händen.

»Mich anzeigen!«, wandte sich Niklas an die Polizisten und

erhob die Stimme, damit die Neandertalerin ihn auch bestimmt hören konnte. »Die ist ja nicht mal erziehungsberechtigt!«

Wolfram startete schon den Motor, doch bevor Petra ins Auto stieg, setzte sie für Niklas nochmal ihr Lächeln auf.

»Danke, das ist in Arbeit. Ich werde Charlotte und Hannes adoptieren. Schönen Abend noch und Gottes Segen!«

15: *Kriegserklärung*

Als Tita Parese am nächsten Morgen vom Fahrrad stieg und es an einen Fliederbaum in voller Blüte lehnte, wurde sie bereits von Niklas empfangen. Er hatte die ganze Nacht nicht geschlafen, und darüber war seine Wut noch weiter angestiegen. Bereits vor Sonnenaufgang hatte er sich am Rhein wiedergefunden, wo er das Doppelte seiner üblichen Strecke gerannt war. Dann musste er noch eine geschlagene Stunde auf seine Anwältin warten. Die ließ sich nicht anmerken, ob sein Auftauchen sie überraschte. Mit flinken Schritten sprang sie die Stufen zum Eingang hinauf und ließ Niklas ein.

»Wollen Sie Ihr Fahrrad nicht abschließen?«

»Ach, das klaut schon niemand. Und wenn doch, ist es für mich ein Leichtes, so eine Sache zu regeln.«

Während er ihr in die Kanzlei folgte, fragte er sich, ob die Erfolgsaussichten in seinem Fall ähnlich günstig lagen. Er hatte es satt, dass Petra diktierte, wann und wo er die Kinder sehen durfte. Bei den heimlichen Treffen unter Vermittlung seiner Mutter kam er sich vor wie Romeo, der sich zu seiner Julia schlich und dem das Zeichen zum Aufbruch weder die Lerche im Granatapfelbaum gab noch der Gesang der Nachtigall, sondern das dumpfe Poltern der herannahenden Neandertalerin beim Passieren der Stadtgrenze. Ihr Vorhaben, Hannes und Lotte zu adoptieren, diente nur einem einzigen perfiden Ziel: ihm die Kinder endgültig wegzunehmen.

Petra wollte Krieg? Krieg sollte sie bekommen!

Die Anwältin begrüßte Sozius mit einem Kuss auf die Schnauze; dann versorgte sie den Kater, der offenbar in der

Kanzlei wohnte, mit Frühstück. Währenddessen berichtete Niklas von den jüngsten Provokationen der Gegenseite. Tita Parese lauschte ungerührt und beobachtete Sozius beim Fressen.

»In einem Punkt kann ich Sie beruhigen, Herr Tiedemann: Die von Frau Bayer angestrebte Adoption ist erst nach einem Jahr rechtskräftig, so lange währt die Einspruchsfrist der leiblichen Eltern.«

»Da muss ich Sie leider enttäuschen, beruhigend klingt das für mich überhaupt nicht. Schließlich ist Petra mit dem leiblichen Vater verheiratet – der dürfte kaum Einspruch erheben.«

Es brachte Niklas auf, wie ruhig seine Anwältin war. Er wollte den Erstschlag, seine Feldherrin ein Friedensabkommen.

»Alles, worauf ich Ihnen im Moment Hoffnung machen kann, wenn wir vor Gericht ziehen sollten, ist eine Regelung, nach der Sie die kleinen Racker sehen dürfen. Eine Art Besuchsrecht.«

Ungläubig sah er seine Anwältin an. Sie hatte es offenbar immer noch nicht verstanden. »Ich will kein Besuchsrecht, ich will die Kinder.«

Frau Jacobs erschien nun zur Arbeit. Auch sie küsste Sozius zur Begrüßung die Schnauze; dann begann sie Kaffee zu kochen und die Post zu sichten.

Endlich führte Tita Parese den wartenden Niklas in ihr Büro.

»Machen Sie es sich und den Kleinen nicht so schwer, Herr Tiedemann. In ein paar Jahren können die selber entscheiden, wo sie leben wollen.«

»Und so lange sollen sie bei diesem frömmelnden Ungeheuer bleiben? Sie wissen nicht, was Sie da vorschlagen.«

Erschöpft ließ er sich auf das geblümte Sofa fallen. Tita Parese warf ihre lederne Aktentasche auf den Schreibtisch und zog Inkens Tagebuch und das gefälschte Testament hervor.

»Es tut mir leid, aber damit kommen Sie vor Gericht niemals durch.«

»Sie wollen mir also nicht helfen!«

»Falsches Hilfsverb, Herr Tiedemann: Damit kann ich Ihnen nicht helfen.« Die Anwältin wollte Niklas das Kuvert überreichen, doch er weigerte sich, es anzunehmen, und so legte sie es neben ihn auf das Sofa. Das Tagebuch hielt sie noch zurück.

»Was hat denn der Gutachter gesagt?«

»Er schwört Stein und Bein, dass das Testament echt ist.«

»Na also!« Niklas wusste, dass man sich auf Mattis verlassen konnte.

»Ich habe daraufhin den Rat eines Zweiten hinzugezogen. Er sagte, er könnte nicht ausschließen, dass das Schriftstück wirklich von Ihrer Schwester stammt.«

Er verstand nicht, was der Kobold ihm mitteilen wollte. »Ist es nicht das, was Sie hören wollten?«

»Es reicht mir nicht, Herr Tiedemann.«

Niklas nahm Inkens Testament und erhob sich. »Glücklicherweise sind Sie nicht die einzige zugelassene Anwältin in dieser Stadt.«

Parese zuckte mit ihren schmalen runden Schultern. »Von mir aus klappern Sie sämtliche Kollegen an Rhein und Ruhr ab. Mit einem gefälschten Testament werden Sie jeden Prozess verlieren. Noch dazu eine Menge Geld!«

»Was heißt schon gefälscht! Es … wurde lediglich fixiert, wofür meine Schwester weder Zeit noch Kraft hatte.«

Niklas wandte sich zur Tür, maßlos enttäuscht, wie viel Zeit er mit dem Kobold vergeudet hatte.

»Aber sprechen wir doch lieber über unsere Chancen.«

Er drehte sich um. Seine Anwältin winkte mit Inkens Tagebuch.

»Ich habe hier einen sehr interessanten Eintrag entdeckt.«

Sie öffnete das Buch und blätterte darin herum.

»Sie haben es gelesen?«

»Sie etwa nicht?«

»Das ist privat.« Niklas konnte sich nicht vorstellen, was Frau Parese Interessantes in Inkens Aufzeichnungen gefunden haben mochte.

Tita Parese musterte ihn, als überlegte sie noch, ob sie ihm glauben sollte. Dann suchte sie weiter und erklärte, dass sie Einträge gefunden hatte aus der Zeit, da seine Schwester zum ersten Mal über Scheidung nachdachte.

»Lotte war damals gerade eineinhalb Jahre, und Ihre Schwester wurde zum zweiten Mal schwanger. Sie hatte es nicht darauf angelegt, aber leider war es nun mal passiert. Auf eine Art kam es ihr allerdings auch ganz gelegen, weil sie nun eine Auswahl an Ausflüchten hatte, um ihren Göttergatten auf Distanz ... Hier!«

Sie überreichte ihm das Tagebuch, und Niklas setzte sich wieder, um es zu lesen.

›W. lässt mich in Ruhe, seit ich es ihm gesagt habe. Er will, dass ich es wegmachen lasse. Wenn ich den Mut hätte, würde ich lieber ihn wegmachen lassen ...‹

Irritiert hielt Niklas inne und las den Eintrag erneut. Es war nicht zu fassen, was seine Anwältin dort entdeckt hatte. Er ließ das Tagebuch sinken und blickte in ihr triumphierendes Gesicht.

»Ich weiß nicht, wie Sie das sehen, Herr Tiedemann, aber der Vorschlag einer Abtreibung passt für mich nicht ganz ins Bild des liebenden Vaters.«

Da sein Besuch bei Tita Parese länger als erwartet ausgefallen war, erreichte Niklas die Agentur im letzten Moment. Kurz nach neun betrat er Wittenbergs Vorzimmer. Fräulein Schwarzkopf bot ihm einen Platz an, den er ablehnte, und einen Kaffee, den er dankend annahm. Er müsse noch etwas warten, der Chef sei in einem wichtigen Gespräch.

Nun war er also seiner Sekretärin ausgesetzt. Die Kinder seien ganz zauberhaft, ließ Fräulein Schwarzkopf ihn wissen, die eine auffallende Ähnlichkeit bei Lotte und ihrem Onkel festgestellt haben wollte, in der Nasenpartie nämlich. Ob die Kinder sich schon in ihrer neuen Heimat eingelebt hätten? Und würde der kleine »Panz«, womit sie Hannes meinte, nicht auch bald eingeschult? Da müsste man sich beizeiten um die Behebung seines Sprachfehlers bemühen.

Niklas versuchte, ihr Geplapper zu ignorieren, und dachte über den verstörenden Eintrag in Inkens Tagebuch nach. Er fragte sich, warum sie sich nicht mit ihm besprochen hatte, doch dann fiel ihm ein, dass er damals gerade frisch mit Oliver zusammengekommen war, und wahrscheinlich wollte seine Schwester das junge Glück nicht stören.

Die Tür zu Wittenbergs Büro öffnete sich, Nadja trat mit einem kurzen Rock und einem sehr breiten Grinsen heraus.

»Oh, hallo, Niklas.« Sie war so überrascht, dass sie anfing zu kichern wie ein kleines Mädchen. »Ich glaube, der Boss ist … jetzt frei.«

Niklas fragte sich, warum Nadja so unverschämt gutgelaunt war. Hatte es am Vorabend doch noch geklappt mit der französischen Rückengymnastik?

»Worauf warten Sie, Tiedemann?«, donnerte Alois Wittenberg aus seinem Büro, ohne sich blicken zu lassen.

Niklas beeilte sich einzutreten, und sofort brach das Unwetter los.

»Mensch Tiedemann! Die Aktion gestern war Scheiße. Große Scheiße!«

Niklas musste daran denken, was Lotte zu seiner Ausdrucksweise gesagt hätte, und bemühte sich um einen gefassten Eindruck.

»Der Kunde war stinksauer. Sie wissen, wie ungern der aus Köln hierher kommt. Wenn man dem nicht erst mal den roten Teppich ausrollt, hat der schon keinen Bock mehr.«

»Tut mir leid, ich war von 17 Uhr …«

»Es tut Ihnen leid? Das ist einer unser wichtigsten Kunden!« Wittenberg riss sich die Sonnenbrille aus dem Haar, als wollte er Niklas damit die Augen auskratzen. »Wo haben Sie verdammt nochmal gesteckt?«

»Ich war dabei, die Kinder meiner Schwester zu entführen.«

»Bitte?«

»Machen Sie sich nichts draus«, sagte Niklas, »die Polizei wollte es auch nicht glauben.«

Wittenberg schob sich seitlich auf seinen Schreibtisch, schlug die Beine über und begann, an seinem Ehering zu drehen. »Ich weiß, dass du eine schwere Zeit hast, Junge. Nimm eine Woche Urlaub, einen Monat, wenn es sein muss. Regel diese Kinderkacke. Ich brauche dich hier, zu hundert Prozent.«

Niklas wagte nicht, ihn anzusehen, und nickte nur.

»Sag mir, wenn du Hilfe brauchst. Lass uns was trinken gehen, und dann redest du dir einfach mal alles von der Seele.«

»Ich schaffe das schon. Außerdem muss die Kampagne für den Frauenversteher fertig werden.«

Wittenberg sprang vom Schreibtisch und wandte Niklas den Rücken zu. »Darum kümmert sich jetzt Nadja.«

»Aber das ist mein Kunde!«

»Jetzt nicht mehr, Tiedemann. Jetzt nicht mehr.«

Wittenberg hatte recht. Tatsächlich konnte Niklas ein bisschen Freizeit gut gebrauchen. Er zögerte nicht lange und nahm das Angebot, eine Woche Urlaub zu nehmen, noch am selben Tag an, denn es gab viel zu tun. Zunächst entsorgte er seine bisherigen Plakat-Entwürfe für das Frauenauto im Innenhof. Wittenberg hatte ihn gebeten, sie an Nadja auszuliefern, doch er dachte nicht daran. Niklas riss seine Entwürfe in Stücke. Der erste Frauenversteher auf vier Rädern? Ein Auto zum Verlieben? Die ganze Arbeit war umsonst. Das Echo des zufallenden Containerdeckels knallte ihm von allen Seiten um die Ohren. Er schaute hinauf zu den Büros und entdeckte Nadja, die am Fenster stand. Sie zuckte zurück, als sich ihre Blicke trafen.

Zu Hause holte ihn die Müdigkeit ein. Er legte sich aufs Sofa und war binnen Sekunden eingeschlafen. Im Traum begegnete ihm Jay, der plötzlich mit französischem Akzent sprach und es ihm ordentlich besorgte, ihn regelrecht durchpflügte wie ein Feld nach dem letzten Frost, und als Niklas am Nachmittag erwachte, traute sich er kaum in den Spiegel zu sehen.

Beim Duschen fiel ihm die Begegnung mit Petra wieder ein. Während er den halben Tag verschlafen hatte, war sie womöglich schon den nächsten Schritt in Richtung einer Adoption gegangen. Das musste er verhindern. Er würde ihr Hannes und Lotte nicht kampflos überlassen. Wenn die Neandertalerin so scharf war auf Kinder, sollte sie doch zusehen, wo sie welche herbekam!

Plötzlich hatte er eine Idee. Er fragte sich, warum er nicht schon früher darauf gekommen war, und sprang aus der Dusche. Es handelte sich nur um einen Verdacht, aber es gab nichts zu verlieren. Noch im Handtuch setzte er sich an seinen Computer und suchte sämtliche Adoptionsvermittlungen im Umkreis von 100 Kilometern heraus. Er telefonierte eine nach der anderen ab. In der Rolle eines Mitarbeiters des Mettmann'schen Jugendamtes versuchte er herauszubekommen, ob ein gewisser Wolfram Bayer mit Gattin bei ihnen registriert war. Nachdem die ersten fünf Gesprächspartner eine telefonische Auskunft verweigert hatten, änderte er seine Strategie. Er gab sich nun als Wolfram selber aus, der wissen wollte, ob sich seine Position auf der Warteliste verändert hatte. Da auch das nicht funktionierte, ließ er sich von der Auskunft mit Petras Mutter in Krefeld verbinden.

»Mein Name ist Niklas Tiedemann, Sie haben sicher schon von mir gehört.«

Die arme Frau war halb taub, und er musste seine Vorstellung wiederholen.

»Tie-de-mann. Ich bin Wolframs früherer Schwager. Der Onkel der Kinder.«

Wie aufs Stichwort begann die alte Frau zu weinen.

»Es muss schwer für Sie sein, aber bitte beruhigen Sie sich!«

Petras Mutter hörte nicht nur schlecht, auch ihre Aussprache war verwaschen. Er konnte ihr kaum folgen, aber ihr Tonfall klang vorwurfsvoll.

»Ich weiß, ich habe Ihrer Tochter ganz schön zugesetzt. Aber ich hatte ja keine Ahnung, wie wichtig ihr die Sache mit den Kindern ist.«

Die Frau begann wieder zu weinen, was es unmöglich machte, weiter mit ihr zu sprechen. Doch Niklas glaubte, das Wort ›Innomitrose‹ verstanden zu haben. Er legte auf und versuchte es zu googeln, aber leider vergeblich. Erst ein Gespräch mit seiner eigenen Mutter konnte ihm Klarheit verschaffen. Nun hatte Niklas endlich etwas gegen Petra in der Hand.

Berauscht von seinem Erfolg, machte er eine Liste und plante das weitere Vorgehen. Am nächsten Tag fuhr er zum Kindergarten. Die Frauen wollten ihn zunächst nicht hereinlassen, aber Niklas weigerte sich zu verschwinden. Endlich erbarmte sich eine Erzieherin, ihm mitzuteilen, dass Hannes' Eltern ihn aus der Gruppe genommen hätten. Sie wollten ihn lieber zu Hause betreuen. Nachdem er den Schock überwunden hatte, wollte er wissen, ob sie an dem Jungen in letzter Zeit Auffälligkeiten beobachtet hätte. Weinte er viel oder hatte sich sein Sprachfehler weiter verschlimmert?

Nachdenklich knibbelte die junge Frau an den Trägern ihrer Latzhose, doch plötzlich wurde sie durch einen schrillen Schrei eines Mädchens aufgeschreckt, dem ein rothaariger Junge Knete ins Ohr gesteckt hatte, und die Kindergärtnerin beeilte sich, den Streit zu schlichten.

Lotte war gerade beim Schwimmunterricht, als Niklas ihre Klassenlehrerin vorm Lehrerzimmer abfing. Frau Domenicus machte keinen Hehl aus ihrer Verwunderung über den Besuch, lud Niklas aber ein, die große Pause mit ihr zu verbringen. Sie hatte Aufsicht im Hof.

»Dieses ständige Hin und Her bekommt dem Kind nicht. Seit dem Tod ihrer Mutter musste sie sich zweimal auf neue Bezugspersonen einstellen. Jeweils nicht gerade einfache Charaktere, wenn Sie mir die Bemerkung erlauben.«

Niklas hielt ihrem Blick stand, und die Lehrerin fuhr fort. »Verständlicherweise hat sie große Schwierigkeiten, das alles zu verarbeiten. Ich mache mir Sorgen, ob sie das nächste Schuljahr schafft.«

»Lotte ist das intelligenteste Kind, das ich kenne!«

Domenicus rief ein paar Schüler zur Ordnung, die eine Milchtüte umherkickten, die noch halb voll war und den Schulhof mit hellrosa Streifen überzog. Die strenge Lehrerin ließ die Jungs erst wieder aus den Augen, als sie den Inhalt des Kartons in einem Blumenbeet entleert hatten.

»Lotte ist oft abwesend, träumt in der Gegend herum. Dann

wieder verhält sie sich sehr aggressiv, vor allem ihren männlichen Mitschülern gegenüber. Letzte Woche hat sie einen Jungen in die Lippe gebissen, weil er einen Witz gemacht hatte. Sie hatte gedroht, ihn zu küssen, wenn er sich nicht entschuldigte, und der Junge hatte es drauf ankommen lassen. Das geht so nicht weiter.«

»Was für ein Witz?«

»Der Junge … na ja, er hat sich abfällig über Ihre Lebensweise geäußert, Herr Tiedemann, und das mochte Ihre Nichte nicht auf sich sitzen lassen. Zwingen Sie mich bitte nicht, es im Wortlaut zu wiederholen, aber Sie können sich den Grundtenor sicher denken.«

Niklas fühlte, wie sich sein Herz mit Stolz füllte. »Haben Sie schon mit Lottes Vater darüber gesprochen?«

»Nein, aber …«

»Mit seiner neuen Frau etwa?«

Die Lehrerin rief zwei aufgedonnerten Mädchen hinterher, die sich am Rande des dunkelbraunen Klotzes herumdrückten, der die Turnhalle war.

»Lassen Sie mich raten. Die Herrschaften hatten keine Zeit?«

Frau Domenicus stemmte die Hände in ihre vollen Hüften. Wer gab schon gerne zu, dass er seine Hausaufgaben nicht ordentlich gemacht hatte. »Ich kann niemanden zwingen.«

»Keine weiteren Fragen«, sagte Niklas schließlich und verabschiedete sich.

»Das Kind wechselt ohnehin nach den Ferien die Schule«, rief sie ihm nach.

»Das werden wir ja sehen.«

Beim Jugendamt hatte er weniger Glück. Herr Lothar, der einst Augenzeuge des bizarren Rührstücks geworden war, in dem Wolfram der Kaukasier in der mandeläugigen Maki seine verlorene Tochter zu erkennen glaubte, gab zu bedenken, dass nun, da die Kinder in Mettmann lebten, die Kollegen dort zuständig wären und er sich nicht einmischen wollte. Niklas nannte ihn einen Feigling und wurde des Büros verwiesen.

Er setzte sich in einen nahe gelegenen Park in die Sonne und betrachtete seine Liste. Die Kindergärtnerin versah er mit einem Ausrufezeichen, Domenicus bekam gleich zwei, während er seinen früheren Verbündeten im Jugendamt, in den er so viele Hoffnungen gesetzt hatte, leider streichen musste. Es verblieben noch Pino, Frau Kobayashi, Hannes' Logopädin und Ellen, mit der er seit dem Osterurlaub E-Mails austauschte. Alle rief er an, von denen er glaubte, dass sie vor Gericht zu seinen Gunsten aussagen würden.

Er beschloss schließlich, auch die alte Frau Metternich aus dem zweiten Stock in die Liste der Zeugen aufzunehmen. Ihm und Oliver war sie immer freundlich gesinnt. Die Alte mochte die Kinder, und die Kinder mochten sie; zur Frühjahrskirmes hatte sie ihnen sogar Geld fürs Karussell zugesteckt. Niklas war sicher, auch Frau Metternich würde es begrüßen, wenn Hannes und Lotte ins Haus zurückkehrten, wenn auch nur aus eigennützigen Gründen.

Mochte die Anwältin auch kneifen, Niklas würde so schnell nicht aufgeben. Egal wie lange der Prozess dauern und wie viel Geld er verschlingen sollte, Petra würde am Ende noch ihr scheinheiliges Lächeln vergehen!

Bei seiner Rückkehr nach Hause wurde er von einem Briefträger erwartet. Der Mann stand vor seiner Wohnung und klingelte Sturm. Als Niklas plötzlich neben ihm auftauchte, fuhr er erschrocken zusammen.

»Kann ich Ihnen helfen?«

»Hier soll ein Niklas Tiedemann wohnen.«

»Steht vor Ihnen.«

Der Mann übergab ihm einen Umschlag vom Amtsgericht und verschwand.

Nichts Böses ahnend, nahm Niklas den Brief mit in den zweiten Stock und während er wartete, dass seine Nachbarin die Tür öffnete, tat er selbiges mit der Post. Als Frau Metternich sich endlich von ihrem Sofa erhoben und die beschwerlichen Schritte zur Tür gemacht hatte, war niemand mehr da.

Niklas saß bereits im Auto, Richtung Köln. Der Brief vom Amtsgericht lag aufgeschlagen auf dem Beifahrersitz. Per einstweiliger Verfügung wurde ihm verboten, Inkens Kindern näher als 100 Meter zu kommen. Petra und Wolfram hatten an Eides statt erklärt, es bestehe dringender Verdacht, dass der Onkel plante, die beiden zu entführen.

Sie hatten einen Kreidekreis um Lotte und Hannes gezogen, und Niklas durfte nicht hinein.

16: *That's amore*

»Das ist ja eine Überraschung!«

Eva trug ein leichtes Sommerkleid und strahlte ihren Besucher an. Sie sah hübsch aus. Hübscher, als Niklas sie in Erinnerung hatte.

»Schön, dass du uns mal besuchst.«

Als Niklas das Wort ›uns‹ vernahm, wollte er direkt wieder umkehren. Aber da war er schon in ihren Armen gefangen. Er fragte sich, was er eigentlich hier suchte.

»Komm doch rein!«

Bevor Niklas sich wehren konnte, stand er in Evas Wohnung. Es war eine hübsche kleine Mädchenbude. Die Türrahmen waren in verschiedenen Farben lackiert, das Wohnzimmer wurde durch einen orange-braunen Flattervorhang vom Flur abgetrennt. Niklas erschrak, als er Olivers Schaukelstuhl dort entdeckte. Dieser Anblick war noch unerträglicher als die neue Definition von *uns*.

Eva führte ihren Gast auf den Balkon, wo sie ein roter fransiger Schirm vor der Sonne schützte. Gedämpfter Straßenlärm vermischte sich hier mit dem Summen fleißiger Bienen, die zwischen gelben Ranunkeln und violetten Margeriten hin und herflogen. Eva bot ihm selbstgemachte Zitronenlimonade an, doch Niklas lehnte ab.

»Ich wollte mit Oliver sprechen.«

»Der ist leider nicht da.«

Niklas versuchte nicht zu offensichtlich auf ihren Bauch zu starren. War es schon geschehen? Noch konnte er nichts erkennen.

»Ist was passiert, Niklas?«

Für einen Moment überlegte er, Eva von der einstweiligen Verfügung zu erzählen, aber dann schämte er sich plötzlich.

»Nein, ich war nur gerade in der Nähe. Wie geht es dir?«

»Blendend«, lachte Eva. »Es ist endlich Sommer.«

Er nickte. »Und euer Programm?«

»Läuft gut. Nächste Woche machen wir eine kleine Tournee.«

»Schön. Die Premiere war ziemlich ... aufregend.«

Sie blinzelte in die Sonne und strich mit der Hand über ihren Bauch. »Ich muss leider gleich zur Probe. Willst du hier auf ihn warten?«

»Neinnein, ich komme ein anderes Mal wieder.«

Eva brachte Niklas zur Tür, wo sie ihn zum Abschied in den Arm nahm.

»Es ist noch nicht zu spät. Du kannst jederzeit wieder einsteigen.«

Niklas schüttelte den Kopf. Was ihm gerade noch gefehlt hatte, war Evas Mitleid. Mit einem Mal fühlte er sich endlos allein.

»Sag Oli nicht, dass ich da war.«

Danach lief er ziellos durch Köln. Vielleicht erzählte Eva Oliver doch von seinem Besuch, und wenn er Niklas anrief, konnte er so tun, als sei er zufällig noch in der Stadt. Er setzte sich an den Rhein und beobachtete die Menschen, die an ihm vorbeiflanierten. War es möglich, dass sich hier mehr Paare tummelten als in Düsseldorf? Und wenn ja, hatten die alle kein Zuhause? Abgestoßen von seiner Eifersucht, lief er zurück in Richtung der großen alten Kirche, die die Leute Dom nannten. Die Studentengruppe fiel ihm schon von weitem auf. Sie hielten Pappschilder in die Höhe, auf denen sie *Free Hugs* anboten.

Es waren vier Mädchen und ein Junge, alle nicht viel älter als zwanzig. Viel Erfolg hatten sie mit ihrem Angebot kostenloser Körperkontakte nicht. In den zehn Minuten, die Niklas sie beobachtete, warf sich nur ein einziger Tourist in die Arme eines Mädchens und zerknickte dabei seinen Stadtplan.

Niklas flüchtete in den Dom und harrte im nördlichen Seitenschiff in der kühlen Dunkelheit aus. Er betrachtete die Fenster, die die Anbetung der Heiligen Drei Könige und die Marienkrönung abbildeten. Als ein junges Paar mit einem kreischenden Baby die Kathedrale betrat, beschloss er, heimzufahren.

Es war früher Abend, als er den Wagen abstellte. Er schloss die Haustür auf, doch er ging nicht hinein. Nichts zog ihn in seine leere Wohnung. Lange Zeit hatte er es genossen, dort allein zu sein, aber er wusste nicht mehr, wie das ging.

Pinos Laden brummte, alle Plätze waren besetzt, doch Niklas durfte an dem kleinen Tisch am Fenster sitzen, der für das Personal reserviert war. Im Hintergrund lief eine Kassette von Dean Martin. Entweder das Band leierte, oder der Mann war bei der Aufnahme des Albums betrunken gewesen.

Hunger verspürte er keinen, obwohl er noch nichts gegessen hatte, und so bestellte Niklas nur ein Glas Roten. Bei jedem Gast, der das Restaurant betrat, schreckte er auf. Die Leute verharrten geduldig am Eingang, bis ein Platz frei wurde. Andere gingen wieder, weil sie nicht sofort einen Tisch bekamen. Eine junge Frau betrat das Restaurant, um kurz darauf mit zwei Pizzakartons wieder zu verschwinden.

Dann kam Pino, um an seiner Zigarette zu ziehen, die vor Niklas im Aschenbecher vor sich hin glomm.

»Wie geht es Bambini?«

»Gut.« Niklas leerte sein Glas und ließ sich die ganze Flasche Rotwein kommen.

»Nix esse? Bist du ganz sicher?« Pino schwärmte von den frischen Muscheln, die am Morgen eingetroffen waren.

Dankend lehnte Niklas ab und beobachtete die Straße. Für einen Moment hoffte er, dass Oliver sich zeigte, doch dann spülte er den Gedanken mit einem großen Schluck Wein hinunter.

»Dein Freund arbeite?«, erkundigte sich Pino und boxte Niklas' Schulter.

»Der hat jetzt viel in Köln zu tun.«

»Ah! Neue Job?«

»Er hilft einer Freundin, die ein Kind bekommt.«

»Ist Oliver …«

»Er ist eine Art Geburtshelfer, ja.«

Pino legte ihm die Hand auf die Schulter und zog zärtlich an seinem Ohrläppchen. Im Hintergrund sang Dean Martin *That's amore.*

»Warum höre ich in deinem Laden nie richtige italienische Musik?«, beschwerte sich Niklas.

Pino rief einem seiner Kellner etwas zu, und in null Komma nichts standen zwei Schnäpse auf dem Tisch.

»Salute!« Der Italiener stieß mit ihm an und zog lachend davon, weil Niklas über dem Schnaps das Gesicht verzog. Gegen den bitteren Nachgeschmack ließ sich nur mit viel Wein beikommen. Bald war die Flasche leer, und er orderte eine neue. Pino servierte zum Rotwein einen Brotkorb mit Butter und einem Schälchen Oliven. Niklas dankte ihm und richtete den Blick wieder auf die Straße.

Nach und nach leerte sich das Restaurant, im gleichen Maße, wie Niklas voller und voller und sein Kopf schwerer und schwerer wurde, bis er sich nur noch unter Zuhilfenahme beider Hände aufrecht halten ließ. Nachdem sich die letzten Gäste verabschiedet hatten, setzte sich der Wirt zu ihm. Schwülstige Arien eines knödelnden Tenors hatten den lallenden Dean Martin inzwischen abgelöst. Pino steckte sich genussvoll eine Zigarette an.

»Endlich Feierabend.«

Niklas deutete diesen Hinweis als Aufforderung zum Gehen und beglich seine Rechnung. Er erhob sich, fiel jedoch wie ein nasser Sack zurück auf den Stuhl. Lachend machte ihm sein italienischer Freund einen Espresso. Er zwang Niklas, etwas von dem Brot zu essen, das er nicht angerührt hatte. Nach ein paar Minuten nahm Niklas einen neuen Anlauf und blieb diesmal erfolgreich stehen. Da er noch immer etwas wackelig auf den Beinen war, begleitete Pino ihn hinaus.

Die frische Nachtluft erteilte Niklas einen Denkzettel. Hatte er wirklich zwei Liter Wein getrunken? Er musste sich an die alte Kastanie lehnen, weil ihm der Kopf vom Addieren der Gläser und Flaschen schwirrte. Pino versuchte ihn beim Überqueren der Straße zu stützen, was dadurch erschwert wurde, dass Niklas einen halben Kopf größer war.

»Gute Nacht!« Im Hauseingang umarmte er den Italiener und genoss, dass dieser ihn bereitwillig festhielt.

»Schlaf gut!«, sagte er noch einmal, doch sein Nachbar bestand darauf, ihn bis zur Wohnung zu begleiten.

Niklas dankte ihm für seine Hilfe und versuchte, ihm klarzumachen, dass der Fahrstuhl den Rest zuverlässig erledigen würde; seine Hilfsbedürftigkeit war ihm peinlich, und er wollte nur noch alleine sein. Da plötzlich erlosch das Licht im Treppenhaus. Niklas versuchte, sich an der Wand zum Schalter vorzuarbeiten, doch Pino hielt ihn zurück. Bevor er etwas sagen konnte, presste er ihm seine italienischen Lippen auf den Mund und stieß seine harte, warme Zunge hinein. Niklas war zu betrunken, aber auch zu erregt, um sich zu wehren. Er stand buchstäblich mit dem Rücken zur Wand. Schon war

Pino dabei, sein Hemd aufzuknöpfen. Im Dunkeln war das Klingeln seines Goldkettchens zu hören. Niklas versuchte einen befreienden Schritt zur Seite, aber schon war sein italienischer Verehrer nachgerückt. Vielleicht hätte er um Hilfe geschrien, aber das verhinderte die fremde Zunge in seinem Mund.

Plötzlich wurde es hell um sie herum. Niklas erschrak und versuchte, sein Hemd wieder zuzuknöpfen, was Pino zum Lachen brachte. Hatten die Nachbarn etwas gehört? Oder kam jemand nach Hause?

Tatsächlich hatte er mit dem Rücken den Lichtschalter betätigt. Er fühlte sich schlagartig nüchtern, doch gleichzeitig verkatert. Pino grinste ihn an und zeigte seine Grübchen. Er stellte sich auf die Zehenspitzen und versuchte wieder ihn zu küssen, aber vorübergehend gelang es Niklas, sich zu entziehen.

»Das ist nicht richtig, Pino.«

Der Italiener strich ihm zärtlich übers Gesicht. »Oli ist nicht hier.«

»Wenn ich jedes Mal einen anderen küssen würde, bloß weil er gerade nicht …«

Wieder brach Dunkelheit über sie herein, und als sich ihre Lippen erneut berührten, zog Niklas Pino in den Fahrstuhl.

Sein Schädel brummte so sehr, dass er davon aufwachte. Vorsichtig öffnete er ein Auge, um festzustellen, ob Pino noch da war, doch auf diese Gelegenheit hatte die Morgensonne nur gewartet: Sie schickte ihre grellsten Strahlen, und Niklas zog sich eilig die Decke über den Kopf. Blind tastete er die rechte Hälfte des Bettes ab und stellte erleichtert fest, dass niemand da war.

Er kletterte aus dem Bett und schob sich an den Wänden

entlang Richtung Bad. Dort öffnete er das Arzneischränkchen, an dem noch Pinos Goldkettchen baumelte, doch die Packung mit den Kopfschmerztabletten war leer. Er hatte vergessen, neue zu besorgen. Fluchend durchforstete er seinen Nachtschrank, doch selbst sein heimlicher Vorrat war aufgebraucht. Auch in seiner Jackentasche wurde er nicht fündig, stattdessen fiel ihm der Brief vom Amtsgericht wieder in die Hände.

Frau Jacobs löste zwei Brausetabletten in einem großen Glas Wasser auf und rührte mit einem extra langen Löffel um. Dann wünschte Tita Pareses Sekretärin gute Besserung und öffnete Niklas die Tür. Er entdeckte seine Anwältin nicht sofort. Parese saß auf dem Boden, vor ihr ein Haufen Bretter, die sie versuchte nach der Beschreibung eines Bauplans zu einem sinnvollen Ganzen zusammenzufügen. Sozius ließ sich nicht blicken.

»Dann wollen wir mal sehen.« Während die Anwältin den Text der einstweiligen Verfügung studierte, leerte Niklas seinen trüben Cocktail.

»Entführung?« Sie ließ den Brief sinken. Sonderlich verwundert wirkte sie nicht.

»Kein Wort davon ist wahr.« Niklas erzählte, was sich wirklich zugetragen hatte, und Tita Parese begann, kleine schwarze Plastikhaken in zwei besonders lange Bretter zu schrauben.

»Wie auch immer. Dagegen können wir Klage erheben.«

»Falsches Hilfsverb«, korrigierte er sie. »Wir wollen.«

»Gut.« Ihre kleinen schwarzen Augen blitzten anerkennend. »Als Antragsgegner können wir Ihren Ex-Schwager und seine Frau zwingen, die Hauptsache einzuleiten, sprich: das Klageverfahren. Tun sie dies nicht, können wir die Aufhebung der einstweiligen Verfügung beantragen … Halten Sie mal die beiden Bretter hier!«

Niklas war seiner Anwältin gerne behilflich. Die Vorstellung gefiel ihm, dass ihm das Gesetz die Möglichkeit einräumte, Petra zu etwas zu zwingen.

»So ungern ich das ... Sie müssen die Bretter gerade halten, und nicht so herumwackeln, Herr Tiedemann ... So ungern ich das sage, aber es gibt momentan leider keinen Grund für Ihr Grinsen. So ein Hauptsacheverfahren zieht sich gerne mal ein Dreivierteljahr hin. Ganz zu schweigen davon, müssen wir erst mal abwarten, bis es überhaupt losgeht.«

»In der Zeit kann ich aber wenigstens die Kinder besuchen!« Er mochte keinen Anlass erkennen, warum er seine Zuversicht zurückschrauben sollte. Die Sache würde endlich vor Gericht entschieden, das hatte sich die Neandertalerin schön eingebrockt! Kein Richter, der auch nur halbwegs bei Trost war, würde dieser Frau recht geben.

»Tut mir leid.« Der Kobold huschte auf Knien vor ihm herum und schob nacheinander die Böden des neuen Regals zwischen die Außenwände. »Das Einlegen von Rechtsmitteln entbindet Sie nicht von der Pflicht, sich an die Verfügung zu halten. Bei Zuwiderhandlung droht ein Ordnungsgeld oder sogar Ordnungshaft.«

»Finden Sie das fair?« Er versuchte, die wieder einsetzenden Kopfschmerzen zu ignorieren, die sich in der anfänglichen Euphorie des Gespräches aufgelöst hatten.

»Fairness ist etwas höchst Relatives, Herr Tiedemann.«

Die Anwältin klatschte in die Hände und betrachtete das fertige Bücherregal, das ihr Büro noch enger machte.

»Ich weiß inzwischen, warum Petra die Kinder unbedingt adoptieren will. Sie leidet an Endometriose. Ihnen als Frau muss ich wahrscheinlich nicht erklären, was das bedeutet.«

Niklas fand, dass seine Recherche ein ganz neues Licht auf Petras Motive warf, doch Tita Parese hörte gar nicht zu. Stattdessen sammelte sie die Überreste ihrer Heimwerkerarbeit auf und faltete den Bauplan zusammen.

»Ich habe es Ihnen bereits bei Ihrem letzten Besuch gesagt, Herr Tiedemann. Alles, was Sie tun können, ist warten. Es steht momentan nicht in Ihrer Macht, irgendetwas zu unternehmen. Seien Sie vernünftig, und vertun Sie Ihre Chancen nicht, sonst sehen Sie die kleinen Plagegeister nie wieder.«

Plötzlich machte die Anwältin ein ratloses Gesicht. Sie hatte unter der Bauanleitung ein großes dünnes Brett gefunden, das sie nun unentschlossen in ihren Händen bewegte.

»Sieht aus wie die Rückwand«, sagte Niklas, nachdem er einen Blick auf den Bauplan geworfen hatte. »Ohne die kracht Ihnen das Ding gleich morgen zusammen. Leider können Sie die nicht einsetzen, ohne das Regal wieder auseinanderzubauen. Viel Erfolg!«

Beim Verlassen der Kanzlei stellte er fest, dass Oliver angerufen hatte, ohne jedoch auf die Mailbox zu sprechen. Niklas musste an die zurückliegende Nacht denken und zögerte seinen Rückruf etwas hinaus. Lange hielt er es jedoch nicht aus.

»Warum bist du nicht in der Agentur?«

»Ich hatte einen Termin.« Niklas wollte nicht gleich mit der ganzen Geschichte herausplatzen.

»Hast du heute Abend schon was vor?«

Niklas hielt den Atem an. »Nein.«

»Gehen wir was essen?«

»Gerne.« Seine Stimme zitterte.

»Hast du was gesagt?«

»Gerne! Wir können gerne essen gehen.«

»Gut, ich hab schon einen Tisch bei Pino reserviert. Ist acht Uhr okay?«

Niklas spürte, wie sein schlummerndes schlechtes Gewissen

mit einem Paukenschlag erwachte – und die Pauke, das war sein Magen.

»Schon, aber … Ich kann auch nach Köln kommen.«

»Ich war so lange nicht bei Pino, irgendwie fehlt er mir.«

Niklas musste Oliver unbedingt von der Idee abbringen, sich von dem Mann bekochen zu lassen, mit dem er die letzte Nacht verbracht hatte.

»Ich glaube, ich würde lieber allein mit dir sein.«

»Die letzten Male, wenn wir allein waren, haben wir immer gestritten.«

»Hat Pino heute nicht Ruhetag?«, gab Niklas zu bedenken.

»Spinnt ihr jetzt alle? Das wollte mir Pino vorhin auch schon erzählen. Der kennt die Öffnungszeiten seines eigenen Ladens nicht!«

»Und immer Italienisch!« Niklas ließ sich nicht beirren. »Wollten wir nicht schon lange mal dieses Fischrestaurant um die Ecke ausprobieren?«

»Du wolltest es probieren.« Oliver klang müde.

»Nadja war neulich mit ihrem französischen Rückentrainer da und hat stundenlang von dem Essen geschwärmt!«

»Du weißt, ich hasse Gräten.«

»Vielleicht backen sie dir ein paar Fischstäbchen auf.«

»Also dann, um acht bei Pino.«

Es war ein heißer, fast schwüler Tag. Gewitter lag in der Luft, und die Menschen nutzten noch jede Gelegenheit, um draußen zu sein. Die wenigen Plätze auf Pinos Terrasse waren schnell belegt, drinnen saßen kaum Gäste. Doch der Italiener verbreitete eine Hektik, als erwartete er den Präsidenten einer afrikanischen Republik, die unter einer schlimmen Dürreperiode litt, mitsamt einer 50-köpfigen hungrigen Delegation. Er schien nicht einmal zu bemerken, dass die Musik seit ein paar Minuten aufgehört hatte zu spielen.

Niklas war schon eine halbe Stunde vor seiner Verabredung gekommen, weil er Pino um Diskretion bitten wollte und darum, die letzte Nacht zu vergessen. Doch der war ständig auf der Flucht vor ihm. Wann immer er Niklas' Tisch passierte, versuchte der, ihn in ein Gespräch zu verwickeln, aber Pino entwischte ihm jedes Mal wie Spaghetti, die sich durch die Zinken einer Gabel schlängelten.

Nervös fixierte Niklas den Eingang. Draußen wurde es plötzlich dunkel; der Wind fegte die Speisekarten von den Tischen der Terrasse, und die Gäste flohen in Scharen ins Lokal. Das lang ersehnte Gewitter schien noch vor Oliver anzukommen.

Doch um zehn nach acht trat er endlich durch die Tür. Oliver trug seine blaue Baseballkappe, die die Farbe seiner Augen betonte, und Niklas' spürte, wie seine Aufregung noch einmal zunahm. Pino immerhin verhielt sich tadellos. Zunächst legte er eine Tony-Bennett-Kassette ein, dann hatte er sogar Zeit für ein kleines Pläuschchen. Er ließ es sich auch nicht nehmen, seinen Gästen die »frischen Muscheln« zu empfehlen, die nach Niklas' Rechnung einen Tag alt waren und offenbar wegmussten. Also entschied er sich für einen großen Salat, während Oliver eine Pizza bestellte.

»Was hast du denn mit Pino gemacht?«

»Nichts«, sagte Niklas ein wenig zu schnell, »was soll denn sein?«

»Sonst frisst er dich mit seinen kleinen Knopfaugen auf, wenn wir hier sind. Und heute ignoriert er dich wie eine Dose Fertigravioli.«

»Was du dir immer einbildest.«

Pino schien von der Situation ebenso überfordert wie Niklas, dem er aus Versehen Fettucine servierte. Doch der beschloss, sie zu essen.

»Guten Appetit!«

Oliver betrachtete ihn, als würde er lebende Käfer verspeisen. »Du lässt es nicht zurückgehen?«

»Wozu? Das hält nur auf, ich hab Hunger.«

»Das ist das erste Mal in einem Restaurant, dass du nichts auszusetzen hast.«

»Ich glaube, Pino braucht einfach mal Urlaub. Wie ist deine Pizza?«

Zögerlich griff Oliver nach seinem Besteck. Dann wischte er sich mit der Serviette über den Mund, obwohl er noch keinen Bissen gegessen hatte.

»Ich wollte dir was sagen.«

In diesem Moment ließ ein Blitz die Straße taghell erleuchten, unmittelbar gefolgt vom Krachen eines Donners, und im gleichen Moment begann der Regen, als hätte ihn jemand angeschaltet. Tony Bennett konnte sich kaum noch durchsetzen gegen das Rauschen der Wassermassen, die mit einer immensen Heftigkeit niederstürzten. Binnen Sekunden war die Straße überflutet.

Oliver fuhr herum. Als handelte es sich um sein erstes Gewitter, lief er zum Fenster und beobachtete fasziniert das Naturschauspiel, das sich draußen bot. Unterdessen ließ Niklas seine Nudeln zurückgehen.

»Das sind ja fast mallorquinische Verhältnisse!«, schwärmte Oliver, als er zu Niklas zurückkehrte. Er stockte, als er den Brief entdeckte, der neben seinem Teller lag. Während er den Text der einstweiligen Verfügung las, vermehrten sich die Zornesfältchen in seinem Gesicht.

»Jetzt sind sie komplett übergeschnappt!«

Dankbar, weil Oliver ihm keine Vorwürfe machte, erzählte Niklas, dass es an dem Nachmittag passiert war, als sie in Köln verabredet waren.

»Das lasse ich mir natürlich nicht gefallen, ich war schon bei der Anwältin.«

»Es tut mir leid, dass ich nicht da war. Ich hatte Angst.«

»Die hatte ich auch«, sagte Niklas.

»Außerdem wusste ich nicht, dass du die Kids dabeihattest.«

»Es sollte eine Überraschung werden.«

Oliver schwieg betreten. Dann sagte er: »Eva ist schwanger.«

»Die Parese sagt, die Chancen stehen nicht übel. Jetzt müssen wir nur noch warten, bis der Prozess endlich beginnt.«

»Nik, ich werde Vater.«

Niklas traute sich nicht zu fragen, ob sie auf die Bechermethode vertraut hätten oder ob Oliver nochmal den Hetero gegeben hatte. Aber das war jetzt gleichgültig. Er ging zur Theke und beglich die Rechnung. Pino wollte ihnen einen Ramazotti servieren, aber Niklas lehnte ab.

Das Gewitter war weitergezogen und hatte die Luft gereinigt, aber es regnete noch immer. Niklas fror, als er auf die Straße trat. Nach ein paar Minuten folgte Oliver, der sich eine Zigarette ansteckte.

Niklas wünschte sich, er würde heute Nacht bei ihm bleiben, trotz allem. Aber vielleicht war das keine gute Idee. Zumal das Bett nach Verrat roch.

»Vielleicht ist das eine doofe Idee«, sagte Oliver, »aber wenn du mich fragst, komme ich mit hoch.«

Niklas nahm seine Hand. »Ich kann nicht mehr zwischen guten und schlechten Ideen unterscheiden.«

Während Oliver im Bad war, beeilte sich Niklas die Bettwäsche zu wechseln. Er war schon fast fertig, es fehlte nur noch ein Kissen, als sein Freund in der Tür stand, mit einem seltsam nüchternen Blick.

»Ich fahre besser wieder.«

»Was hast du denn?«

»Ich lasse Eva ungern allein in ihrem Zustand.«

»Und was ist mit mir?«

Im Hinausgehen warf Oliver ihm etwas zu, es klingelte beim Fliegen und schimmerte golden. Niklas machte keine Anstalten, Pinos Kettchen zu fangen.

17: *Achterbahn*

Die Sommerferien kamen und gingen, ohne dass das Gericht einen Termin für den Prozessauftakt ansetzte. Niklas stürzte sich in die Arbeit. Morgens war er noch vor den Frauen vom Reinigungsdienst in der Agentur, und die Sonne hatte längst ihren Feierabend angetreten, wenn er mit seinem neuen Freund, dem Mond, ins Bett ging. Mattis versorgte er nun häufiger mit kleineren Jobs als Graphiker. Ansonsten reduzierte sich sein Austausch mit den Kollegen auf das Nötigste; so hatte er Nadja bei seiner Rückkehr aus dem Zwangsurlaub nach ihren Fortschritten mit dem Frauenauto befragt, doch sie hatte ihn lediglich darüber informiert, dass die Sache erledigt sei, und er hatte es dabei belassen.

Im Juli beherbergte die Stadt die größte Kirmes am Rhein; wie jedes Jahr kamen Schausteller aus halb Europa nach Oberkassel, bauten am Fluss ihre Fahrgeschäfte auf, andere verkauften Zuckerwatte und Fischbrötchen, kandierte Trauben und eingelegte Salzgurken, die die Menschen bei ihren Kollegen wieder auskotzten, nachdem ihre Mägen ein paar Runden gedreht hatten. Niklas war froh, wenn die Leute wieder weg waren; die neun Tage hatten etwas von Besatzung, Polizisten mussten die Seitenstraßen vor Wildparkern schützen, und er fühlte sich fremd in seinem Viertel. Wer von den Belagerern erinnerte sich überhaupt, dass die Ursprünge der Kirmes auf das Kirchweihfest von Sankt Lambertus in der Altstadt zurückgingen, der Basilika mit dem schiefen Turm? Ja, Inken hatte es natürlich gewusst und mit ihm geteilt, aber wer erzählte es den Kindern?

Er hatte sie so lange nicht gesehen, dass er sich Entsetzliches ausmalte: Lotte mit verfilzten Haaren, Hannes mit Ärmchen, so dünn wie Kugelschreiber – Kinder, denen lästige Schmeißfliegen in den Nasenlöchern saßen, weil sie zu schwach waren, die Viecher fortzujagen: eine Vorstellung, gegen die die Schreckensbilder aus Entwicklungsländern, wie sie gerne vor Weihnachten bei Spendenaufrufen im Fernsehen gezeigt wurden, wie Panoramaaufnahmen aus Urlaubskatalogen wirkten. Würden ihn die zwei erkennen, wenn er sie wiedersah? Ihm zur Begrüßung die Hand geben oder ihn zu siezen anfangen?

Um nicht vollkommen in Vergessenheit zu geraten, packte er ihnen kleine Pakete und schrieb Briefe, in denen er ihnen erklärte, dass er es momentan nicht einrichten konnte, sie zu besuchen, aber er hoffte, sie bald wieder zu treffen. Er vergaß nie, Grüße von Oliver auszurichten, auch wenn Funkstille herrschte seit jenem Abend – Niklas hatte ihm nicht mal zum 39. Geburtstag gratuliert.

Natürlich sandte er die Post nicht zu den Kindern nach Hause, sondern ließ sie von seiner Mutter überbringen, da Maki mit Beginn des neuen Schuljahres als Botin leider ausschied.

»Ihre neuen Eltern sind komisch«, begründete sie ihre Weigerung, Lotte in Mettmann zu besuchen. »Du und Oliver, ihr wart schon komisch, aber das geht gar nicht!«

Weil ihm der Kontakt mit Lotte fehlte, besuchte er sie beim Schwimmunterricht. Sie sprachen dann nicht miteinander, das war zu gefährlich. Es musste genügen, die Kleine zu beobachten und ihr unauffällig vom Beckenrand zuzuwinken. Sie würde ihn niemals verraten, das wusste er; dazu war sie zu clever, und ihre neue Sportlehrerin kannte sein Gesicht nicht.

Jeden Mittwochvormittag hatte Niklas frei, dann fuhr er nach Mettmann und setzte sich ins Schwimmbad. Von seiner Liege beobachtete er, wie Lottes Klasse Fortschritte machte. Gegen Ende des Unterrichts schwamm er selbst ein paar Runden, und wenn ihm das Mädchen in der Nachbarbahn begegnete, lachten sie einander an, und im Laufe der Zeit wagten sie es sogar, ein paar Worte zu wechseln. Danach kehrte er mit aufgewühltem Herzen in die Agentur zurück.

Über diesen heimlichen Begegnungen wurde es Herbst, und im Oktober fanden seine Mittwochsausflüge nach Mettmann ein jähes Ende. Eines Morgens, er machte es sich mit der Zeitung auf einer Liege gemütlich, während Lotte und ihre Mitschüler sich um die Lehrerin verteilten, um sich das Kraulen erklären zu lassen, da stand plötzlich der Bademeister vor ihm.

»Es reicht jetzt. Ich muss Sie bitten, mir zu folgen!«

»Stimmt was nicht?« Er legte seine Zeitung weg.

»Das kann man wohl sagen.«

Niklas folgte dem Mann und erkannte schon von weitem in dem rundum verglasten Büro die beiden Polizistinnen. Sie begleiteten ihn zu seinem Schrank, wo er sich ausweisen musste. Die Erste notierte seine Personalien und wies ihn darauf hin, dass er ab sofort Hausverbot in der Schwimmhalle hätte und sich nicht mehr blicken lassen sollte. Die Zweite beschimpfte ihn als perverses Schwein und wollte wissen, ob er vor erwachsenen Frauen Angst hätte oder warum er sich sonst an Minderjährigen aufgeilte? Da musste Niklas doch sehr lachen.

Er zog sich an und fuhr in die Agentur, wo ihn der Anruf seiner Anwältin erreichte: Seine Verhandlung sollte endlich im Dezember stattfinden.

Über dem Hauptportal des Gerichtsgebäudes thronten sechs Monumentalfiguren aus Granit. Sie schienen auf Niklas herabzusehen, als er mit seiner Anwältin aus dem Taxi stieg. Wie lange hatte er auf diesen Moment gewartet?

»Die Herren symbolisieren Weisheit und Tapferkeit, Besonnenheit sowie Gerechtigkeit«, erklärte Tita Parese.

»Dann kann ja nichts mehr schiefgehen.«

»Viel Glück!«, rief Mattis und fuhr hupend davon.

In der Eingangstür kontrollierte Niklas sein Äußeres. Er hatte sich am Morgen beim Rasieren geschnitten; inzwischen hatte die Blutung nachgelassen, er konnte das Pflaster entfernen.

Im Foyer herrschte leicht gedämpftes Licht, das durch die milchigen Fenster hereinfiel. Hinter mächtigen Säulen erhob sich eine Treppe, die sich auf mittlerer Höhe nach links und rechts verzweigte. An der Kopfseite der ersten Etage befanden sich zwei weitere, bescheidenere Säulen, in die zwei grimmige Gesichter verarbeitet waren. Sie trugen eine Art Balkon der darüber befindlichen zweiten Etage: Dort lag, etwas zurückgesetzt, ihr Sitzungssaal.

Auf dem Flur wartete bereits Wolfram mit seiner Frau. Zum ersten Mal seit der Hochzeit mit Inken sah Niklas ihn in einem Anzug. Petra trug ein schlichtes dunkelrotes Kostüm; im Ausschnitt baumelte, gut sichtbar, das kleine silberne Kreuz. Sie begrüßten einander knapp. Als wenig später Frau Tiedemann dazustieß, besaß Wolfram die Kühnheit, seiner ehemaligen Schwiegermutter die Wangen zu küssen. Ihr folgte ein massiger Mann, der sich zu Wolfram und Petra gesellte. Ihr Anwalt, der sie um einen ganzen Kopf überragte, wirkte wie die menschliche Ausgabe eines Kampfhundes: Dr. Nonninger hatte einen ovalen Kopf mit kleinen kalten Augen, und sein Hals, vielleicht war es auch das Doppelkinn, quoll über dem Kragen seines weißen Hemdes hervor. In seinem Gefolge befand sich eine zierliche junge Frau, die eine Art Umzugskarton heranschleppte. Der Kampfhund bellte ein knappes Danke und schickte sie fort.

»Wenn es heute darum geht, wer den dicksten Anwalt hat,

dann steht es schlecht für uns«, flüsterte Niklas dem Kobold zu.

»Keine Sorge. Ich habe im Vorfeld beantragt, ausnahmsweise auf das Schauwiegen zu verzichten.«

Niklas nickte zufrieden, Tita Parese wirkte gut gelaunt.

Dann wurden sie per Lautsprecher aufgerufen, einzutreten.

Der Richter war ein kleiner Mann mit Halbglatze. Die angegrauten Härchen seines Vollbartes verdeckten seine Oberlippe, wenn er nicht sprach. Heinz-Günther van der Ohe hatte wache, freundliche Augen und eröffnete den Prozess mit einem Lächeln, das ihm recht bald vergehen sollte.

»Ich möchte uns eingangs das Ziel in Erinnerung rufen, das uns hoffentlich verbindet: das Wohl der Kinder. Das wollen wir bitte nicht aus den Augen verlieren, meine Damen und Herren.«

Nachdem er Nonninger das Wort erteilt hatte, begann dieser mit der Befragung Wolframs.

»Herr Bayer, erzählen Sie uns bitte aus Ihrer Sicht, was sich am Nachmittag des 30. Mai dieses Jahres zugetragen hat.«

Wolfram klang unsicher und betonte jedes Wort, als müsse er vor versammelter Klasse ein Gedicht aufsagen.

»Meine Frau wollte die Kinder nach der Arbeit bei der Großmutter abholen. Leider war ihr Auto kaputt, und darum hat es etwas länger gedauert, bis sie endlich bei meiner Ex-Schwiegermutter ankam. Aber die Kinder waren spurlos verschwunden.«

»Wir waren im Kino und haben *Pippi Langstrumpf* gesehen!«, fiel Niklas ein. »Seit wann ist das ein Verbrechen?«

»Darf ich um etwas Zurückhaltung bitten, Herr Tiedemann«, wies ihn der Richter freundlich zurecht. »Sie haben später Gelegenheit, sich zu der Sache äußern.«

»Die Kinder waren also verschwunden«, fuhr Wolframs

Anwalt fort, »was hat Ihre Frau daraufhin unternommen?« Er senkte den Kopf, sodass sein fetter Hals fast den obersten Knopf des Hemdes sprengte.

»Petra rief mich an, ganz aufgeregt, und sagte: Komm schnell nach Düsseldorf. Niklas … also … Herr Tiedemann hat die Kinder. Und Magda weiß nicht, wo sie stecken. Magda ist meine ehemalige Schwiegermutter.«

»Was haben Sie dann getan?«

»Wir haben die Polizei gerufen.«

»Aber Herr Tiedemann ist Ihr ehemaliger Schwager!« Nonninger riss mit gespieltem Erstaunen seine Augen weit auf, was sie noch wahnsinniger wirken ließ. »Hatten Sie denn berechtigten Anlass zu glauben, er könnte Ihren Kindern etwas antun? Ist der Beklagte früher schon einmal negativ aufgefallen, etwa durch gewalttätiges Verhalten?«

»Gewalttätiges Verhalten?«, zischte Niklas seiner Anwältin zu. »Ich glaube, einer von uns ist im falschen Gerichtssaal!«

Tita Parese griff nach seiner Hand und drückte kurz, aber mit erstaunlicher Kraft zu.

»Gewalttätig war er sicher nicht, aber er hat meiner Frau manchmal aufgelauert«, fuhr Wolfram fort. »Einmal hat er sich Zutritt zu unserer Wohnung verschafft. Er hatte ein fremdes Kind dabei, das sich an meine Tochter gekettet hat.«

»Gekettet?« Wolframs Anwalt wirkte wie ein Protagonist im Millowitsch-Theater, wenn er aus gespieltem Erstaunen zusammenzuckte, um einzelne Details in Wolframs Erzählung hervorzuheben.

»Das Kind war Lottes beste Freundin«, rief Niklas. Er hatte zu lange darauf gewartet, seine Geschichte erzählen zu dürfen, als dass er sich zurückhalten konnte.

»Herr Tiedemann, ich warne Sie zum letzten Mal. Ich lasse Sie aus dem Gerichtssaal entfernen, wenn Sie die Verhandlung weiter stören.« Das freundliche Gesicht des Richters hatte sich verfinstert. »Herr Bayer, wollen Sie bitte fortfahren.«

»Dieses Kind hatte Handschellen dabei. Niklas … Herr Tiedemann hatte sie ihr zugesteckt.«

Nonninger staunte, als hörte er die Geschichte zum ersten Mal. Dann faltete er die Hände hinter seinem Rücken und streckte sich.

»Herr Bayer, würden Sie Ihren ehemaligen Schwager als zuverlässig bezeichnen, als verantwortungsbewusst oder vernünftig? Halten Sie ihn für einen guten Onkel oder vielleicht sogar für einen guten Ersatzvater?«

Wolfram schien einen inszenierten Moment lang nachzudenken. Dann sah er zu seiner Frau und verneinte.

»Danke sehr. Keine weiteren Fragen.«

Niklas kochte. Wolfram seine väterlichen Qualitäten beurteilen zu lassen war ungefähr so lächerlich, als hätte man Nonninger um eine Einschätzung der neuen Brigitte-Diät gebeten.

Tita Parese erhob sich und schritt zur Befragung Wolframs.

»Gehe ich recht in der Annahme, dass Sie Ihre Kinder lieben?«

»Natürlich!«, sagte Wolfram natürlich.

Niklas verzog das Gesicht. Er vermied es, in Petras Richtung sehen, wo er ein herablassendes und hämisches Grinsen erwartete.

»Sie lieben sie so sehr, dass Sie die Kleinen auf keinen Fall wieder hergeben würden? Oder könnten Sie sich ein Leben ohne sie vorstellen?«

»N-nein.«

»Was nein?« Tita Parese rieb sich in einer kurzen zackigen Bewegung das Kinn. »Sie lieben sie nicht, oder Sie könnten sich ein Leben ohne sie nicht vorstellen?«

»Das habe ich doch schon gesagt.« Nervös sah Wolfram zu seinem Anwalt.

Der hob wie auf Befehl die Hand. »Einspruch! Die Kollegin verwirrt meinen Mandanten absichtlich. Das ist eine unzulässige Fragestellung.«

Richter van der Ohe nickte. »Stattgegeben. Bemühen Sie sich um eindeutige Formulierungen, Frau Anwältin. Ich weiß, Sie können das.«

»Erzählen Sie uns, Herr Bayer, wie sehr Sie Ihre Kinder früher geliebt haben? Sagen wir … vor drei Jahren?«

Niklas begriff langsam, worauf seine Anwältin hinauswollte, und entspannte sich.

»Ich weiß nicht, was das soll. Ich … habe doch …«, stammelte Wolfram, der offensichtlich verunsichert war.

»Einspruch!«, sprang ihm Nonninger zur Seite. Petra protestierte durch fortgesetztes Schnaufen. Niklas freute sich schon auf den Moment, da seine Anwältin sie in die Mangel nehmen würde.

Tita Parese erhob zur Beschwichtigung ihre großen Hände. »Ich weiß schon, ihr Männer redet nicht gerne über Gefühle. Aber tun Sie mir den Ge…«

»Einspruch!«, kläffte Wolframs Anwalt aufgebracht. »Es geht in diesem Prozess nicht um die Gefühle meines Mandanten, sondern um den offenbar verloren gegangenen Realitätsbezug des Verfügungsbeklagten!«

»Stattgegeben. Kommen Sie zum Punkt, verehrte Kollegin.«

»Lassen Sie mich anders fragen!« Tita Parese fuhr sich durch ihre wuscheligen Haare. »Warum, Herr Bayer, haben Sie Ihre Familie vor drei Jahren im Stich gelassen, heimlich, still und leise, wenn Sie so sehr an den Kleinen gehangen haben?«

»Einspruch, das gehört nicht hierher«, rief Nonninger.

Endlich widersprach van der Ohe. »Das sehe ich anders. Antworten Sie bitte!«

Wolfram zögerte noch. Zufrieden beobachtete Niklas, wie Petra unruhig auf ihrem Stuhl hin- und herrutschte, weil sie es nicht erwarten konnte, das Heft in die Hand zu nehmen, wie sie es sonst zu tun pflegte.

»Vielleicht kann ich Ihrem Gedächtnis ein wenig auf die Sprünge helfen.« Tita Parese kam an den Tisch zurück, wo sie Inkens Tagebuch ergriff. »Ihre verstorbene Frau, Inken Bayer, geborene Tiedemann, schreibt am 12. Januar – also gut drei Wochen nachdem Sie die gemeinsame Wohnung verlassen hatten – in ihrem Tagebuch: ›Habe mit W. gesprochen. Es ist ihm alles zu viel gewesen. Die Kinder, die kleine Wohnung. W. will seine Freiheit. Ich hätte ihn immerzu eingeengt. Wie kann man jemanden einengen, der gar nicht wirklich anwesend ist?‹ und so weiter. Nun, Herr Bayer, erinnern Sie sich? Hat Ihre verstorbene Frau Ihre Worte korrekt wiedergegeben?«

Wolfram nickte zögerlich.

»Antworten Sie doch bitte mit Ja oder Nein«, bat ihn Tita Parese.

»Inken war … Wenn ich mal fünf Minuten später von der Arbeit kam, hat sie mir nachtelefoniert. Wo bist du? Wo bleibst du? Bist du bei einer anderen? Das wurde immer schlimmer! Sie war eifersüchtig, wenn ich am Wochenende Motorrad fahren wollte. Wegen ihr habe ich sogar meine Maschine verkauft.«

Niklas ärgerte sich über die Vorstellung seines ehemaligen Schwagers und musste sich sehr beherrschen, nicht dazwischenzurufen, doch ein warnender Blick des Richters belehrte ihn eines Besseren.

»Würden Sie Ihr Verhalten nachträglich als … wie waren Ihre Worte?«, Parese blickte sich zu ihrem Kollegen Nonninger um, »würden Sie sich als zuverlässig bezeichnen, als verantwortungsbewusst oder vernünftig?«

Wolfram machte eine lange Pause, und Niklas zeigte seiner Anwältin den ausgestreckten Daumen.

»Es war keine leichte Situation«, gestand Wolfram schließlich.

»Und wie erklären Sie uns die Tatsache, dass Sie die Kinder vor einem halben Jahr in einer einigermaßen abenteuerlichen Aktion aus dem Krankenhaus geholt haben?«

»Einspruch«, fuhr Nonninger auf, als habe man ihm auf den Schwanz getreten. »Ein Vater muss sich nicht dafür rechtfertigen, dass er für seine Kinder sorgen will. Außerdem: Als die Einverständniserklärung für Lottes Operation zu unterzeichnen war, ließ Herr Tiedemann den Vater des Kindes anreisen. Damit erkannte er meinen Mandanten zweifelsfrei als Erziehungsberechtigten an.«

»Erzählen Sie denen die Geschichte vom Kreidekreis«, flüsterte Niklas seiner Anwältin zu, doch sie fuhr unbeirrt fort.

»Lassen Sie mich darauf hinweisen, Herr Kollege, dass mein Mandant, der die Kinder nach dem Tod ihrer Mutter aufopferungsvoll zu sich genommen hatte, von diesen neu erwachten Vatergefühlen nichts wusste. Nach einer über zweijährigen Abstinenz darf man doch ein gewisses Signal erwarten, nicht wahr. Vor allem zum Wohle der Kinder.«

»Dem Einspruch wird nicht stattgegeben.«

Niklas riss einen Zettel vom Notizblock seiner Anwältin und malte einen Kreis. In seinen Fingern spürte er schon das Prickeln des Triumphes. Derweil tauschte Wolfram wilde Blicke mit Petra aus, er wirkte erschöpft. Tita Parese bedachte ihn mit einem liebenswürdigen Lächeln.

»Ich kann mir vorstellen, dass das hart für Sie ist, Herr Bayer. Darum möchte ich nun ein paar leichte Fragen stellen.

Wie groß ist Ihre Wohnung? Sie wohnen in Mettmann, nicht wahr?«

Wolfram zuckte mit den Schultern. »Knapp achtzig Quadratmeter.«

»Und Sie wohnen dort mit Ihrer zweiten Frau und den beiden Kindern aus Ihrer ersten Ehe. Ist das richtig?«

»J-ja.« Wolfram sah zu seiner Frau, als müsste er sich der Richtigkeit seiner Antwort vergewissern.

Tita Parese kam ein weiteres Mal zu Niklas an den Tisch. Der schob ihr seinen Zettel zu, aber sie verstand den Hinweis nicht. Also malte er drei kleine Strichmännchen, eins in den Kreis und zwei daneben. Tita Parese schaute gar nicht richtig hin, stattdessen zog sie eine kleine Notiz aus ihren Unterlagen. »Nun, meinen Recherchen zufolge bewohnten Sie mit Ihrer ersten Frau, von der Sie sich unter anderem wegen beengter Räumlichkeiten getrennt hatten, eine Wohnung im Düsseldorfer Stadtteil Derendorf, deren Grundriss knapp sechsundachtzig Quadratmeter betrug. Die neue Wohnung ist nun noch etwas kleiner, gleichzeitig sind die Kinder größer geworden – sehe ich das richtig?«

»Einspruch, Herr Vorsitzender!«, meldete sich Wolframs Anwalt zurück. »Die Kollegin versucht, meinem Mandanten böse Absichten zu unterstellen.«

»Sie meinen, dass er seine Kinder ein zweites Mal verlassen könnte, sollte seine Klaustrophobie von neuem ausbrechen?«, konterte Tita Parese.

»Zügeln Sie sich, Frau Kollegin!«, ermahnte sie van der Ohe.

Die Anwältin setzte eine entschuldigende Miene auf und sah den Richter mit großen Augen an.

»Ich möchte noch einmal einen Ausschnitt aus dem Tagebuch der Verstorbenen zitieren. Vor gut sieben Jahren schrieb sie: ›W. lässt mich in Ruhe, seit ich es ihm gesagt habe. Er will, dass ich es wegmachen lasse. Wenn ich könnte, würde ich lieber ihn wegmachen lassen …‹ Herr Bayer, können Sie uns erklären, was mit diesem Eintrag gemeint ist?«

Nonninger ging dazwischen. »Einspruch! Wie soll mein Mandant wissen, was damals im Kopf seiner Ex-Frau vorging?«

»Es geht hier weniger um ihren Kopf, sondern um den Uterus. Vom Eintrag bis zur Geburt des zweiten Kindes von Inken und Wolfram Bayer waren es noch acht Monate.«

»Einspruch abgelehnt«, beschied van der Ohe leise.

»Herr Bayer, Sie wollten nie ein zweites Kind, nicht wahr? Sie wollten, dass Ihre Frau es abtreiben lässt.«

Wolfram kaute auf seiner Unterlippe, während seine Frau ihn entsetzt von der Seite betrachtete. Bevor er antworten konnte, kam ihm sein Anwalt zu Hilfe.

»Einspruch! Es zeugt einmal mehr von der Vernunft meines Mandanten, dass er kein Kind mit einer Frau in die Welt setzen wollte, die er nicht liebt. Die ihn offenbar ebenso wenig liebte, wie Sie gerade eindrucksvoll bewiesen haben, verehrte Frau Kollegin. Mit einer Partnerin an der Seite, die ihn versteht und respektiert, ist mein Mandant heute bereit für die Vaterschaft.«

Niklas empfand Neid, fast Anerkennung dafür, wie Nonninger es beherrschte, Fakten, die eigentlich gegen ihn sprachen, blitzschnell für sich umzudeuten und in die eigene Argumentation einzubauen. Damit beeindruckte er sogar den Richter.

»Stattgegeben«, sagte der nach einiger Überlegung.

Tita Parese zuckte mit ihren runden Schultern. »Es hätte mich noch interessiert, ob Herr Bayer sich schämt, wenigstens ein kleines bisschen. Aber ich glaube, ich kenne die Antwort. Keine weiteren Fragen.«

Als Nächstes wollte man Niklas zu Wort kommen lassen. Er war froh, die Angelegenheit endlich klarstellen zu können, und ließ die richterliche Ermahnung, die Würde des Gerichts zu achten, über sich ergehen. Das versprach er gerne, wähnte er sich doch so gut wie am Ziel: Tita Parese hatte dem Gegner das Messer in den Leib gestoßen, er würde es noch ein paar Mal genüsslich herumdrehen.

Die Befragung durch seine Anwältin verlief wie verabredet. Nach seiner ausführlichen Darstellung von Wolframs unmännlichem Abgang vor drei Jahren, der van der Ohe mit einer Mischung aus Abscheu und Interesse lauschte, hatte er schon den Eindruck, den Richter auf seiner Seite zu haben. So fühlte sich Niklas gestärkt für die Befragung durch Nonninger.

»Herr Tiedemann«, begann der Anwalt mit seinem falschen Lächeln. »Wir haben vorhin das wenig schmeichelhafte Urteil meines Mandanten gehört, der Ihnen verschiedene Tugenden in Abrede stellte wie …«

»Alle haben es gehört«, klagte Tita Parese. »Nicht nötig, dass wir das nochmal wiederholen.«

»Wenn ich ausreden dürfte, Herr Vorsitzender, würde sich der Zweifel an der Redlichkeit meines Vorgehens schnell legen.«

Niklas konnte aus nächster Nähe sehen, wie Wolframs fetter Anwalt schwitzte. Der Rand seines weißen Hemdkragens war schon ganz feucht.

»Abgelehnt. Fahren Sie bitte fort.«

»Im Sinne der Gerechtigkeit und Ausgewogenheit möchte ich Sie, Herr Tiedemann, fragen, wie Sie sich selbst charakterisieren würden. Doch sicher als vernünftig und verlässlich?«

Aus Nonningers Mund klangen Begriffe wie ›Vernunft‹ und ›Ausgewogenheit‹ wie purer Hohn.

»Allerdings.«

»Als jemand, der sich an Vereinbarungen hält.«

»Ich denke, das sollten andere beurteilen.«

»Ich mag Ihre Bescheidenheit.«

»Herr Vorsitzender, ich bitte Sie!«, meldete sich Niklas' Anwältin zu Wort, »wenn der Kollege Nonninger meinem Mandanten schmeicheln möchte, dann können sie im Anschluss gerne Nummern austauschen. Aber ehrlich gesagt, sitzen wir aus einem anderen Grund hier zusammen.«

Der Richter versuchte, sich ein Lächeln zu verkneifen. »Kommen Sie zur Sache!«

Wolframs Anwalt bückte sich nach dem Karton, den seine Mitarbeiterin gebracht hatte, und stellte ihn auf den Tisch. Heraus holte er einen Teddy, zwei Garnituren Wäsche sowie eine blonde Perücke für Luzie die Zweite, einen MP3-Player, einen Bausatz für einen feuerroten Kastendrachen, diverse CDs mit Kinderhörspielen und verteilte alles auf dem Tisch.

»Ich werde dem Gericht in wenigen Augenblicken eine Liste dieser Beweisstücke vorlegen. Es handelt sich um Geschenke, die Herr Tiedemann den Kindern meines Mandanten gemacht hat – und zwar nach Ergehen der einstweiligen Verfügung.«

»Einspruch. Das ist nicht verboten«, schaltete sich Tita Parese ein. Mit einem Seitenblick teilte sie Niklas mit, dass sie gerne früher davon erfahren hätte.

»Kommt darauf an«, sagte der Richter. »Hat er die Geschenke persönlich überbracht?«

»Nein«, sagte der schwitzende Anwalt. »Er hat sie ihnen durch verschiedene Mittelsmänner zukommen lassen.«

»Dann ist der Einspruch akzeptiert«, schloss der Richter.

»Es geht noch weiter.« Nonninger brachte einen Stapel Briefe zum Vorschein, den er Niklas unter die Nase hielt.

»Haben Sie diese Briefe geschrieben, Herr Tiedemann?«

»Es steht ja auf dem Absender«, antwortete er gereizt. Offenbar hatte Petra die Post abgefangen. »Und wie man an der Anrede unschwer erkennen kann, sind die Briefe nur für meine Nichte und meinen Neffen bestimmt.«

»Herr Tiedemann, wir wollen versuchen, uns bei einfachen Fragen auf einfache Antworten wie Ja oder Nein zu beschränken«, wies ihn van der Ohe zurecht.

Nonninger beugte sich zu Niklas herunter. Sein Schweiß roch nach Triumph. »Würden Sie so freundlich sein, den hier Anwesenden ein Stück aus diesem Brief vorzulesen? Ich habe eine besonders aussagekräftige Stelle darin markiert.«

»Einspruch, ich wüsste nicht …«, begann Tita Parese, doch Wolframs Anwalt fuhr ihr über den Mund.

»Ich kann Ihnen versichern, dass ich das nicht zum Spaß mache.«

»Das will ich hoffen«, sagte der Richter.

Nervös suchte Niklas den Blickkontakt zu seiner Anwältin, die ratlos ihre großen Hände in die Luft warf. Dann begann er langsam zu lesen.

»›Ihr müsst noch etwas Geduld haben. Aber Oliver und ich werden Euch bald wieder holen, das verspreche ich Euch. Wir tun alles, was wir können.‹«

»Danke sehr!« Der fette Anwalt legte den Brief zurück zu den anderen. Dann verschränkte er die Hände hinter seinem Rücken und schlich mit einem selbstgefälligen Lächeln zu Tita Parese.

»›Wir werden Euch bald holen‹ – dieses Zitat stammt aus einem Brief, der keine vier Wochen alt ist. Gibt es noch irgendwelche Zweifel daran, dass der Beklagte nichts aus seinem Fehlverhalten gelernt hat und der einstweiligen Verfügung zum Trotz weiterhin plant, Charlotte und Hannes Bayer zu entführen?«

Niklas sprang von seinem Stuhl auf.

»Meine Schwester hat mich noch im Krankenhaus darum gebeten, dafür zu sorgen, dass die Kinder auf keinen Fall zum Vater kommen. Sie haben ein besseres Leben verdient!«

»Hat Ihre Schwester ihren letzten Willen schriftlich fixiert?«, fragte Nonninger selbstsicher.

Nun hielt es auch Tita Parese nicht mehr auf ihrem Platz.

»Herr Vorsitzender, ich beantrage eine Pause, um mich mit meinem Mandanten zu beraten.«

Die Augen des Richters waren nur noch ein Paar schmaler Schlitze.

»Das scheint mir auch vonnöten. Ich schließe die Sitzung für heute.«

18: *Vaterglück*

Niklas wertete es als Zeichen besonderer Grausamkeit des Richters, dass der Prozess erst im neuen Jahr fortgesetzt werden sollte. Nun ging das Warten wieder von vorne los. Die Ungewissheit schwebte über den Festtagen. Zum ersten Mal musste er ohne Oliver feiern, der in Köln bei seiner halbfertigen Familie saß. Immerhin hatte er zugesagt, am zweiten Verhandlungstag als Zeuge aufzutreten; das war er ihm schuldig, fand Niklas.

Weihnachten erlebte er in diesem Jahr als eine Art verfrühten Fasching, das hätte Oliver gefallen. Am 2. Feiertag, als Wolfram und Petra nach Krefeld zum Krankenbesuch fuhren, saß Niklas als Santa Claus verkleidet auf dem mütterlichen Sofa, zwischen Lotte und Hannes, mit denen er nicht sprechen durfte. Die Tränen liefen ihm die Wangen herab und wurden von seinem weißen Rauschebart aufgesogen, der immer schwerer wurde. Seine Mutter, die sich die Sache ausgedacht hatte, ermahnte ihn, sich zusammenzureißen, und wischte sich verstohlen übers Gesicht.

Auf der Arbeit war es zum Jahresende etwas ruhiger geworden. Wittenberg verschwand oft für ganze Nachmittage im Büro des Agenturchefs. Fräulein Schwarzkopf wollte gehört haben, dass sie über Wittenbergs Frau sprachen, deren Zustand sich in den vergangenen Wochen rapide verschlechtert hatte, aber auch der Name Tiedemann soll bei den Zusammenkünften der beiden Männer gefallen sein. Niklas bereitete die Aussicht, in naher Zukunft zum Creative Director aufzusteigen, eine gewisse Freude, da ihm schon länger keine brauchbaren

Texte mehr einfallen wollten. Aus den Entwürfen, die er pro Tag in den Müll beförderte, hätte man auf Jahre hinaus Konfetti für den Rosenmontagsumzug gewinnen können.

Zu Beginn des neuen Jahres meldete sich Tita Parese mit einer überraschenden Nachricht: Van der Ohe hatte die Kinder angehört, um sich ein Bild von ihren Wünschen und Bedürfnissen zu machen. Dabei sei er zu dem Schluss gekommen, dass ein dauerhafter und vollständiger Verlust ihres Onkels dem Wohl der beiden schaden könne, zumal so kurz nach dem Tod der Mutter.

Die Nachricht wirkte auf Niklas wie der erste Sonnenstrahl nach einem langen, strengen Winter. Er freute sich über die Einsicht des Richters und erkundigte sich, wann er die Kinder wiedersehen dürfe.

»Van der Ohe hat eine Art Vergleich vorgeschlagen«, berichtete Parese. »Der Gegner verpflichtet sich, Ihnen in monatlichen Abständen einen betreuten Umgang mit den kleinen Hosenscheißern zu gewähren, unter Vermittlung des Jugendamtes.«

»Wie bitte?« Niklas wollte seinen Ohren nicht trauen.

»Im Gegenzug versprechen Sie, außerhalb des geregelten Umgangsrechtes alle unerwünschten Kontakte mit den kleinen Rackern und den Eltern zu unterlassen. Auch an heiligen Feiertagen wie Weihnachten.«

»Das ist nicht Ihr Ernst!«

»Es ist ein fairer Vorschlag. Auf dieser Regelung kann man aufbauen.«

»Ein Vergleich kommt überhaupt nicht in Frage!«

Tita Parese seufzte am anderen Ende der Leitung. »Das hat Nonninger auch gesagt.«

»Sie schlagen mir etwas vor, das die anderen schon abgelehnt haben?«

»Ich hatte gehofft, Sie hätten seit Ihrem Auftritt vor Gericht Vernunft angenommen.«

»Vernunft ist nicht mein Problem. Ich habe ein Testament, und beim nächsten Mal spiele ich es auch aus.«

»Wenn Sie das tun, brauchen wir gar nicht erst hinzugehen. Oder denken Sie, van der Ohe ist ein Idiot?«

»Gewinnen Sie den Prozess für mich, dann muss ich es nicht darauf anlegen.«

Niklas hielt van der Ohe nicht für idiotisch, im Gegenteil. Offensichtlich war der Richter ein kluger Mann. Er hatte eingesehen, dass man die Kinder ihrem Onkel nicht einfach wegnehmen konnte. Mit Olivers Aussage und ein bisschen Glück würden sie ihn vielleicht auch dazu kriegen, Petra zum Teufel zu jagen. Dann konnte Niklas endlich wieder ein normales Leben führen.

Der zweite Verhandlungstag fand an Aschermittwoch statt, dem Tag, der den für Karnevalisten wie Anti-Karnevalisten gleichermaßen anstrengenden Wochen ein Ende bereitete. Über Nacht hatte sich eine leichte Schneedecke über die Stadt gelegt, aber hier und da waren noch Spuren der Narren zu entdecken. Selbst im Gericht grüßte der Pförtner hinter Girlanden-behängtem Panzerglas.

Niklas freute sich, dass sein alter Freund Mattis heute dabei war. Tita Parese hatte ihn als Zeugen bestellt. Dass sie auch seine Mutter befragen wollte, hielt er für keine gute Idee, aber die Anwältin hatte sich durchgesetzt. Auch die Gegenseite hatte großes Interesse an einer Aussage von Frau Tiedemann, und so begann Nonninger, sie zum Auftakt der Verhandlung zu vernehmen.

»Warum, glauben Sie, ist Ihr Sohn Niklas so auf seine Nichte und den Neffen fixiert?«

»Nun, er kennt sie von klein auf. Man gewöhnt sich aneinander. Und nachdem ihr Vater verschwunden war, hat Niklas seiner Schwester und den beiden sehr geholfen. Vielleicht hat es damit zu tun, dass er selber keine Kinder haben kann.«

Wolframs Anwalt legte die Stirn in Falten, als hätte ihn die Antwort verwirrt. »Können Sie dem Gericht sagen, warum Ihr Sohn keine Kinder haben kann?«

»Einspruch, Herr Vorsitzender!«, rief Tita Parese. »Es ist hinlänglich bekannt, dass mein Mandant mit Männern schläft, was eine gewisse Hürde für die gemeinsame Fortpflanzung darstellt. Wir sind nicht hier, um meinem geschätzten Kollegen Nonninger Nachhilfe in einfachen biologischen Fragen zu erteilen.«

Der Richter nickte, als spräche die Anwältin ihm aus der Seele. »Stattgegeben.«

»Frau Tiedemann, haben Sie nach dem Tod Ihrer Tochter jemals daran gedacht, Ihre Enkel zu sich zu nehmen?«

»Natürlich habe ich das.«

»Warum ist es eigentlich nie dazu gekommen?«

»Mein Sohn wollte die Kinder mit seinem Freund großziehen.«

Niklas war froh, dass der Anwalt sich nicht nach Oliver erkundigte. Er könnte das triumphierende Gesicht von Petra nicht ertragen, wenn sie von der Trennung erfuhr.

»Und das wollten Sie unterstützen, Frau Tiedemann?«

»Nun, ich bin dreiundfünfzig Jahre älter als Hannes, und zu Lotte beträgt der Abstand immer noch einundfünfzig Jahre. Demnächst werde ich sechzig. Das scheint mir nicht das richtige Alter zu sein, um für zwei kleine Kinder zu sorgen. Zumal mit meiner bescheidenen Rente.«

Niklas traute seinen Ohren nicht. Hatte seine Mutter etwa gerade zu seinen Gunsten ausgesagt?

Nonninger wirkte enttäuscht, aber er ließ sich von der Zeugin nicht beirren. Schließlich hatte er noch einen Trumpf.

»Ist es richtig, dass Sie vor kurzem Kontakt hergestellt haben zwischen Ihrem Sohn und den Kindern – obwohl eine einstweilige Verfügung dies verbietet, wegen der wir hier zusammengekommen sind?«

Der Richter machte große Augen. Frau Tiedemann sank ein wenig auf ihrem Stuhl zusammen.

»Was hätten Sie an meiner Stelle getan? Es war Weihnachten.«

Mit einem triumphierenden Lächeln übergab Nonninger das Wort an seine Kollegin. Doch nun schaltete sich van der Ohe in die Befragung ein.

»Was haben Sie sich dabei nur gedacht?«

Magda Tiedemann zuckte langsam mit den Schultern, hielt aber dem Blick des Richters stand.

»Ist das Leben nicht manchmal unfair? Wenn eine Frau sich ein Kind wünscht, ist es relativ einfach für sie, an ... an das zu kommen, was dafür nötig ist. Aber was kann ein ... Was hatte mein Sohn für eine Wahl?«

Niklas erkannte seine eigene Mutter nicht wieder. Er suchte eine Erklärung in ihren Augen, doch sie verweigerte den Blickkontakt.

Der Richter, der seiner Zeugin aufmerksam zugehört hatte, beschloss, nicht weiter in sie zu dringen, und überließ sie Tita Parese.

»Ihr Sohn hat uns beim letzten Mal wissen lassen, dass Ihre Tochter ihm das Versprechen abgerungen hat, im Falle ihres Todes die Kinder aufzunehmen. Wissen Sie etwas davon?«

»Nein.«

»Hat sich Ihre Tochter Ihnen gegenüber jemals dazu geäußert?«

»Nein, aber ich wusste, dass sie meine Art, mit den Kindern umzugehen, nicht besonders schätzte.«

»Sie können die Aussage Ihres Sohnes also nicht bezeugen?«

»Leider nicht.«

»Aber eine Verabredung zwischen Ihren Kindern – die können Sie auch nicht ausschließen?«

»Nein, das kann ich nicht.«

Als Tita Parese die Zeugin entließ, entdeckte Niklas etwas Sonderbares im Blick seiner Mutter, etwas, das ihm fremd an ihr vorkam, oder vielleicht war es ihm bislang nur nicht aufgefallen: Scham.

Seine Anwältin rief nun Mattis in den Zeugenstand. Er hatte seine Mähne mit viel Gel in einen absurden Scheitel gezwungen, zeigte sich aber ansonsten von seiner besten Seite. Oliver und Niklas beschrieb er als liebevolle Väter, von denen sich manches Elternpaar ein paar Scheiben abschneiden könnte. Er erzählte von dem engen Verhältnis, das Niklas und Inken bis zu deren Tod verband, und dass er es nur natürlich gefunden hätte, wenn die Kinder bei ihnen geblieben wären. Wie denn überhaupt irgendjemand auf die Idee verfallen könnte, dass zwei erwachsene Männer nicht mit zwei kleinen Kindern fertig würden?

Nonninger wühlte, statt Mattis zu befragen, in dessen Vergangenheit und begnügte sich damit, seine Vorstrafen wegen Urkundenfälschung ans Licht zu zerren. Niklas musste mit ansehen, wie sein alter Freund immer kleiner wurde, und war froh, als der Anwalt ihn endlich aus seinen Klauen entließ.

Dann rief er Petra in den Zeugenstand und kaute mit ihr noch einmal durch, was schon vom ersten Verhandlungstag bekannt war. Erst als Tita Parese zur Befragung schritt, kam wieder Bewegung in die Sache.

»Wie ist das Leben mit Kindern, Frau Bayer?«

»Wunderbar, danke.« Petra lächelte vorsichtig. »Lotte und ich verstehen uns gut, wir entwickeln uns langsam zu besten Freundinnen. Und der Junge liebt es, mich am Sonntag in den Gottesdienst zu begleiten. Er singt immer aus vollem Hals mit.«

»Das würde ich nicht überbewerten, das tut er beim Karneval auch«, platzte Niklas hervor, was ihm einen mahnenden Blick des Richters einhandelte und einen giftig-bösen von Tita Parese. Dann fuhr seine Anwältin liebenswürdig fort.

»Vielleicht ist meine Frage naiv, denn ich selber habe leider keine Kinder, aber ... Wäre es nicht eventuell noch ein wenig wunderbarer, wenn die Kinder Ihre eigenen wären, gezeugt mit Ihrem Ehemann?«

Auf vorsichtigem Niveau lächelte Wolframs Frau weiter.

»Wichtig ist doch, dass die Kinder ein richtiges Zuhause haben.«

Tita Parese nickte verständnisvoll. »Wollen Sie uns verraten, warum Sie keine eigenen Kinder haben?«

Nonninger ging dazwischen. »Einspruch, dieses Thema ist sehr privat.«

»Ich bitte Sie, Herr Kollege. Das gilt für alles andere auch, was bislang in diesem Raum besprochen wurde.«

»Stattgegeben.«

»Frau Bayer, warum war Ihre Ehe bislang kinderlos?« Tita Parese sprach sehr behutsam, fast schnurrte sie.

Petra war unterdessen das Lächeln vergangen; sie rieb an ihrem Kettenanhänger, dem Kreuz, herum, das die einfallende Sonne reflektierte und auf den Richter umlenkte. Van der Ohe begann zu blinzeln.

»Der liebe Gott hat nicht gewollt, dass ich welche bekomme.«

Dr. Nonninger wirkte überrascht, als hätte er von der Unfruchtbarkeit seiner Mandantin nichts gewusst. Zum ersten Mal fehlten ihm die Worte.

»Das ist sicher ein schwerer Schlag, wenn man so etwas erfährt.«

Tita Parese klang jetzt fast zärtlich. So mitfühlend, dass es kaum jemandem auffiel, dass sie in der Sache nun plötzlich knallhart wurde.

»Aber als Sie hörten, dass die frühere Frau Ihres Mannes gestorben war, da wussten Sie, dass Sie doch welche bekommen konnten, nicht wahr?«

Es verstrichen ein paar Momente, bis die Botschaft bei Nonninger angekommen war.

»Einspruch, die Kollegin unterstellt meiner Mandantin böse Absichten.«

Nonninger lief nun sehr schnell sehr rot an, während Wolfram immer blasser wurde und mit der Hand durch seine Bürstenfrisur harkte, als wollte er sich die Haare ausreißen. Petra begann leise vor sich hin zu schluchzen.

Van der Ohe kochte. Tränen konnte er in seinem Gerichtssaal überhaupt nicht gebrauchen. »Stattgegeben.«

»Keine weiteren Fragen.«

»Das will ich hoffen«, blaffte der Richter sie an und unterbrach die Verhandlung für fünf Minuten.

Niklas nutzte die Pause, seiner Anwältin zu gratulieren, doch die schien sich über das Lob nicht sonderlich zu freuen.

»Langsam sollte Ihr Freund hier auftauchen.«

Niklas ging vor die Tür, um zu telefonieren. Am Fenster sah er, dass es wieder zu schneien begonnen hatte. Wahrscheinlich steckte Oliver im Stau. Er war sofort am Telefon. Außer sich vor Freude, doch nicht über den Anruf.

»Eva hat letzte Nacht ein kleines Mädchen geboren. Ein

bisschen zu früh, aber es geht ihr gut. Beiden geht es gut, ich bin …«

Niklas fiel ihm ins Wort. »Ich bin gerade im Gericht.«

Oliver verstummte.

»Wir sind verabredet, falls du dich erinnerst.«

»Ich kann nicht, Niklas.«

»Was soll das heißen?«

»Ich war die ganze Nacht bei Eva und konnte nicht schlafen. Dann bin ich zu der Kleinen gegangen und habe sie einfach nur angesehen … Ich würde sie nie wieder hergeben.«

»Darum geht es doch hier gar nicht! Wir wollen Wolfram eins reinwürgen.«

»Genau darum geht es. Er ist auch nur ein Vater, der mit seinen Kindern zusammen sein will.«

»Sei nicht kitschig! Petra ist es, die mit seinen Kindern zusammen sein will.«

»Du verstehst das nicht, Nik.«

Er konnte nicht fassen, dass Oliver ihm in den Rücken fiel, und legte auf. Die Verhandlung war so gut gelaufen. Mit Olivers Hilfe hätten sie van der Ohe überzeugen können, ihnen die Kinder zurückzugeben, aber das schien nun unwahrscheinlicher als je zuvor. Er ignorierte das taube Gefühl in den Beinen und ging zurück in den Gerichtssaal.

»Geht es Ihnen nicht gut, Herr Tiedemann?«, erkundigte sich seine Anwältin besorgt, doch da begann bereits die nächste Runde. Noch ein letztes Mal wollte Nonninger ihn in die Mangel nehmen. Niklas fühlte nach dem Testament in seiner Tasche.

»Wir haben gehört, dass Sie die Kinder Ihrer Schwester gemeinsam mit Ihrem Partner erziehen wollten. Sie hielten das offenbar für besser, als sie von ihrer Oma großziehen zu lassen. Besser auch, als sie ihrem leiblichen Vater zu überlassen?«

»Ja.«

»Sie müssen bitte lauter sprechen, Herr Tiedemann, wir verstehen Sie sonst nicht.«

»Ja!«

»Wie lange sind Sie denn schon zusammen?«, fragte Nonninger.

»Seit sieben Jahren, drei Monaten und vier Tagen.«

Der Anwalt nickte anerkennend; es fehlte nur noch, dass er in die Hände klatschte. »Soviel ich weiß, war er als Zeuge vorgesehen. Warum ist er nicht hier, um Sie zu unterstützen?«

»Oliver wird leider nicht kommen.«

Es wurde still im Gerichtssaal. Niklas spürte die bohrenden Blicke seiner Anwältin. Petra flüsterte ihrem Mann etwas ins Ohr, der ungerührt neben ihr saß. Dann nutzte Nonninger die Steilvorlage.

»Die Kinder haben einen Vater und eine liebende Stiefmutter, die für sie sorgen! Hohes Gericht, was sollen sie also bei ihrem Onkel, der nicht mal mehr die Unterstützung seines sogenannten Partners hat?«

»Bei allem Respekt, Herr Anwalt!« Van der Ohe wirkte müde, ganz im Gegensatz zu Nonninger, der immer weiter aufdrehte.

»Nun hat ja Ihre Schwester, Herr Tiedemann, angeblich bestimmt, dass nach ihrem Tod die Kinder bei Ihnen leben sollen.«

»Richtig.«

»Dieselbe Schwester starb kurze Zeit nach dieser – angeblichen – Äußerung durch einen tragischen Sturz aus dem Fenster. Wer war der Letzte, der sie lebend gesehen hat?«

»Das war ich.«

»In welchem Zustand war sie, als Sie das Zimmer verließen?«

Nikas hasste Nonninger dafür, dass er ihn jene letzten Minuten mit Inken erneut durchleben ließ. Seine Anwältin blätterte in ihren Unterlagen, anstatt ihm zu Hilfe zu kommen. »Sie war unruhig, es ging ihr nicht gut. Ich wollte die Schwester holen.«

»Sie hätten einfach klingeln können.«

»Inken hatte mich gebeten, das Zimmer zu verlassen.«

»Lauter, bitte.«

»Meine Schwester wollte, dass ich sie alleine lasse.«

»Um unbehelligt zu springen?«

Plötzlich merkte Niklas, wie müde er war. »Möglicherweise«, sagte er laut.

Wolframs Anwalt legte seine Stirn in staunende Falten. »Sie haben Zweifel?«

Niklas griff in die Innentasche seiner Jacke und klammerte sich an den Umschlag, in dem sich Inkens Testament befand. Er wollte einfach nur, dass es aufhörte.

»Einspruch«, rief Tita Parese. »Hätte der Kollege die Güte, uns zu erklären, worauf er hinauswill?«

»Stattgegeben.«

»Könnte man sagen, Herr Tiedemann, dass der Tod Ihrer Schwester Ihrer … sagen wir, Familienplanung … entgegenkam?«

Tita Parese sprang auf und haute mit der Faust auf den Tisch. »Es ist ungeheuerlich, was der Kollege hier andeutet.«

»Genau, Schluss mit den Andeutungen! Sprechen wir es doch einfach mal aus!« Petra spie die Worte förmlich aus. »Vielleicht hat jemand geschubst!«

»Halten Sie den Mund!«, herrschte ihr Anwalt sie an, noch bevor van der Ohe einschreiten konnte. Petra verstummte augenblicklich und ließ sich mit verschränkten Armen zurück in ihren Stuhl fallen. Ihren Mann hielt es offenbar nicht mehr auf seinem Platz. Er klemmte sich seinen Blouson unter die Arme und verließ den Gerichtssaal.

»Wo willst du hin?« Petra folgte ihm.

Nonninger sah ihnen fassungslos nach. »Herr Vorsitzender, ich entschuldige mich für meine Mandanten und beantrage eine kurze Unterbrechung, um mich mit …«

»Sie halten gefälligst auch den Mund!« Van der Ohe wischte sich mit einem Taschentuch den Schweiß von der Stirn. Der Prozess machte ihm zu schaffen. Offenbar glaubte hier jeder, unaufgefordert sprechen zu können.

»Ich dachte, die Zeit der Narren ist vorbei. Ich weiß nicht, was hier heute los ist, aber ich werde die Verhandlung ordentlich zu Ende bringen.«

Dann wandte er sich direkt an Niklas. Dessen Zurückhaltung deutete er offenbar als neu ausgebrochene Demut. Der Richter sprach mit ruhiger Stimme und respektvoll im Ton, als wollte er den übrigen Beteiligten ein Beispiel geben.

»Beim letzten Mal haben Sie erklärt, dass Ihre Schwester wollte, dass Sie die Kinder nach ihrem Tod zu sich nehmen.«

»Ja.«

»Wie möchten Sie uns das beweisen?«

Niklas zog das Testament hervor und hielt es unschlüssig in der Hand. Alle Augen im Saal waren auf ihn gerichtet.

»Herr Tiedemann, haben Sie meine Frage verstanden?«

Ein kurzes Nicken war seine Antwort, dann schloss er die Augen. Er senkte den Kopf und spürte, wie all die bösen Gedanken nach vorne rutschten.

Du hast Angst, niemanden mehr zu finden, der bereit ist, deine Macken zu ertragen.

Glaubt bloß nicht den Humbug, dass Kinder einem so viel zu geben haben.

Ihr seid ja nicht mal Charlies richtige Eltern!

Besuchen Sie die Kinder ab und zu bei Ihrem Schwager, das ist besser als nichts.

Ich würde sie nie wieder hergeben.

»Herr Tiedemann, beehren Sie uns bitte mit einer Antwort.«

Tita Parese wollte nach seinem Arm greifen, aber Niklas wich aus und erhob sich. Sein Blick fiel auf Mattis. Sein alter Freund rutschte unruhig auf dem Stuhl hin und her und kaute an den Nägeln. Möglicherweise war es sein Joint gewesen, der Inken die Sinne vernebelt hatte, sodass sie glaubte, die Außerirdischen, die Niklas ihr als Kind in den Kopf gesetzt hatte, würden sie holen kommen, aber das war nun nicht mehr von Bedeutung. Es war vorbei.

»Ich sollte für die Kinder sorgen, meine Schwester wollte es so«, sagte er schließlich und steckte den Umschlag wieder ein. »Aber leider kann ich es nicht beweisen.«

Nachdem van der Ohe die Verhandlung für beendet erklärt hatte, verließ Niklas als Erster den Gerichtssaal. Seine Mutter und Mattis versuchten sich ihm zu nähern, aber er mochte nicht mit ihnen reden. Er wollte allein sein, mit seiner Schwester.

Draußen herrschte dichtes Schneetreiben. Auf dem gegenüberliegenden Bürgersteig entdeckte er Wolfram mit seiner Frau, die einander lauthals beschimpften. Bis Petra schließlich ins Auto stieg und davonfuhr. Wütend brüllte Wolfram ihr verschiedene Beleidigungen nach, an denen Lotte ihre helle Freude gehabt hätte. Niklas spannte seinen Schirm auf und beeilte sich zum Auto zu kommen.

Der Schnee begleitete ihn auf seinem Weg zum Friedhof. Die Autos krochen nur langsam vorwärts, und das war ihm sehr recht. Er hatte es nicht eilig, fühlte sich im Gegenteil ganz gut aufgehoben in seinem Wagen. Hier kam ihm niemand zu nahe, und er musste keine Fragen mehr beantworten. Es verschaffte ihm eine gewisse Befriedigung, bei Tempo 30 durch die Stadt zu schleichen und sich auf den Verkehr zu konzentrieren. Oliver rief an, doch er drückte ihn weg.

Das Radio dudelte den letzten Karnevalsschlager.

Am Aschermittwoch ist alles vorbei /

Die Schwüre von Treue / Sie brechen entzwei.

Danach kündigte der Moderator einen Bericht vom Prozessauftakt gegen die niedersächsischen Eltern an, die ihr Kind in einem muffigen Kellerraum verdursten ließen. Niklas stellte das Radio aus – er war bereits am Ziel.

Er hatte den ganzen Friedhof für sich, bei dem Wetter verirrte sich sonst niemand dorthin. Die Abgeschiedenheit nutzte er für einen ausgedehnten Spaziergang, bis er sich langsam Inkens Ruhestätte näherte. Der Boden war schneebedeckt, und der Wind hatte die Buchstaben im Grabstein mit dicken Flocken gefüllt. Mit bloßen Händen wischte er sie fort und betrachtete die Inschrift. Der Name Bayer hatte gesiegt, mal wieder.

Niklas nahm das Testament und riss es in viele kleine Stücke, die er dem Wind überließ. Die Papierfetzen vermischten sich mit den weißen Flocken und waren im nächsten Moment verschwunden, als hätten sie sich in Luft aufgelöst.

»Ich habe alles versucht, Schwesterschatz. Es tut mir leid.«

Als er sich auf den Rückweg begab, hatte sich das Wetter beruhigt. An den Schnee erinnerte nur noch eine braune Masse auf den Straßen. Dank der freien Sicht, die jetzt wieder herrschte, nahm er die Werbeplakate am Straßenrand wieder wahr. Eins zeigte eine Frau, die mit einem knallgelben Kleinwagen in einem riesigen Bett lag. Die Fahrertür war so weit geöffnet, dass es aussah, als legte das Auto einen Arm um sie.

Ein Auto zum Verlieben, stand darüber.

Niklas fuhr weiter und versuchte, nicht darüber nachzudenken. Sein Telefon klingelte. Oliver versuchte ihn zu erreichen, doch Niklas wollte nicht mit ihm sprechen. Am Straßenrand entdeckte er ein weiteres Plakat. Dieses Mal war der Wagen ein Cabrio, in Blau. Er stand am Strand, mit offenem Dach, und die Frau räkelte sich leicht bekleidet auf ihrem Sitz, in der Hand einen Cocktail.

Und das Tolle an ihm: Er trinkt fast nie.

Bei der nächsten Kreuzung bremste Niklas und kehrte um. Die Agentur war wie ausgestorben. Kein Mensch auf den Gängen, und nicht mal der Empfang war besetzt. Niklas steuerte Nadjas Büro an, als er einen Knall hörte, gefolgt von Stimmen und Gelächter. Offenbar waren seine Kollegen im Konferenzsaal versammelt.

Niklas entdeckte Fräulein Schwarzkopf zuerst, sie stand mit einem Bein im Flur, um den Eingangsbereich überblicken zu können. Sie winkte ihm zu, doch er bedeutete ihr, ihn nicht zu verraten. Auf Zehenspitzen trat er näher und lugte um die Ecke. Da standen die Kollegen in einer Reihe, mit einem Champagnerglas in der Hand; vor ihnen ging Wittenberg auf und ab und erzählte den Anwesenden eine Anekdote aus seinem ersten Jahr in der Agentur, wo er vor dreißig Jahren als Juniortexter angefangen hatte.

»Geburtstag?«, fragte Niklas.

Die Sekretärin schüttelte den Kopf. »Ausstand.«

Niklas spürte seine Lebensgeister zurückkehren. Neue berufliche Aufgaben waren genau das, was er jetzt brauchte, um sich abzulenken. Gespannt machte er einen Schritt vor, um sich den Anwesenden zu zeigen. Er entdeckte Nadja, die aufgedonnert war, als sei dies ihr Fest. Gerade verschaffte sich der Agenturchef Gehör. Er dankte Wittenberg für die langjährige Mitarbeit und überreichte ihm einen Präsentkorb mit einer

Großpackung Buchstabensuppe und ABC-Pflastern. Nach einem Toast applaudierten die Kollegen, und Niklas erwartete, dass sich die Runde nun langsam auflösen würde. Da ergriff der Agenturchef noch einmal das Wort.

»Du hinterlässt eine große Lücke, Alois, aber wir versuchen sie mit einem großen Talent zu …«

Niklas' Telefon klingelte, und er beeilte sich, den Anrufer wegzudrücken. Doch seine Kollegen hatten ihn längst bemerkt. Wittenberg drehte sich herum und war offensichtlich erfreut über die Überraschung. Er reichte Niklas die Hand und zog ihn in die Mitte.

»Es freut mich, dass du rechtzeitig wieder da bist, Junge!« Er legte ihm den Arm um die Schultern, und jemand reichte Niklas ein Glas Champagner. Aufgeregt nahm er einen Schluck, und da er den ganzen Tag noch nichts gegessen hatte, verdrehte es ihm sofort den Kopf. Er war froh, dass Wittenberg ihn fest hielt, sein väterlicher Freund und Mentor.

Niklas betrachtete ihn voller Liebe und Bewunderung, als er ihn sagen hörte: »Und jetzt lass uns gemeinsam deiner Kollegin Nadja zu ihrem neuen Job gratulieren.«

19: *Kindersegen*

Am Himmel tanzte ein bunter Drachen. Niklas beobachtete ihn schon eine ganze Weile von seinem Schreibtisch aus. Mal trug ihn der Wind in diese, mal in jene Richtung, dann schien er ganz plötzlich in den Rhein zu stürzen und verschwand hinter den Bäumen, um wenig später wieder aufzutauchen und noch steiler aufzusteigen.

»Ich fahre dann jetzt zum Shooting.« Es war Mattis, der seinen Kopf zur Tür hereinsteckte und Niklas in die Wirklichkeit zurückholte.

»Viel Spaß! Hast du Fidel gesehen?«

»Liegt im Garten und schnarcht.«

»Was sonst.«

»Wenn ich zurück bin, gehen wir die Entwürfe für den Biomarkt durch, ja?«

Niklas kratzte sich an seinem Vollbart, den er seit dem Urlaub trug, gestutzt auf ein paar Millimeter. Am ganzen Kopf kräuselten sich kleine Löckchen. Möglicherweise gab es bessere Jahreszeiten als den Sommer, um sich die Haare wachsen zu lassen, aber er hatte sich vorgenommen, durchzuhalten. Das gehörte zu seinen Stärken.

»Wie lange haben wir noch Zeit?«

»Die Präsentation ist am Mittwoch.«

Niklas blätterte seinen Kalender um und gähnte. Mittwoch war der 12. Juli.

»Gut, bis nachher.«

Es war Wochenende, aber seit Niklas selbständig war, unterschied sich so ein Samstagnachmittag kaum noch von Mittwochvormittagen oder etwa Freitagabenden. Nach Nadjas Beförderung zum Creative Director hatte er seinen Job gekündigt, die alte Wohnung verkauft und einen langen Urlaub gemacht. Uwe und Kareem hatten ihn überredet, sie nach Ägypten zu begleiten. Die erste Woche wollten sie in einem noblen Hotel in El Gouna verbringen, mit angeschlossenem Lagunenstrand und benachbartem Golfplatz, 18-löchrig; danach war eine Nilkreuzfahrt geplant. Doch schon am zweiten Urlaubstag gingen ihm die beiden gehörig auf die Nerven, weil sie nichts Besseres zu tun hatten, als am Süßwasser-Pool über die nächste Reise zu phantasieren, von der man noch keine konkreten Vorstellungen hatte, außer dass sie noch größer und noch exklusiver werden musste. Bis ein Kind unmittelbar vor ihnen eine Arschbombe machte und Uwes Freund nassspritzte, der über der Badehose ein weißes Seidenhemd trug, das keine Wasserflecken vertrug. Nachdem Kareem die verdutzten Eltern auf Arabisch beschimpft hatte, verschwand er ins Hotel, um sich umzuziehen. Als er an den Pool zurückkehrte, war Niklas schon auf dem Zimmer seine Sachen packen. Noch am Abend flog er nach Mallorca, um sich in Ellens Casita zurückzuziehen und den ersten Bart seines Lebens zu züchten. Er sprach mit niemandem in der Zeit, sein Handy blieb ausgeschaltet, und als er bei einem Spaziergang zur Bucht der irischen Bildhauerin mit ihren Kindern begegnete, bog er schnell in einen Seitenpfad ein, wo er sich hinter einem Baum verbarg, bis sie fort waren.

Nach gut zwei Wochen setzte die Langeweile ein, und das Bedürfnis, neue Pläne zu schmieden, wurde von Tag zu Tag dringender. Er führte ein paar Telefonate mit seiner Bank und kehrte schließlich nach Düsseldorf zurück. Als Mattis ihn vom Flughafen abholte, hätte er Niklas unter seinem wild sprießenden Bart fast nicht erkannt.

Noch auf der Fahrt erzählte Niklas, dass er eine Agentur

gründen wolle, und bot seinem alten Freund die Partnerschaft an. Einen Monat später, kurz vor dem dritten Verhandlungstag, waren sie mit Fidel in das Haus am Rhein gezogen. Im unteren Stockwerk hatten sie ihre Büros eingerichtet, oben befanden sich die Wohnräume. Im Turmzimmer hatte Niklas sein Bett aufgestellt; von hier konnte er auf den Rhein sehen, und in der Nacht zählte er die Lichter des Fernsehturms, bis er einschlief.

Als er Mattis auf seinem Motorrad davonknattern hörte, starrte Niklas noch immer auf den Kalender. Seit Wochen schon plagte ihn die Angst vor dem 12. Juli. Ob auch Oliver sich noch fürchtete, wusste er nicht; immerhin hatte der sein Ziel erreicht und musste nächste Woche nicht kinderlos vierzig werden.

Niklas schob den Gedanken beiseite. Er hatte im Internet einen netten Architekten aus Zürich aufgetan, mit dem er gelegentlich chattete. Da Ludger ein ähnlich intensives Arbeitspensum hatte wie er, war es noch nicht zu einem Treffen gekommen. Aus verschiedenen Gründen hatte Niklas auch keine Eile damit gehabt. Doch nun hinterließ er ihm auf der Flirtseite eine kurze, aber bedeutungsvolle Nachricht.

Ich denke an dich.

Er trug den Kundentermin für den 12. in seinen Kalender ein und war froh, dass er nun nicht mehr auf dumme Gedanken kommen konnte. Da er im Moment nicht mal mit intelligenten dienen konnte, beschloss er, eine Pause einzulegen. Im Garten leinte er Fidel an und nötigte ihn zu einem Spaziergang. Der Hund war nie besonders scharf auf Bewegung und schien sich in seiner ganzen Einstellung zum Leben über den Namen lustig zu machen, den sein Herrchen ihm gegeben hatte. So nötigte er Niklas zu einer Langsamkeit, an die er sich erst noch gewöhnen musste.

Immerhin, die Kinder liebten den Mops. Sie schleppten ihn durch die Gegend, schnauften mit ihm um die Wette oder stritten darum, wer ihn füttern durfte. Manchmal war Niklas eifersüchtig auf den Hund, aber dann sagte er sich, dass es nicht schaden konnte, die Nähe von Wesen zu suchen, die mehr Falten hatten als man selbst. Abgesehen davon wusste er, dass Hannes und Lotte auch ohne den Hund gern bei ihm waren. Die Wochenend-Regelung, die van der Ohe am dritten und letzten Prozesstag vorgeschlagen hatte, funktionierte reibungslos. Niklas genoss die Zeit, die er mit den Kindern verbrachte, ebenso sehr wie den Moment, wenn Wolfram sie abholte. Er fragte sich, wie Inken das ganz allein geschafft hatte, und lenkte den Hund zum Heiligenhäuschen, um eine Kerze für seine Schwester anzuzünden. Danach liefen sie zum Fluss. Der Drachen, den er zuvor von seinem Büro aus beobachtet hatte, flatterte immer noch am Himmel, verbunden über eine unsichtbare Schnur mit einem Jungen, der auf einer Art Skateboard stand und sich kreuz und quer über die Wiese ziehen ließ.

Ein paar Meter weiter hatten Schausteller die professionelleren Fahrgeschäfte aufgebaut. Die Kirmeszeit war angebrochen, der die Kinder schon seit Wochen entgegenfieberten. Niklas blieb stehen, damit der Hund sich ausruhen konnte, und rief Hannes an. Ausführlich berichtete er dem Jungen, welche Karussells ihn und Lotte erwarteten. Dann kehrte er mit Fidel nach Hause zurück und verpasste den Entwürfen für den Biomarkt den letzten Schliff.

Am Sonntagnachmittag holte er die Kinder aus Mettmann. Wie immer warteten sie bereits mit gepackten Taschen auf ihn, sodass er sich nie länger in Wolframs neuer Wohnung aufhalten musste. Auf der Heimfahrt beobachtete er Hannes und Lotte im Rückspiegel. Das tat er noch oft, wenn er sie zurückholte, um sicherzugehen, dass sie wirklich dort saßen und er sich die überraschende Wendung am letzten Verhandlungstag nicht nur eingebildet hatte.

Wolfram war ohne Petra vor Gericht erschienen, dafür trug er wieder seine alte Lederjacke und einen Motorradhelm unter dem Arm. Ohne große Umschweife erklärte Dr. Nonninger, dass sein Mandant sich von seiner Frau trennen werde und aus aktuellen Gründen nun auf das Sorgerecht für die Kinder verzichten wollte. Niklas glaubte zu träumen, und auch der Richter brauchte eine Weile, bis er seine Sprache wiedergefunden hatte.

»Für Ihre Ehe tut es mir aufrichtig leid, Herr Bayer. Vielleicht finden Sie ja wieder zueinander. Was Ihre beiden Kinder angeht, muss ich Sie leider enttäuschen. Da fehlt mir, gelinde gesagt, jedes Verständnis. Was ich wirklich denke – das zu äußern verbietet mir die Würde des Gerichts.«

Wolfram machte ein Gesicht, als hätte ihn der Richter geohrfeigt. Für einen Moment sah Nonninger so aus, als wollte er protestieren, aber er hielt sich zurück.

»So einfach kommen Sie mir jedenfalls nicht davon. Ob verheiratet oder nicht: Sie können nicht für zwei Jahre verschwinden, um dann für ein halbes Jahr Ihr Comeback zu feiern, und anschließend wieder alle Verantwortung abgeben. Darum spreche ich Ihnen das Sorgerecht für Ihre Kinder Charlotte und Hannes zu.«

Herausfordernd sah van der Ohe ihn an, als erwartete er Widerspruch, doch Wolfram klappte nur stumm das Visier seines Helms auf und zu.

»Und ich rate Ihnen, dieses Recht als Ihre heilige Pflicht zu verstehen«, setzte der Richter nach.

»Nun zu Ihnen, Herr Tiedemann. Sie sind eine echte Nervensäge, und ich war ein paar Mal kurz davor, Sie aus dem

Saal zu werfen. Aber eins habe ich verstanden. Sie sind ein Kämpfer, und ich habe großen Respekt davor, wenn Menschen kämpfen. Solange das Ziel ein gerechtes ist.«

Van der Ohe bedachte Wolfram mit einem kurzen Seitenblick und wandte sich wieder an Niklas.

»Die einstweilige Verfügung, die gegen Sie besteht, Herr Tiedemann, ist aufgehoben. Die würde sich ohnehin schlecht mit dem Aufenthaltsbestimmungsrecht vertragen, das Sie erhalten und zum Wohle der Kinder ausüben sollen.«

Niklas spürte einen dumpfen Schlag in der Seite, Tita Parese hatte ihn geboxt. Dass dies Ausdruck ihrer Freude war, verstand er noch nicht; zu sehr versuchte er, sich auf die Worte des Richters zu konzentrieren.

»Ich habe bei meinem letzten Gespräch mit den Kindern den Eindruck gewonnen, dass es das Beste für sie ist, wenn sie zu ihrem Onkel zurückkehren. Nach Rücksprache mit dem Jugendamt schlage ich vor, dass die Kinder ihren Vater jedes zweite Wochenende besuchen. Die Modalitäten klären Sie bitte untereinander. Sie sind erwachsene Männer, das darf man von Ihnen erwarten. Bitte verschonen Sie in Zukunft das Gericht – wir haben schon genug zu tun.«

Nach nicht einmal zehn Minuten war der Spuk beendet, und Niklas, der mit nichts gerechnet hatte, war endlich am Ziel.

»Wie war es bei eurem Vater?«, fragte Niklas.

»Guuut«, sagte Lotte gedehnt, aber ohne echte Begeisterung.

Ihr Bruder sah aus dem Fenster und machte ein unbeteiligtes Gesicht, als hätte er die Frage nicht gehört. Der Junge tat Niklas leid: Für ihn war Wolfram wohl die größte Enttäuschung. Niklas ging davon aus, dass die Besuche bei ihrem Erzeuger irgendwann aufhören würden. Aber er wollte es den Kindern überlassen, den Zeitpunkt dafür zu bestimmen.

Zu Hause fiel Lotte ein, dass sie noch einen Aufsatz schreiben musste. Niklas wollte wissen, warum sie das nicht mit ihrem Vater erledigt hatte, und das Kind führte einen guten Grund an. Das Thema lautete: Mein Haustier und ich. Also setzte er die Kleine ans Internet, damit sie Informationen zum Thema Mops zusammentragen konnte, während er im Garten versuchte, mit Hannes einen Drachen zusammenzubauen. Er hatte einen Kastendrachen mit schwarzen Flügeln besorgt, der der Form nach an eine Fledermaus erinnerte – wenigstens auf der Verpackung –, doch es gelang Niklas nicht, dem Drachen Leben einzuhauchen. Nach einer Stunde gab er entnervt auf und kehrte mit dem Kleinen ins Haus zurück, um Mattis zu Hilfe zu rufen. Lotte, der Mops-Recherche längst überdrüssig geworden, war inzwischen auf Niklas' Flirtseite gelandet und steckte mitten in einer Unterhaltung mit dem Architekten. Ludger hatte sich sehr über Niklas' Mail vom Vortag gefreut und wollte am nächsten Wochenende auf Stippvisite kommen. Dem hatte Lotte auch schon ihren Segen gegeben, schließlich war sie dann gerade nicht in Mettmann, und so einen Besuch fand sie eine tolle Sache.

Niklas wusste nicht, ob er dem Kind böse oder dankbar sein sollte, und diktierte ihr schnell ein paar Sätze zum Thema Mops; dann führte er die Kinder zur Kirmes aus. Glücklicherweise waren sie in einem Alter, in dem sie sich mit Gruselkabinett, Autoscooter und Achterbahnfahrten zufriedengaben; noch reizte es sie nicht, sich mit doppelter Lichtgeschwindigkeit senkrecht in die Höhe schießen, sich dort auf den Kopf stellen und durchschütteln zu lassen oder was auch immer den Tüftlern und Ingenieuren heutzutage so einfiel. Oliver, ja, der wäre mit Genuss ins Verderben gerannt und hätte am Ende begeistert verlangt: Und jetzt nochmal rückwärts!

Am Abend kochten sie zusammen. Das heißt, Niklas kümmerte sich um das Essen, auch wenn ihm sein Appetit in der *Wilden Maus* abhandengekommen war, und Lotte deckte den Tisch. Hannes war an der Reihe, dem Hund sein Fressen zu servieren. Neugierig, wie der Junge war, ließ er es sich nicht nehmen, zu probieren, was Fidel zu essen bekam. Der Junge verzog sein Gesicht, schluckte aber tapfer.

»Was war das Ekeliges?«

Niklas beschloss, für sich zu behalten, dass der Junge gerade Pansen gegessen hatte, und füllte den Kindern schnell ihre Nudeln auf. Doch beim Geruch von Parmesankäse musste sich Hannes übergeben, gerade als er das Tischgebet sprechen wollte, das Petra ihm in seinem früheren Leben beigebracht hatte. Niklas musste den erschöpften Jungen ins Bett bringen und aß mit Lotte allein zu Abend.

Die nutzte die Gelegenheit für eine kleine Fragestunde. Sie hatte im Internet gelesen, dass der Mops ursprünglich aus China käme, und sorgte sich nun, dass er sie vielleicht gar nicht verstünde.

»Keine Sorge, Fidel ist ein intelligenter Hund, auch wenn er das ganz gut verbergen kann.«

»Wo liegt China?«

»Ziemlich weit weg.«

»Und die Schweiz?«

Es verschlug Niklas den Atem, wie das Kind scheinbar unschuldig das Gespräch lenkte. Aber er mochte nicht über die Sache mit Ludger reden. Er ärgerte sich immer noch, dass er vergessen hatte, seine Flirtseite zu sperren.

»Die auch.«

Lotte dachte nach und knetete ihre Nase, die von der Wurzel bis zur Spitze in dieser Jahreszeit wieder dicht mit Sommersprossen besiedelt war. »So weit wie China?«

»Ganz so schlimm nicht.«

»Wie Mettmann?«

»Jetzt wird nicht geratscht! Das Essen wird kalt.«

Lotte stocherte eine Weile gedankenverloren in ihren Nudeln herum.

»Magst du den Oli nicht mehr?«

Niklas ließ sein Besteck sinken. »Die Frage ist, ob er mich noch mag.«

Er zuckte mit den Schultern, und die Kleine tat es ihm nach.

»Maki sagt, das mit Männern geht nicht auf Dauer.«

Niklas wischte sich den Mund ab und starrte auf seinen halbvollen Teller.

»Vielleicht hat sie recht.«

Da spürte er Lottes kleine Hand auf seinem Unterarm.

»Du musst den Kopf hoch halten! Sonst plumpsen all die bösen Gedanken nach vorne!«

Am Mittwochnachmittag führte Mattis die beiden Vertreter der Biomarktkette in den Konferenzsaal. Niklas lief zum Fenster, um den Raum abzudunkeln. Am nahezu wolkenfreien Himmel hing ein Drachen, wie festgenagelt. Niklas fragte sich, ob es dafür eines besonders starken oder eher eines schwachen Windes bedurfte. Er entschied sich für die starke Variante, aber ohne allzu viele Schwankungen: In jedem Fall war eine entschlossene Richtung vonnöten.

»Niklas, wir sind so weit«, rief Mattis.

Voller Scham dachte Niklas daran zurück, wie er über eine Stunde mit Hannes über dem Baukasten zubringen konnte, ohne dass am Ende auch nur eine entfernte Ähnlichkeit mit einem Drachen zu erkennen gewesen wäre, von einer Fledermaus ganz zu schweigen. Mattis hatte die Sache am Montag in seiner Kaffeepause erledigt.

»Alter, die Kunden warten«, flüsterte Mattis, der plötzlich neben ihm stand und ihn anstupste. Dann zog er die Vorhänge zu und löschte das Licht.

Die Kunden – zwei Jungunternehmer, die aussahen, als hätten sie gerade vorzeitig die Schule beendet – saßen gespannt in ihren Stühlen. Für einen Moment war nur Fidels Schnaufen zu hören, dann riss sich Niklas zusammen und projizierte den ersten Entwurf für eine Plakat-Kampagne an die Wand.

Die von Mattis gezeichnete Graphik war zweigeteilt: Die linke zeigte einen Bauern, der mit einem Chemie-Tank übers Feld fuhr und mit gleichgültiger Miene seine Pflanzen bespritzte. Zur Rechten stand ein rosarundes Schwein in einem weitläufigen Stall und grunzte zufrieden die Sonne an.

Darunter war zu lesen: *Hier sehen Sie zwei Öko-Schweine: Erkennen Sie den Unterschied?*

Ein anderer Entwurf zeigte einen Bauern in einem Chemielabor, der in Reagenzgläsern Kartoffeln züchtete, die so groß waren, dass ein Glas nach dem anderen zerbarst. *Die dümmsten Bauern mögen die dicksten Kartoffeln haben, aber unsere schmecken besser*, lautete die Bildüberschrift.

Die Bio-Unternehmer waren von den Ideen sehr angetan und spendeten am Ende der Präsentation Applaus. Mattis ließ das Tageslicht wieder hinein und öffnete ein Fenster. Niklas schlug vor, das Geschäft mit dem Bio-Champagner zu begießen, den die Kunden mitgebracht hatten, und lief in die Küche. Als er nach zehn Minuten nicht zurück war, ging Mattis ihn suchen.

Niklas saß mit abwesendem Blick auf dem Küchenboden und streichelte Fidel, der in seinem Schoß lag, Falte für Falte. Neben ihm stand die offene Flasche Champagner.

»Von alleine Saufen war nicht die Rede!«

»Weißt du, was heute für ein Tag ist?«

Mattis zuckte mit den Schultern. »Mittwoch?«

»Er wird heute vierzig.« Er trank einen Schluck aus der Flasche, und der Champagner rann aus seinen Mundwinkeln.

»Der Hund?«

Niklas schüttelte mechanisch den Kopf.

»Und was machst du dann noch hier?«

»Arbeiten«, sagte Niklas und bekam einen Schluckauf.

Als Niklas in sicherer Entfernung von Evas Wohnung aus dem Auto stieg, war er schon wieder nüchtern. Diese Biofuzzis mochten die leckersten Kartoffeln haben, aber ihr Champagner wirkte nicht mal für eine Stunde. Er wandte sich zu Mattis um, der ihn gefahren hatte.

»Was soll ich hier? Ich hab nicht mal Geld für ein Geschenk dabei.«

Mattis zog einen 50-Euro-Schein aus seinem Jackett. »Kauf ihm ein paar Rosen.«

Niklas schnappte nach dem Geld. »Ihr Heten seid so kitschig!«

»Ich will dich morgen nicht im Büro sehen.«

»Und wer kümmert sich um die Kinder?«

»Die haben sicher nichts dagegen, über Nacht bei deiner Mutter zu bleiben.«

»Und Fidel?«

»Hat er eine eigene Faltencreme, oder darf er deine benutzen?«

»Du bist herzlos, und Humor hast du auch keinen! Warum sind wir eigentlich befreundet?«

»Viel Glück!«

Dann stand er wieder mal allein in der großen ungeliebten Stadt. Am liebsten wäre er Mattis nachgelaufen, aber sein alter Freund war längst um die Ecke gebogen. Niklas schaute sich nach einem Schreibwarenladen um. Er würde Oliver eine Karte schreiben, bei Eva einwerfen und dann nach Hause fahren. Aber hier gab es keine Geschäfte, nur eine Trinkhalle. Drei Männer mittleren Alters standen um einen Plastiktisch und zuzzelten in der Sonne ihr Kölsch. Niklas ging langsam in Richtung Wohnung und überlegte, was er sagen sollte, falls Oliver öffnete. Was, wenn er Besuch hatte? Vielleicht war das die Lösung. Dann konnte man gar nicht vernünftig reden, zwischen all den Leuten, und Niklas würde einfach wieder fahren. Ja, das schien ihm das Allerbeste.

Die Haustür war angelehnt, und als er über die Schwelle trat, begann sein Herz zu rasen. Im dunklen Flur roch es modrig. Seine Schritte wurden langsamer, bis er am Treppenabsatz ganz stehen blieb. Er zählte die Stufen, die vor ihm lagen, und als er sie mit der Anzahl der Stockwerke multiplizierte, hörte er plötzlich Stimmen. Erschrocken sah sich Niklas um und versteckte sich im Kellereingang. Als sich die Stimmen näherten, erkannte er Oliver. Er redete mit einem Mann. Niklas hielt den Atem an.

Als die beiden im Flur angekommen waren, lugte er vorsichtig um die Ecke. Oliver trug eine maisgelbe Baseballkappe, die Niklas noch nicht kannte, ansonsten hatte er sich nicht verändert. Seine Begleitung war groß und wirkte athletisch. Auf die Entfernung jedenfalls war er nicht unattraktiv. Sie hatten einen Kinderwagen die Stufen hinabgetragen und steuerten mit ihm nach draußen.

»Hast du die Schlüssel?«, fragte Oliver.

»Du hast sie eingesteckt«, entgegnete der andere.

Niklas fürchtete schon, sie würden zurückkommen und ihn entdecken, aber da fand Oliver die Schlüssel in der Innentasche seiner Jacke. Lachend hielt er die Tür auf, und der andere schob den Kinderwagen hinaus. Dann waren sie fort.

Niklas harrte weiter auf der dunklen Kellertreppe aus. Er hatte überhaupt keine Lust, sein Versteck jemals wieder zu verlassen, und nahm auf einer Stufe Platz. Warum nur war er hierher gekommen? Den Anblick seines Nachfolgers hätte er sich sparen können. Was hatte er auch erwartet? Dass sich Oliver nach ihm verzehrte, all die Monate, und jeden Abend eine Kerze ins Fenster stellte, auf dass Niklas schneller zu ihm zurückfände?

Andererseits war es gut so. Nun wusste er, woran er war. Irgendwann kam nun mal die Zeit, einen Schlussstrich zu ziehen. Wie hatte Mattis' bärtiger Freund Hartwig gesagt: Man muss sein Leben vorwärts leben, verstehen war nur rückwärts möglich? Oliver hatte sich nie wohlgefühlt in Düsseldorf, Niklas verabscheute Köln. Der eine liebte den Karneval, den der andere abschätzig Fasching nannte. Beim Grand Prix gefielen Oliver die immergleichen schwedischen Beiträge, während Niklas jedes Jahr für eine melancholische Ballade vom Balkan stimmte. So klar wie heute hatte er die Sache noch nie gesehen: Sie passten überhaupt nicht zusammen!

Niklas verließ sein Versteck und putzte sich die Hose ab. Er wollte nur schnell heim. Plötzlich war er froh, dass Lotte den Schweizer eingeladen hatte, und freute sich auf seinen Besuch. Doch gerade als er das Haus verlassen wollte, stieß ihm jemand, der hineinwollte, die Tür vor den Kopf.

»Au!« Niklas fluchte und hielt sich die Nase.

»O Gott, tut mir leid, ich habe dich nicht …« Eva stellte ihre Einkaufstüten ab und betrachtete ihr Opfer sorgenvoll.

»Niklas? Ich hätte dich fast nicht erkannt mit den Haaren! Bist du okay?«

»Danke, geht schon. War schön dich zu sehen.«

»Deine Nase blutet ja!«

Eva bestand darauf, ihn in der Wohnung zu verarzten, wo

sie ihm ein dickes Pflaster verpasste. Sie wollte ihm ein sauberes T-Shirt holen, aber Niklas lehnte ab.

»Du warst wegen Oli hier, oder? Hast du ihn noch erwischt?«

Niklas nickte.

»Dann hast du Sören kennengelernt? Blonde Haare, Stupsnase?«

Niklas nickte wieder, musste aber feststellen, dass die Erschütterung seiner Nase nicht bekam.

»Er ist total süß, oder?«

Niklas verlegte sich aufs Schulterzucken.

»Wir überraschen Oli mit einem Picknick im Park, die beiden sind schon vorgegangen mit der Kleinen. Er wollte seinen Jubeltag partout nicht feiern, und Geschenke kaufen hat er uns auch verboten. Also, kommst du mit?«

Niklas lehnte ab, aber das mochte Eva nicht gelten lassen.

»Ich kann unmöglich alles allein tragen. Nimmst du den Grill und die Kohle? Steht alles auf dem Balkon.«

Die halbe Stadt verbrachte den Feierabend am Aachener Weiher, beim Grillen oder Volleyballspielen. Eine Gruppe Jugendlicher beschallte das Ufer mit Deutschrock aus dem Ghettoblaster, ein paar Meter weiter hatten sich auf der Wiese ein paar Frauen in Evas Alter um einen Gitarrespieler versammelt, der Akkorde aus seinem Instrument herauswischte; von irgendwo trug der Wind den Klang von Bongotrommeln herüber.

Die Männer saßen weiter hinten auf einer Decke. Niklas stellte den Grill ab und schüttelte Olivers neuem Freund die Hand. Er hatte nun Gelegenheit, Sören von nahem zu betrachten. Sein Gesicht hätte man hübsch finden können, wenn man Karpfen mochte; seine trüben, schmalen Augen reichten von der Nasenwurzel bis an die Schläfe. War Oliver in seinem hohen Alter blind geworden?

»Die Überraschung ist euch gelungen«, sagte das Geburtstagskind, doch es schien sich nicht wirklich zu freuen.

Eva legte ihren Arm um Niklas und deutete auf das Pflaster an seiner Nase.

»Ich musste etwas Gewalt anwenden, damit er mitkommt.«

Oliver lachte und deutete auf das schlafende Baby neben ihm.

»Neben der kleinen Pennerin hier ist noch ein Platz frei.«

Mit etwas Abstand nahm Niklas auf der Decke Platz und betrachtete das Baby. Ähnlichkeiten konnte er keine feststellen, weder mit Eva noch mit Oliver.

»Wie du gesehen hast: Die Kleine hat jetzt zwei Väter«, sagte er.

Niklas hatte es geahnt; er wäre besser zu Hause geblieben. Die Anwesenheit eines schlafenden Babys machte ihn unsicher. Er fühlte sich ausgeschlossen. »Dann will ich mal nicht weiter stören.«

»Warum, glaubst du, sind die beiden zum Auto gegangen?«

Verwundert stellte Niklas fest, dass Eva und Sören fort waren. Plötzlich bekam er Angst.

»Es ist die große Liebe«, sagte Oliver grinsend.

»Herzlichen Glückwunsch«, sagte Niklas bitter. Es war mehr ein Ausspucken. »Warum erzählst du mir das?«

»Sie haben sich bei der Schwangerschaftsgymnastik kennengelernt.«

»War Sören auch schwanger?«

»Er war der Vorturner.«

»Oh.« Niklas stellte mit großem Erleichtern fest, dass sie aneinander vorbeiredeten. Sie hatten es nicht verlernt.

»Hör mal, ich will in den paar Minuten, die sie uns allein

lassen, nicht über Eva reden. Du könntest mir mal erklären, wo der Bart herkommt.«

Niklas erzählte, dass er sich mit Uwe und Kareem verkracht und mit Mattis selbständig gemacht hatte. Dass er jetzt im Haus mit Turmfortsatz lebte und deswegen einen Haufen Schulden hatte. Die gute Nachricht, was die Kinder betraf, sparte er sich noch auf, lediglich Fidel erwähnte er.

Oliver verzog das Gesicht. »Ein Mops?«

»Das ist eine lange Geschichte.«

»Du magst gar keine Möpse«, sagte Oliver, um Niklas zu ärgern.

Der ließ sich zum Spaß darauf ein.

»Woher willst du das denn wissen?«

»Hör auf mit mir zu streiten. Ich habe heute Geburtstag, und du hast mir noch nicht mal gratuliert.« Oliver schmollte.

Niklas zog eine entschuldigende Grimasse, was sich sofort mit einem pochenden Schmerz an der Nase rächte. »Das habe ich in der Aufregung vergessen.«

Zuerst wollte er ihm die Hand reichen, dann kam ihm eine Umarmung passender vor, aber im letzten Moment entschied er sich für einen Kuss auf die Wange, den Oliver jedoch gekonnt abfälschte und mit dem Mund entgegennahm.

Nun wurde das Baby wach. Sie räkelte sich und fing an zu quengeln.

»Und zu ihr hast du mir auch noch nicht gratuliert.«

Niklas zuckte gelangweilt mit den Schultern. »Na und? Ich habe zwei davon zu Hause.«

Oliver verlangte, alle Details über den Prozess zu erfahren, aber kaum hatte Niklas zu erzählen angefangen, plärrte das Baby, das sich bei alldem furchtbar langweilte.

»Willst du sie mal nehmen?« Oliver beobachtete stolz, wie Niklas die Kleine im Arm hielt. Er drehte sie hin und her, um sie aus verschiedenen Perspektiven betrachten zu können; dann sagte er zu ihr: »Hallo! Du siehst deinem Papa ja gar nicht ähnlich.«

Zur Antwort spuckte sie ihm aufs Hemd.

Niklas war beleidigt. »Ich glaube, sie findet mich zum Kotzen.«

»Sie wird sich an dich gewöhnen, Nikki«, lachte Oliver und reichte ihm ein Spucktuch. »Fanni hat den sicheren Geschmack ihres Vaters geerbt.«

Danke

Ohne den fruchtbaren Austausch mit Experten und Freunden hätte ich dieses Baby nicht zur Welt bringen können. Darum gilt mein Dank in Rechtsfragen zunächst Seyran Ates und ihren Partnerinnen aus Berlin sowie Martin Roßa aus Wolfenbüttel, des weiteren Christa Wagener vom Jugendamt Neukölln und Mathias Ditges aus dem Stadtjugendamt Düsseldorf.

Ich möchte mich auch herzlich bei den Werbetextern Stefan Förster und Gunther Baganz bedanken, die sich Zeit für meine Fragen genommen haben. Ferner wurde ich bei meinen Recherchen tatkräftig durch meine Schwestern Sabine Wetzstein und Barbara Renner unterstützt.

Die härteste Arbeit aber hatten wie immer die besten Testleser der Welt, die Paten der Kindsköpfe: Marc Brocke, Carsten Kirchmeier, Rainer Marek, Maria Roxane, Caroline Sendele und Claudine von Mickwitz.